他人のことなど
一切無視で
ヘビが大好き！

tensei shitara heishi datta

akai shinigami to yobareta otoko

転生したら兵士だった?!
tensei shitara heishi datta?!
akai shinigami to
yobareta otoko
～赤い死神と呼ばれた男～
2
師裏剣
イラスト・白味噌

兵士の1人が膝をつく。

第2王子であるヘンリー・メンタルであった。

「いや、今日は何か王都の様子が違うのでな。散歩がてら見て回っていたのだ」

と、すました顔で言うヘンリー第2王子。

「確かに今日はいつもと違うようですが、私は何も聞かされてませんので、分かりません」

「うんうん、だろうね。じゃあ君に1つ命令だ。隔離された兵を解放するように！」

ヘンリーにそう言われた兵は、

「殿下、それは出来かねます。命令はアンドレッティ大将からですので、それを覆す事が出来るのは、アンドレッティ大将と元帥陛下だけで御座います」

「ふん。命令を聞いていれば、長生き出来た〝かも〟しれんのにな」

そう言ってヘンリーは、左腰にある短剣を素早く抜き、跪(ひざまず)いたままの兵の背中にブスリと突き刺した。

それを見ていた、他の2軍兵達が騒然とする中、

「よいかっ！　本日これより私、ヘンリー・メンタルがこの国の王となる！　今から父王と兄達を殺してな！　我に従うものは厚遇を約束する。そこの隔離された兵達、お前達の実家のものや親戚は今頃、王国兵によって捕縛されているであろう。王家に対する反逆の罪でな。このままでは良くて奴隷、悪くて死刑だ。お前達はどうする？」

第七章　ヘンリーの乱

時は、王都からパトリックや軍が出て、暫く経った頃。

王城の横の訓練場では、隔離されている反乱貴族の縁者の兵と、それを監視する役目の2軍が揉めていた。

「何故我らがこんな所で、監視されねばならんのだ！」

「そうだ！　我らも同じ国軍兵であるぞ！」

監視される側と、

「煩い！　上からの命令だ！　我らは言われた事を遂行するのみ！」

監視する側が言い合って騒いでいると、そこに現れたのが、

「この騒ぎは何事かな？」

と、言いながら近衛を連れて胸を張り、銀色の長髪をなびかせて歩く、青い眼の男。

「ヘンリー殿下！　このような所に如何なされました？」

目次

tensei shitara heishi datta?!

akai shinigami to
yobareta otoko

人物紹介

パトリック・リグスビー……王国軍中佐。普段は全く目立たない地味な男だが、戦場では残酷な拷問もいとわない。その残虐性で頭角を現し、スネークス伯爵家当主となる。

ウェイン・キンブル……王国軍でパトリックの同僚。長身でハンサム。

ソーナリス・メンタル……王女。パトリックの婚約者。普段はコスプレチックな格好をしている。

ぴーちゃん……パトリックがペットとして飼っている巨大なヘビ。

tensei shitara heishi datta?!

akai shinigami to
yobareta otoko

あらすじ

王国軍の軍人パトリック・リグスビーは、普段は目立たない地味な男だが、
残虐非道な行動力でどんどん出世し、ついにスネークス伯爵家の当主にまで登りつめる。
さらに王女ソーナリスと婚約。
しかしパトリックとソーナリスは、どうやら前世で因縁があったようだった……。

転生したら兵士だった?!

～赤い死神と呼ばれた男～

tensei shitara heishi datta!
akai shinigami to
yobareta otoko

2

そう言うヘンリー第2王子に、

「わ、私は殿下に忠誠を！」

「私も！」

次々と、隔離されていた兵が声を上げる。2軍の中で、第2王子派に属する家の兵士達にも、ヘンリー第2王子に協力すると言う者が出てくる。

かと言って王子を拘束する権限など、兵には無い。

それを有するのは国王のみ。

2軍の兵士が数人目配せし、その場から走り去る。

数人は遠く離れたアンドレッティ大将達の下（もと）へ、1人は近衛騎士団長の下へ、また1人は、王の下へと。


ヘンリーは、このチャンスを待っていた。

王国軍が王都を離れるこの時を！

3軍は北部山岳地帯に出兵中。他も貴族捕縛のために領地に向かった。アンドレッティ大将やサイモン中将、ガナッシュ中将も居ない。

側室の子である自分は、第2王子である事で王太子に任命されなかった。

実力は兄の王太子に引けを取るとは思っていない。

いや確実に優っている。

母親の実家、レイブン侯爵家も自分が王になる事を望んでいる。

ならばチャンスは活かすべきである。

今回の動きは、いつも小遣いを渡している近衛兵から教えて貰った。

この機を逃すものかと思い、すぐさま王都にあるレイブン侯爵家に手紙を出し、領地から兵を呼んで貰う手筈を整えた。

数日後、大部分の国軍は王都を離れた。

あとは父親と兄と弟を亡きものにすれば、王になれる。

後のゴタゴタは、王にさえなってしまえばどうとでもなる。

王家派の貴族のうち、レイブン侯爵派も協力してくれるし、王太子亡き後ならば、担ぐ神輿(みこし)を失った王太子派に負けはしない。

レイブン侯爵領軍は、王国の領兵の中でも上位の質と量を誇るという噂だ。

反王家派の兵も取り込んで、王都と城さえ確保してしまえば、戻ってきた国軍になす術はない。

いや国王になってしまえば、国軍に命令出来るのは元帥である王である。

アンドレッティやサイモンは煩そうだが、更迭してしまえばよい。

その後、地盤を固めて帝国と和平すれば良い。

帝国が欲しがっている鉱山で、話をつければ和平も可能だろう。鉱山1つで和平出来るなら、安いものだ。

と、考えていた。

「さて、父上と兄上、弟はどこかな？」

などと呟きながら、城に向けて歩き出す。従うと言った兵士を引き連れて。


その頃、パトリックは馬隊と共に王都を目指して馬を駆っていた。

スコット・パジェノーは、簀巻(すまき)状態で馬にくくり付けてある。証人として一応必要だと思ったからだ。

スピードを上げて、王都に向かってひた走り、ようやく到着したのだが、開いているはずの王都の門が閉ざされていた。

王都の門に詰めていたのは、何故かレイブン侯爵の領兵。

８軍の兵士が、

「任務完了の報告を、陛下に伝えるため戻った。通してくれ」

と言っても、門を開けてはくれない。

「だいたい、何故レイブン侯爵領軍が王都の門を警備しているのだ！　王都軍はどうした？」

少し殺気を漏らして聞くパトリックに、

「我らはレイブン侯爵閣下と、ヘンリー殿下の命令に従うのみ。誰も入れるなとのお達しだ！」

と、少し震えて領兵が言うのを聞いて、(ヘンリー殿下ね)と、パトリックは心の中で思い、

「8軍、突入！」

と、即座に大声で命じた。

8軍は、門番をしていたレイブン侯爵領軍を、あっという間に無力化。

通用門を破壊して通り、中から閂(かんぬき)を外し正門より続々と進入。

パトリックも門を潜り、8軍には、

「王城に向かえ！　陛下達を御守りするのだ！　俺は先に行く！　ミルコ！　お前はスネークス家に向かい、毒蛇隊に王城に来るように伝えろ！」

そう叫びながら、馬を走らせる。

王城の門番も、レイブン侯爵領軍に変わっていたが、8軍は有無を言わさずあっさり撃破し、城内に雪崩(なだ)れ込む。

そこで見たのは、2軍の半数対、作戦から外された1軍、2軍の反王家派出身兵、加えて第2王子派の兵士による戦闘。

どちらがどちらか分かり難いうえに、腕も似たり寄ったり。

そこでパトリックは、

「貴様ら静まれ！　双方、剣を引け！　文句がある奴は俺にかかってこい！　私に歯向かうなら死ぬ気で来い！　その気が無いなら、道を開けろ！　歯向かうなら叩っ斬る！」

と、普段は抑えに抑えている殺気を、最大限に放って言い放つ。

パトリックの殺気など、今まで感じた事が無かった王都軍は、敵も味方も震え上がった。

何せ死神の殺気である。パトリックの地獄の訓練が、身に染みている王都軍。

それは本能が恐怖する殺気、死の気配が漂う空間となった。

が、どこにでも例外は居るもので、腕に自慢のある者がパトリックに向かって走り寄り、

「日頃の恨みだ！　死ねっ！」

と言いながら、剣を振り上げた。

「馬鹿がっ！」

パトリックが左腰の刀を抜いて、兵士が振り下ろす腕を斬り飛ばした後、その兵士を頭から真っ二つにした。

その場を染める血飛沫（しぶき）。周りを睨（にら）みつけるパトリック。その眼光に、腰を抜かした兵達を蹴り飛ばしながら、パトリックは足を進める。

目指すは国王陛下と、婚約者のソーナリスの下。

「8軍はレイブン侯爵領軍と、反乱に加担した者を捕縛！　逆らうなら殺してかまわん！　責任は俺が取る！　行けっ！」

そう言い、パトリックは数人の兵士を引き連れ、城の奥に進む。

あちこちに倒れた兵の姿を見つつ、息のある者は部下に治療させ、王の居場所を聞きながら走る

パトリック。

途中、倒れている兵が、

「リーパー近衛騎士団長も敵です、お気をつけて中佐っ！」

と、走りゆくパトリックの後ろ姿に叫んだ。


その頃、王城の謁見の間では王派、王太子派、第３王子派の近衛対、第２王子派の近衛と反乱兵による睨み合い。

トローラを筆頭に、王家派近衛の後ろには、王と王太子やソーナリス達。

それに対する第２王子派には、先頭にリーパー近衛騎士団長、その後ろに反乱兵、さらにその後ろにはヘンリー第２王子に第２王女、そして第２王妃が居る。

「ヘンリーにリーパー、これほど愚かとは思わなんだ。今なら幽閉で許してやるぞ？」

そう言う王に向かって、

「馬鹿な事を父上。そこにいる兄上より私の方が優れているのに、王太子を兄上にしてしまうような愚鈍な王など、このメンタル王国には必要無いのです。これからこの国は、実力主義国家となるのですから」

と、言い返すヘンリー第２王子。

「このような騒ぎを起こす息子に、王太子の地位を授けなかった事を誇りに思うぞ」

「何が騒ぎですか。国内の貴族すら纏められず、反王家派のような、反乱の芽すら摘む事も出来ないで！」

「どのような集団にも、反対陣営は出るものだ。そこを調整しながら運営するのが政だ」

「誰もが納得する政をしないからでしょう！　正しき方向に導けば、誰も反対などしない！」

「そんな綺麗事で、貴族が動くと思うてか！　人の数だけ正義の数があるのだ。自分の利と建前と正義のバランスで動くのが、人というものだ」

「王ともあろう父上が、絶対的な正義が分からぬとは情けない。正義とは普遍で不変なモノ。それを貫けば良いのですよ。悪しき者は排除して、正しき者のみで政を行えば、国は纏まるものです」

「正義とは人によって変わるものだ！　お前の中の正義で、お前は動いているのだろうが、世間の正義は長子継承だ。世間からすればお前は悪だ。そんな事すら分からん者に国を任せれば、すぐに国は分裂するわいっ！」

「私の中の正義は、優秀な者が継承する事です。その大前提が分からぬ世間が、悪そのものなのですよ。それが分からぬ父上が王だから、このように分裂してるのでしょう?　もはや言葉を交わす意味も無い。私がこの国を、より良い方向に導きますので御安心を。リーパー近衛騎士団長も、私の正しさを理解して、賛同してくれているのが何よりの証拠。この国の行く末を見ていてください……あの世でね！　皆の者！　かかれ！」

晴れやかな表情のヘンリー第2王子が、少し自分の言葉に酔っているのであろう、興奮して命令するのだった。

〜〜〜〜〜〜〜〜〜〜〜〜〜〜〜〜〜〜〜〜〜〜〜〜


ようやく謁見の間にたどり着き、扉を開いたパトリック。

そこで見たのは、倒れた近衛や兵士達、そして左腕の肘から先を失い、血を流して膝をつくトローラに、今まさに剣を振り下ろそうとしている、リーパー近衛騎士団長。

慌ててパトリックは、猛スピードで走り寄り、ガチムチ体形のリーパー近衛騎士団長に体当たりし、吹き飛ばして叫んだ。

「気が触れたか!? リーパー近衛騎士団長！　王家を守るべき近衛騎士が、陛下に剣を向けるとは何事か！」

トローラにポーションを渡しながらパトリックが言う。トローラや近衛兵達の奥に王や王太子、ソーナリスや王妃達の姿を見つけ、王族に怪我が無さそうで、少し安心したパトリック。

「くっ、スネークスめっ！　よくもあと一振りで、憎きカナーンの命を取れたものを！　こやつのせいで、私はお飾りの近衛騎士団長と、揶揄され続けてきたのだ。本当に強いのはカナーンで、私は爵位が上だったから、近衛騎士団長になっただの、人柄や人望はカナーンが上だの、物知らぬ愚民共がっ！」

そう叫んだ、リーパー近衛騎士団長。

「他人の評価など、気にしなければ良いだろう！　しかも愚民なら余計にな！」

「煩い！　ポッと出の伯爵に何が分かる！　貴族とは、尊敬されるべき高貴な存在なのだ！　平民は黙って我らの言う事を聞けば良いのだ！　それを陰で馬鹿にしおってからにっ！」

唾を飛ばして叫んだ、リーパー近衛騎士団長。

「尊敬されたければ、民のために何かするとか、それ相応の行動をすれば良い。それをしないで何を下らない事を」

吐き捨てるようにパトリックが言うと、

「やかましい！　ヘンリー殿下、いや、ヘンリー陛下は私を公爵に、そして国軍大将にしてくださると約束された。ならば、愚民共も認めるだろう！　誰が本当に強いのかを証明する！」

「強さを証明したければ、帝国相手にすれば良いものを、国内に混乱をもたらして何が証明か！」

パトリックが叫ぶと、ほぼ同時に8軍と、毒蛇隊が謁見の間に雪崩れ込んできた。

「レイブン侯爵領軍と反乱した兵、全て取り押さえました！　息のあった兵は治療済みです！」

と、ミルコが報告すると、

「ご苦労！　お前達は陛下のお側で護衛を！　そしてよく見ておけ、愚かで哀れな近衛騎士団長と、その後ろに居る、頭の悪い王族と、それに従う貴族の兵達の末路をな」

パトリックはそう言い、ニヤリと笑って、

「証明するのだろう？　私では正々堂々戦っても、貴様に勝てる見込みは無さそうだが、１人の強さなどたかが知れてる。軍とは組織で戦うものだ。それは近衛であっても同じ。皆で協力して王家を護る。それが分からん愚鈍な近衛騎士団長など、この国には必要無い。そうだな、８軍でこの愚かなリーパーを倒した者は、我が家の騎士としてやろう。誰か我こそはと言う者はいるか？」

と、突然の提案。

その場の皆が、コイツ何を言っているのだ？　とポカンとした表情である。

騎士、正式には騎士爵。それは貴族の第一歩。下級貴族とは言え騎士爵と言えば平民の憧れであり、貴族家出身の兵にとっても、手に入れたい地位である。男爵となって自分の家を興すためには、まず手に入れるべき必須の地位だ（パトリックのように、いきなり騎士爵を飛び越えて、男爵や子爵になれる者など、王族を除けばあり得ないし、旧リグスビー男爵家からの子爵家へと理解されているのはこのためだし、書類上はそのように処理されている）。

かと言って近衛騎士団長など、軍での実力は上の上。そうそう勝てる相手ではない。

それをこんな場面で言うパトリックに、皆が唖然とする中、リーパー近衛騎士団長は、

「馬鹿にしおってからにっ！　私は近衛騎士団長だぞ！　たかが国軍の急造８軍程度が、私に勝てるとでも思ったか！」

と、怒鳴る。

「大した訓練もせず、野心に心奪われるマヌケな団長と、厳しい訓練をしている8軍の兵とでは、伸びしろが違うと思うがな。それにまだ若いのでな、体力が違うだろ。しかも誰も1対1とは言ってないしな」

またもやニヤリと笑い、パトリックは、

「ヴァンペルト、ワイリー、お前達2人でやれ、お前達なら勝てる」

と、2人を指名してしまう。

突然の命令に戸惑う2人。相手は近衛騎士団長だ。王国での実力は上から数えたとして、5指には入るだろう。

しかも近衛騎士は、その身を盾にして王家を守るために、全身金属の鎧(よろい)である。

だが、命令は命令だ。

「り、了解致しました」

なんとかヴァンペルトが声を絞り出す。

「ヴァンペルト、どう動くつもりだ?」

ワイリーが、リーパー近衛騎士団長の方を警戒しながら、ヴァンペルトに聞く。

「連携して鎧の隙間を突くしかあるまい。にわか連携だが、お主とは、なんだかんだでけっこう長い付き合いだ。多少はマシだろ」

ヴァンペルトが答える。

「まあな、それしか無いか。ではやるか」

「ああ」

その声と同時に2人は動く。

2人の槍の動きはとても速く、また急造の連携とは思えぬ動きを見せる。

だが、相手は実力者の近衛騎士団長。金属鎧の特性も活かし、避ける動きは最低限。

多少鎧に当たっても構わないという動きのため、ワイリーとヴァンペルトは攻めあぐねて、逆に斬り付けられて、小傷を負う。

「ミルコ、適度にリーパーの目を狙って、手裏剣を投げろ」

いつの間にか、ミルコの横に移動していたパトリックが命令する。

「え？　あの2人に任せるのでは？」

「リーパーの奴、言うだけあってかなり強い。何か隙を作ってやらないと、2人が攻めるチャンスが少ない。やれ！」

パトリックの言葉に、

「了解です」

と、小さな声で承諾し、胸のポケットから手裏剣を取り出すと、音も無くミルコの手から放たれた手裏剣は、うまくリーパー近衛騎士団長の兜（かぶと）の開口部、目の位置に飛ぶのだが、

「ぬおっ！」

と、声を上げたリーパー近衛騎士団長は、あと少しというところで、気がついて避けた。

「卑怯な！　２人と言ったではないかっ！」

罵るリーパー近衛騎士団長の声にパトリックは、

「卑怯？　その言葉はそのままお前に返そう。王都軍やアンドレッティ大将が居ない隙に反乱を起こした、卑怯者のヘンリーに尻尾を振る犬が！　不意打ちまがいで、王家に剣を向ける卑怯団長よ！　うむ、卑怯団長とは我ながら良いネーミングだ！　王国史には卑怯団長リーパーと書いて貰おう！　アハハ〜」

笑いだしたパトリックを睨む、リーパー近衛騎士団長。

そこに僅かな隙が生まれた。

「シッ！」

と、ワイリーが小さな声で槍を突き出した。

その穂先が、騎士団長の左脇に刺さった。

「うぐっ」

痛みに声を上げて、一歩下がる騎士団長、だが追撃の槍がヴァンペルトからくりだされる。

団長の左肘の内側、鎧の隙間に槍が刺さり、団長はさらに後ろに下がる。

そこにミルコの投げた手裏剣が飛んできた。

プスッと小気味好い音が聞こえ、

「あぎゃあああっっ！」

と、団長が持っていた剣を落とし、右手で右目に刺さった手裏剣を抜きにかかる。

「好機！」

と、ワイリーが叫び、突進する。

それに続くヴァンペルト。

2人の槍が騎士団長の右腕の隙間と、太ももの隙間に刺さった。

頽（くずお）れるリーパー近衛騎士団長に、ワイリーとヴァンペルトは槍を捻りながら押し込み、抵抗出来ないように押さえつけた。

「勝負ありだな、ヘンリー！　観念しろ。今すぐ降参すれば生かして置いてやる」

と言った王の言葉に、

「おい！　お前達、突撃しろ！」

と、王に返事をせずに振り返って、反乱兵に命令するヘンリー第2王子。

「ですが、騎士団長を倒すような猛者（もさ）に我らでは……」

兵が答えるが、

「私が逃げる時間を稼げれば良いのだ！　いいから行けっ！」

と、言い放つその刹那。

「ぶふぉっ！」

と息を漏らし、ヘンリー第2王子が吹っ飛んだ。

「逃すと思ったか？」

その声は、先程までヘンリー第2王子が立っていた場所から聞こえた。

パトリックである。

腹を押さえて転げ回る、ヘンリー第2王子。

「え!? 今、何故ヘンリーが吹っ飛んだ？」

と、小さく呟いた王に、

「パトリック様がヘンリーお兄様のお腹に、ドロッ、いえ、跳び蹴りされました」

と、ソーナリスが言う。

「み、見えたのか？ パトリック・フォン・スネークスが移動したのも？」

ウィリアム王太子の問いに、

「はい！ 妻ですから！」

と、鼻息荒く宣うソーナリス。

「いや、まだ婚約者……」

と、王が呟く。

「さて、反乱者共を取り押さえろ！ 王家や貴族は殺すなよ。他は歯向かえば殺しても構わん！」

パトリックは部下達に命令し、ヘンリー第2王子に近づき、

「でだ、ヘンリー殿下、陛下のお言葉を無視した訳だが、生きるつもりが無いという事でよろしいかな？」

ようやく転げ回るのをやめたヘンリーを見下ろしながら、一応口調を正して聞いたパトリック。

「な、何を無礼な！　貴様のような伯爵如きが誰に向かって口を利いておる！　生きるつもりがないかだと？　私はまだ負けておらん！　今から皆殺しにウギャーッ！」

話の途中でパトリックに、腹を踏み付けられたヘンリーが騒ぐ。

「何がまだ負けてないだ。聞いて呆れるとはこの事だ！　陛下の許可さえあれば、今すぐ首を刎ねて飛ばすのだがな。だいたいこの程度の手勢で、よく反乱が成功すると思ったな。頭が悪過ぎる！」

パトリックの言葉に、

「煩い！　貴様さえ帰って来なければ上手くいっていたのだ！　城と王都を押さえれば、なんとでもなる！　だいたいあんな優しいだけの兄より、はるかに優れている私を、王太子にしなかった父上が悪いのだ！　あと少しで皆殺しにして、国王になれたものを！」

ヘンリーがパトリックに言い放つ。

だが、ヘンリーの言葉を聞いた、パトリックの額がピクリと動いた。

その瞬間、パトリックから溢れる殺気に、謁見の間は支配された。

誰一人として声を出せず、ヘンリーの母親や妹は、その場に震えて倒れる。いや、ソーナリスの母である第1王妃や侍女なども。

反乱兵達も腰を抜かしたり、尿を漏らしたり。

パトリックを良く知る8軍ですら、少し震えた。

そして、一番近くに居るヘンリー第2王子は、泡を吹き気絶した。

が、パトリックは気絶して倒れているヘンリーの横腹を蹴り上げて、目を覚まさせると、

「2度も皆殺しと言ったな」

〝ボコッ〟

ヘンリーの腹にパトリックの右足がめり込む。

「そこには大恩ある陛下や、我が妻となるソーナリスも含まれているのだろ？」

蹲ったヘンリーの胸ぐらを左手で摑んで立ち上がらせると、

〝バシッ〟

胸ぐらを摑んだまま、ヘンリーの左頬を右拳で殴った。

「そして、ソーナリスと結婚したら、我が義兄となるウィリアム王太子殿下や、その妻のエリザベス妃も！」

〝ゴキッ〟

顎を下から殴り飛ばし、ヘンリーが床に倒れる。

「ウィリアム王太子殿下より優れている？　何が？　どこが？　自分の欲望だけで動くカスが、ふざけた事を抜かすな！」

〝グリグリッ〟

と倒れたままのヘンリーの頭を踏みつけて、

「私はな、身内を狙われるのは大嫌いでな」

〝プスッ〟

と、ポケットから針を取り出して、ヘンリーの右人差し指の指先と爪の間に差し込み、

「痛いか？　そりゃそうだろう。痛みが大きくなるようにしてるんだから」

〝ぐりぐり〟

と、刺した針を左右に動かす。

「死にたくなってきたか？」

〝ペリッ〟

と、動かされた針により浮いた爪を剝がして捨てると、

「殺して欲しいか？」

そう言いながら、右人差し指を手の甲側に反らせ、力を入れていく。

「死ねば楽になれるぞ？」

〝ボキッ〟

指の骨が根元で折れた。

冷静な言葉遣いなのだが、これらの作業を手の指全部にしながら言葉を続ける。

なお、この作業を見て倒れる者続出、尿を漏らす者多数。

誰も言葉を発せないから、止める者が居ない。

ヘンリーの体は出血こそ少ないが、指などは全て逆に曲がり、爪は剥がされ、顔は腫れ上がっている。まあポーションでギリギリ治るだろう。

ヘンリーの悲鳴が、その部屋で響く。

「煩い」

そう言って肘の関節を、膝と腕を使って〝バキィッ〟と折ったパトリック。

ヘンリーが痛みに喚くが、御構い無しにヘンリーを仰向けにして、首の下あたりを蹴り付けた。

〝パキンッ〟

おそらく鎖骨が折れたのであろう音。

痛みに暴れ、這いつくばって逃げようとするヘンリーに、パトリックは歩を進めて近づいて、

「今すぐこの場で殺したいが、陛下の許可が無いので、この程度で我慢しているのだが、どうだ？

このボンクラッ！」

そう叫んで、自身の全体重をかけて、這っていたヘンリーの背中に飛び膝を落とす。

〝バキッッ〟

と、一際大きな音がヘンリーの背骨から聞こえた。

それはヘンリーの叫び声にかき消され、皆に聞こえる事はなかった。だが、その音と共にヘンリ

ーを襲った激痛により、骨だけでなく心も折られた。

パトリックによって。

「こ、殺せ……」

ヘンリーが小さく呟いた。

その声にパトリックの殺気は、さらに大きく広がったのだが、

「パトリック様、そろそろよろしいのでは？　そんな人でも一応兄ですので、あとはお父様にお任せして頂きたいのですが？」

ソーナリスが、パトリックに声をかけた。

その声に、瞬時に殺気を抑えたパトリック。

「そうですね。この辺にしておきますか。ソーナリス殿下にはお見苦しいものをお見せしました。申し訳ございません」

パトリックが頭を下げる。

「いえ、ものすごくカッコ良かったです！　あと、呼び捨てにされて嬉しかったです！」

ソーナリスの鼻息が少し荒くなる。

「陛下、そして殿下方、お見苦しいところをお見せしました。この後はお任せします」

深々と頭を下げて言うパトリックに、

「う、うむ、まあ少しやり過ぎな感もあるが、助けられたな。礼を言う」

王は、一応パトリックの行動に釘を刺しはしたが、不問とするようだ。

「弟の不始末、解決してくれて助かった。私からも礼を言う。それと、義兄と呼んでくれた事、嬉しく思う」

ウィリアム王太子は、まだ少し青い顔をしながら言う。

「パトリック、いや、スネークス伯爵、助かりました。陛下達の御身に怪我一つなく解決出来た事、全近衛に代わって感謝と御礼を！」

左腕の肘から先が無い腕を押さえながら、トローラ・フォン・カナーンが言う。

ポーションは、傷を塞いだり、折れた骨を元に戻したりはするが、欠損した部位を修復してはくれない。

つまり腕は生えてこない。傷口を塞いで止血しただけである。

「伯父上、もう少し早ければ……」

肘から先の無いトローラの腕を見て、パトリックは残念そうに言う。

「過ぎた事だ！　名誉の負傷だ。デコースに自慢出来るわいっ！」

トローラは、わざと声を大きめにして言った。

「あ、あの、スネークス伯爵、この度は助かりました」

震えながら少しビクビクした感じで、話しかけてきたのは、銀色の長い髪を持つ細身の男。

「マクレーン殿下、ご無事で何よりです」

マクレーン・メンタル第3王子である。顔色が相当悪い。青ざめたというより蒼白と言った方が正しいだろう。

「よし、とりあえずそこのヘンリーと、フィリアとソフィアを、フィリアの部屋に監禁しておけ！　リーパーや他の貴族は牢屋に叩き込んでおけ！　他の反乱に加担した兵も同様だ！」

王の命令に、皆が一斉に動き出し、それぞれが連行されて行く。ヘンリーには、無理やりポーションを飲ませているのが見て取れた。

フィリアとは、第2王妃。ソフィアは、第2王女である。

「それとパトリック、すまんが1つ任務だ」

王がパトリックを見て言うと、

「レイブン侯爵家ですね？　どう致します？」

パトリックが先読みして問いかける。

「うむ、出来れば生かして捕縛してまいれ。無理ならば任せる」

「御意！　では、失礼致します！　ソーナリス殿下、帰ってきたらゆっくり会う時間を取りましょう」

パトリックは頭を下げて言うと、サッと頭を上げて部下の方に振り返り、

「8軍！　並びにスネークス領軍！　レイブン侯爵の身柄確保に向かう！　私に続け！」

そう声を上げて歩き出した。

背中にソーナリスの熱い視線を、ビシバシと感じながら。


その後、パトリック達は、王都レイブン侯爵家に向かう。

急ぎ駆けつけたが、レイブン侯爵家はもぬけの殻、使用人すら居ない。

「逃げたか……」

パトリックの呟きにミルコが、

「追いますか？」と問うと、

「無論！　すぐに準備して追うぞ！」

パトリックが間髪を容れずに叫んだ。


時に、パトリックが謁見の間を出た後、気を失った者達の目を、近衛が覚まさせていき、その場に残された者達は、

「なあ、ソーナリス」

ウィリアム王太子が、まだ少し青い顔でソーナリスに話しかける。

「はい、ウィリアムお兄様」

「パトリック・フォン・スネークス。お前の夫となる男はかなり怖いが……良い男だな」

と、妹の顔を見つめて微笑(ほほえ)んだ。

「もちろんです！　私の選んだ人ですから！」

と、ニッコリ笑ったソーナリス。

そんな兄妹の会話と、

「父上……あの男、怖過ぎませんか？」

と、真っ青な顔で王である父に話しかける、マクレーン第３王子。

「うむ、初めてパトリックの残虐さをこの眼で見たが、凄まじいな。だが、ポーションで治る程度に収める冷静さもあるし、王家への忠誠は確かだ。それに腕はそこそこだが、統率力はすこぶる高い。気配を消して、相手に気付かれないという特技もある。何より、ソナがベタ惚れだ。年齢的にはお前より上だが、一応義弟になるのだから、慣れろ」

と言った王に、

「な、慣れますかね？　第一印象がトラウマものの殺気ですけど。というか恐怖でまだ足が震えているのですが……」

と、震える声のマクレーン第３王子。

「アレ、凄まじかったな……」

父子の会話と、

「早く湯あみの用意と着替えを！」

「今日の下着、お気に入りだったのに！」

「気をしっかり持って！　もう怖い人は居ないわよ！」

「ほんとに!?　本当にもう居ない？」

「なんなのあの黒髪、生きた心地しなかったわよ！」

「あの黒髪が、ソーナリス殿下の婚約者なの!?」

「いつもは覇気の無い男だと思っていたけど、アレが本性なのね……そりゃソナも惚れるわね」

王妃や貴族の女性陣や侍女達の会話と、

「我が甥ながら凄まじかったな！　流石死神パトリック！」

「訓練の時は、まだ優しくしてくれていたんですね。あの殺気で訓練されていたら、逃亡兵が出ますね」

「昔は気弱な子だったが、環境は人を変えるな！」

トローラと、部下の近衛騎士との会話などが、そこかしこで繰り広げられる。

「さて、これから忙しいぞ！　とりあえず城の現状の把握だ！　ウィリアム、マクレーン行くぞ。近衛も来い！」

王が声を張り上げ、皆が動きだす。

「どうでもいいけど、この部屋臭い……」

最後にソーナリスが心底嫌そうに呟いた。

〰〰〰〰〰〰〰〰〰〰

パトリックと8軍そして毒蛇隊は、レイブン侯爵領に向け王都を出た。

パトリック達8軍は第1戦闘配備にて、走竜隊、馬隊、毒蛇隊も馬で続く。馬車隊はスピードで少し遅れている。

王都から東に馬車で一日、そこがレイブン侯爵領である。

途中、レイブン侯爵家の馬車を、ワイリーが率いて先行していた馬隊が、追いつき発見。捕縛し、馬車の中を検(あらた)めるが、メイドや使用人しかいなかった。

遅い馬車を見捨てて、自分だけ先に馬で逃げたようだ。走竜隊も追いつき、走竜隊と移動していたパトリックが、

「こりゃ追いつけないか。レイブン領軍とガチンコ勝負かな?」

左眼の横を、トントン叩きながら呟くパトリック。

「がちんこって、何です?」

と、ミルコが尋ねた。

「真正面からのぶつかり合いって事さ。もっとも、馬鹿正直に正面から乗り込むつもりは無いがな」

「どうします?」

「移動しながら考えるわ」

呑気な答えが返ってきた。

そうこうしてる間に、馬車隊が追いついたので、急ぐのをやめて、馬車のスピードに合わせて、移動を再開する事にしたパトリック。

〰〰〰〰〰〰

全速力で走る馬が2頭、その背中は白髪の小柄な老人と、175センチほどの細身の男性、レイブン侯爵とその息子である。2人一緒に駆けていた。

城に遣わしていた部下が、反乱失敗の報告を持ち帰って来てから、慌てて荷物をまとめて王都の屋敷を出た。

「あと少しで王の祖父になれたのにっ！」

「父上、そんな事言ってる場合ではございません！　領地に戻って兵で固めても、そんなに持ちは
しませんぞ！　どうするおつもりかっ！　だいたい私は反対だったのです。やるなら反王家も取り
込んで、しっかり作戦を練ってからにすべきだったのです！　それを急ぐからこんな事に」

「今更言うな！　我が派閥に連絡して、兵の増援と食糧の確保をして、備えるしかあるまい！　東
は我が派閥も多い。何なら他の家もそそのかして、東で独立も視野に入れるべきか……」

「東方面軍を忘れてませんか？　ワイバーンを倒す猛者どもですよ？」

「東方面軍は、対人戦の経験は浅い。なんとかなる！」

「まあ、なんとかしないと私の命が危ないので、協力しますがね」

「ヘンリーの奴め、絶対上手くいくなどと調子の良い事を言いおって！」

「それに乗ったのは、父上でしょうに」

「やかましいっ！」

怒鳴るレイブン侯爵に、息子は少し反抗的な目を向けていた。


〜〜〜〜〜〜〜〜〜〜〜〜〜〜〜〜〜〜〜〜〜〜〜〜〜〜〜〜〜〜

次の日の昼頃、パトリックや8軍達はレイブン侯爵領に足を踏み入れる。

侯爵領の領都の門は固く閉ざされ、塀の上には見張りが多数。

それを遠くから見るパトリックと8軍達。

「まあ、こうなってるわな～」

「中佐、呑気な事言ってないで、どう動きます？」

ミルコは少し呆れた声で聞く。

「ワイリーとヴァンペルトと、ホンタス、エルビスを呼んでこい。会議だ」

と、ミルコに命令する。

ホンタスとは馬車隊の隊長で、サイモン侯爵家より、騎士爵を授けられている男である。

年は40ぐらいの青髪青い眼のポッチャリおじさんである。

エルビスは、毒蛇隊の隊長である。

30歳の茶色い長髪に青い眼をした身長180センチほどのイケメンだ。

「さて、どうする？」パトリックが皆に問いかける。

「どうするも何もあれだけ警戒されると、砦(とりで)を攻めるのと変わりません」

と、ミルコが返す。

「だよなぁ。穴でも掘るか？」

「何日かかるか分かりませんし、崩落でもしたら、大被害です！」

と、ホンタスが意見する。

「８軍にこの街の出身者は居ないか？　毒蛇隊は基本スネークス領出身だしな」

「はて？　居たでしょうか？」

ワイリーが頭を傾げる。

「ちょっと聞いてこい」

皆が自分の部隊に走り出す。


「中佐、１人居ました、おい！」

と、ヴァンペルトに連れてこられた年若い兵士は、

「ジニー上等兵であります！　この街の農家の出です。街に両親と兄２人が住んでおります！」

と、少し緊張気味で敬礼しながら言った。

「よし！　ジニー上等兵よ、街の内部の事など色々教えてくれ！」

「はっ！　では、何からお伝えしましょうか？」

「まずは、壁や建物から……」

と、ジニー上等兵から、街の様子などを聞き取るパトリック達。

そして、

「これでなんとかなるか？」

パトリックが言い、

「というか、他に手が無いような……」

と、ミルコが言い、

「中佐が危険では？」

と、ヴァンペルトがパトリックの身を心配し、

「しかし、他の者が一緒に行くと、バレて話にならないし……」

と、ワイリーがヴァンペルトに返す。

「俺の事はいい。自分でなんとかする。お前達は、奴らに見つからないように迂回しろ。合図はいつもの黒煙な」

パトリックは皆を見てそう言う。

「承知しました。ご武運を！」

ミルコがパトリックに敬礼して言った。

「じゃあ作戦開始だ！」

そう言い、パトリックは1人で領都の壁に向かって歩き出し、そのまま壁沿いに走っていく。領都の奥にある農地を目指して。

気配を消したパトリックならば、レイブン侯爵領兵に見つからないからだ。

壁沿いに走る事3時間、壁の外に広がる農耕地にたどり着く。

農民が出入りする門も、固く閉ざされているが、いずれ収穫に出てくるだろう。街にどの程度の食糧があるか分からないが、野菜などはそんなに日持ちしないので、収穫にくるはず。チャンスはその時である。


干し肉を齧りながら待つ事2日。

(ようやくか)

領兵に警護されながら、農民がぞろぞろ出てくる。

門はすぐに閉じてしまったが、パトリックの狙いは、農民達が入る時だ。

農民達に紛れて侵入すれば良い。

3時間ほどで収穫が終わり、街に戻る農民と警護の兵に、気配を消しさりピッタリと寄り添って、門からの進入にあっさりと成功するパトリック。

街の中も気配を消してはいるが、普通に歩きまわり領兵の詰所や、レイブン侯爵の屋敷を確認。

ふと、1人で乗り込んでもいけるのでは？　と、頭に思い浮かぶが、取り押さえる人数と、捕縛した人を運ばなければならない事を思い出す。

(殺すだけならいけるんだが、流石に無理だな)

パトリックは事前の作戦どおり、とある門を目指し歩き出す。

街の東側にある門。

そこは、薪(まき)などを調達するために作られた、森へと向かうための門。切り倒した木材などを運ぶ台車が通るために、大きめの門がある。街道沿いにある、正門の次に大きな門である。

その森の中に、毒蛇隊と8軍は潜んでいた。

8軍は迷彩柄の戦闘服に着替えており、発見されにくい。

毒蛇隊は、元々緑色の軍服であるので、8軍には劣るものの、目立ち難い。

馬車隊は少し離れた所で、馬や走竜と待機している。

そして、森の中から壁の向こうを注視する8軍達は、壁の向こう側で黒い煙を視認する。

「よし、中佐が到着されたぞ。もう少しだ、準備しろ！」

ヴァンペルト大尉が、部下に命令する。

「案外早かったですね。街に食糧の備蓄は少なかったのかな？」

毒蛇隊の指揮官、エルビスが言う。

「急な籠城だろうからな」

ワイリー大尉が、小声で答えた。

壁の向こう側で、喧騒が聞こえだす。そして先程よりも多い煙が上がる。

「ありゃ火事ですかね？」

エルビスが言うと、

「だろうな。中佐だろうなぁ」

ヴァンペルト大尉がそれに答え、

「そろそろだな」

と、ワイリー大尉が言った時、ギィっと、音を立てて、門の横の通用口が開いた。

「よし！　突入だ！」

ワイリー大尉が叫ぶ。


〜〜〜


パトリックは、森に面した門にたどり着くと、けっこうな量の石炭に火を付け、門の警備兵達が待機する小屋に投げ込んだ。ついでに油の染み込んだ布にも、火を付けて投げ入れる。

小屋の中で石炭は燃え、煙が小屋から溢れ出す。燃えた布の火は、兵士の服に燃え移る。それを見て門で警備していた兵が、慌てて小屋に駆け寄る。その時すれ違ったパトリックに、気がついた様子は微塵（みじん）も無い。

既に石炭などの火は、小屋に燃え移りだしており、さらに多くの煙が上がり、火の手が増す。領兵が火を消すために井戸に走り出す。

門を警備する兵がいないのを確認したのち、パトリックは通用門を開けた。

無事進入路を確保したパトリックは、通用門から8軍達を入れる事に成功し、先に入った兵士により、大きな門を開けさせると、

「よし、レイブン侯爵の屋敷に向かうぞ！　領兵は蹴散らせ！　狙うはレイブン侯爵の家族のみ！　行くぞ！」

と、叫んだ。

突如現れた奇抜な服の軍隊に、領民は逃げ惑い、領兵は消火するのをやめて、槍を構えて抵抗するが、まばらに配置されていた領兵など、パトリック達の相手では無く、8軍に斬り捨てられるのみであった。

その日、緋い夕日が街を染める頃、レイブン侯爵の屋敷を取り囲む、パトリックと8軍と毒蛇隊。
「直ちに投降しろ。さもなくば突入する！」
8軍の降伏勧告に、レイブン侯爵は、屋敷の2階の窓から、
「馬鹿な事を言うなっ！　こちらにはまだ500は兵がいるのだ！　そちらより数は多い！　貴様

らこそ死にたくなければ、今すぐ街から出ていけ！　今なら見逃してやるぞ！」

と、怒鳴ってくる。

確かに屋敷の広い庭には、兵が多数居る。５００はあやしいが。

「戯けた事を。交渉決裂だな。よくもこの状況であのセリフが言えるものだな、では行くか……ワイリー、ヴァンペルト、エルビス、用意は良いな？」

パトリックが屋敷に向いたまま言うと、

「「「勿論」」」

と、背後から３人の声がする。

「ミルコは他の兵士達の後の指示を頼む」

「承知しました」

ミルコが答えた後、パトリックは目を閉じて、ふーっと息を吐き、大きく空気を吸い込んで眼を見開き、

「突撃！」

と、叫んだ。

どこからか調達してきたデカイ丸太を、８軍の兵士達が鉄製の門に叩きつける。デカイ音をたてて門が壊され、パトリック達が突入する。

そこかしこで戦闘が始まる。そして、

ゆぅや~け♪こやけぃの~♪あーかとんぼ~♪

下手な歌だ。

だが、この世界には無い歌だ。おまけにこの世界に赤トンボなどいない（黒と黄色の縞模様のオニヤンマを、１メートルくらいにしたような、バケモノのような肉食トンボなら生息しているが）。

歌っているのは勿論パトリック。

歌いながら歩いてきたその跡には、無数の屍（しかばね）。

レイブン侯爵領兵の屍。

パトリックの姿が赤く染まって見えるのは、夕日に照らされただけではないだろう。

それは死神の圧倒的な殺戮（さつりく）か。

適度な殺気を纏い、その殺気を感じてもなお、怯まず向かってくる者だけを斬って捨てる。

次々と人の首が地面に落ちる。

腰を抜かした兵など相手にしない。後に続くミルコ達が取り押さえるだろう。

パトリックの護衛として展開するのは、左にワイリー、右にヴァンペルト。背後はエルビスが護っている。

屋敷の門から玄関扉までが、赤い絨毯のように染められ、オブジェと化した屍が、この場を異空間かと思わせる。

だが、それは現実。


パトリックが玄関扉を蹴破り、屋敷内に入ってからも、歌は続く。

屋敷内に敷かれた、クリーム色の絨毯が赤に染め上げられ、肉のオブジェが増えていく。

使用人達は殺気により、既に失神していた。

兵士の多い廊下を選んで、進みゆくパトリック達。

「兵士が道案内しているようなものだよなぁ」

と、言いながら、向かってくる兵士を刀で斬り捨てる。

「ここかな」

そう言ったパトリックは、一際豪華な扉を蹴破る。

「くっ、くそ！」

狼狽(うろた)えて剣を抜くレイブン侯爵と、

「父上、もはや諦めた方が」

両手を上げげて、抵抗の意思が無い事を示す侯爵の息子。

「諦められるか！　死罪だぞ！」

息子に怒鳴るレイブン侯爵だが、

「しかしもう、どうにもなりませぬ！」

「こやつらを倒せば！」

「精鋭と言われた我が領兵、それもあの人数を倒すほどの腕ですよ？　無理です……」

と、状況を把握して諦める息子。

「ふむ、息子の方は状況を理解出来たか？　抵抗しなければ斬りはしない。大人しくしておけ。でだ！　そこの耄碌ジジイ！　覚悟も無く反乱に手を貸す老いぼれ！　今死ぬか、後で死ぬか選べ！」

レイブン侯爵に向かって、パトリックが言い放つ。

「やかましい！　ポッと出の癖に偉そうに！　ようやく、ようやく我が孫が、王位につける地位まできたのだ！　それを支援して何が悪い！　王の祖父の家となれば、公爵になれるチャンスなのだ！　それを夢見ぬ貴族などいない！」

そう喚くレイブン侯爵に、

「いや、夢見た事は無いな」

と、馬鹿にしたような表情のパトリックが言い返す。

「だから貴様はポッと出なのだ！　由緒ある貴族とは違う」

と言ったレイブン侯爵に息子が、

「いや、父上、元々リグスビー家の……」

と、訂正しようとすると、レイブン侯爵は息子の顔を見て、

「お前はどっちの味方だ！」

と、怒鳴る。

「こうなっては、王家かな。スネークス伯爵、何でも喋りますので、どうか命だけは！」

と、懇願する息子に、

「お、お前裏切るのかっ！」

と、レイブン侯爵がさらに怒鳴る。

「元々私は、乗り気じゃ無かったでしょうに」

と、答えたレイブン侯爵の息子。

「まあ、リグスビー家など、ただの古い血だ。今はもう無い家だ。確かに私はポッと出だが、何かに怯えて暮らす日々が、怯えなくて済む日々に変わった。私にはそれで充分だ……それが私の生き方だが……何か文句でもあるのか？」

最後の言葉にパトリックは、強い殺気を込めてレイブン侯爵に言い放った！

全身が血で染まり、乾いていない血液が滴り落ちる、赤い死神の殺気。

「後少しだったのに……」

顔面蒼白のレイブン侯爵が、力無く項垂れ膝をついた。

その隣に、パトリックの殺気の余波を浴びて、股間から黄色の液体が滴り落ちる侯爵の息子がいたのだが、まあ些細な事である。


翌日、レイブン家の者達を王都へ連行するため、レイブン邸を出発するパトリック一行。

街を出たところで、レイブン家が応援を要請していたのだが来るのが遅れていた、レイブン派の貴族の軍と鉢合わせ。

「運が悪かったな」

とは、パトリックの言葉。

これは8軍達に向けてなのか、それとも相手に向けてなのか。

一応、降伏勧告はした。

「レイブンはもう捕らえた！　死にたくなければ、とっとと尻尾巻いて帰れボンクラ！　今ならマヌケなお前らを見逃してやる！」

と、パトリックは優しーく言ったのだが、領軍の指揮官は、

「若造の癖に、偉そうに言うなっ！」

と、聞く耳持たずに何故か激怒し、攻撃してきた（と、後にパトリックは言い張った）。

8軍と毒蛇隊は、相手の弓矢の雨を槍で薙ぎ払い、相手の突き出す槍を掻い潜り、敵中央部に突

撃、レイブン領軍との戦闘で疲れているはずなのに、特に苦戦しているようには見えない。

　1時間後には、既に戦闘が終了していた。

「楽勝だったなぁ」

「レイブン領軍よりも弱かったなぁ」

「いつもこんな感じなら、疲れないのにな！」

　8軍の兵達の感想である。

　壊滅的被害を受けた、応援に来たヒッポー子爵領軍。

　パトリック達の帰り道が、少し遠回りになり、ヒッポー領のヒッポー子爵家には、血の雨が降ったとか、降らなかったとか。

　ただ、捕縛された貴族の数が増えたのは確かである。

　ようやく王都にたどり着き、パトリックは王城に赴く。

「陛下、お待たせ致しました。レイブン侯爵家と、レイブン侯爵家に協力しようとしていた、レイブン侯爵派の貴族共を、捕縛してまいりました」

「ご苦労！　後はこちらでするから、とりあえず休んでおいてくれ」

「はっ！　ソーナリス殿下に顔だけ見せて、今日は引き揚げます。流石に疲れました」

「ご苦労であった。ソナの方は、よろしく頼むわ」

「殿下、戻りました」

と、ソーナリスに応接室で挨拶をするパトリック。

「パトリック様！」

と、笑顔で元気な声で、ソーナリスが答えたのだが、

「今日は流石に疲れておりまして、顔だけ出しにきました。明日にでも改めて参ります」

と、申し訳なさそうにパトリックが言うと、

「そ、そうですか。分かりました！　では、また明日に」

少し残念そうに、しかし笑顔でソーナリスが答えた。

「はい、では！」

パトリックが去った後、

「疲れてる顔も良い……ああっ！　あの疲れたパトリック様を、膝枕して頭ナデナデしたい！　それで、寝ぼけたパトリック様にグリグリされて、その後あーして、こーして……グフフ」

「殿下！　心の声がダダ漏れです！　少しは控えて貰いませんと」

と、侍女が諫める。

「あ、聞いてたの!?　アメリア、盗み聞きは良くないわよ？」

アメリアとは、お付きの侍女の名である。青く長い髪の毛がすらっと腰まで伸びており、かなりの美人である。

女性としては背の高い方であろう。

「聞いてたのとはご冗談を。私が盗み聞きしたみたいに言わないで下さい。アレだけ大音量で言えば聞こえますから！」

と、青い瞳で、ソーナリスを見つめる。

「でも、良くなかった？　あの気怠げな表情！　思わず押し倒したくなるわよね！」

「王女殿下の言葉とは思えません」

「いいのよ！　もうすぐ伯爵夫人になるから！」

「伯爵夫人でもダメでしょ……」

ため息混じりでアメリアが呟いた。

翌日、王城のテラスには、キラキラした服で楽しそうなソーナリスと、少し眠そうなパトリックの姿があった。

その後、王国は粛正の嵐が吹き荒れた。

主な家でいうと、まずパトリックとソーナリスの件で、アンドレッティ大将率いる1軍に連行されてきた、ブッシュ伯爵家。

ブッシュ伯爵家は取り潰し、ブッシュ家の男性は10歳以上は全て打ち首。女性と10歳未満の男児は平民に。

　ブッシュ伯爵の最後の言葉は、

「私の妻になる事を拒否した王家が悪いのだ」

　で、あったという。

　アボット伯爵とサイモン中将率いる2軍に連行されたハンターレイ子爵家も、家は取り潰し、当主は死罪でその他の者は平民に。

　匿（かくま）われていた、平民に落とされていたニューガーデン家の者は、男は死罪。女性は犯罪奴隷として売り払われた。

　スネークス憎しと、叫びながら死んだブタが居たという。

　パトリック達に連行されたパジェノー男爵家は、家は取り潰し、当主は死罪、スコットの身柄はパトリックに一任。その他は平民に。

　その他、リストに載っていた貴族の当主はことごとく死罪、家は取り潰しとなった。

　反王家派は徹底的に調査され、僅かな不正すら摘発され、罰金で済めば御の字、悪くてお家取り潰しや、爵位を落とされたりと、反乱の芽を摘んでいく。

　次に謀反（むほん）を起こしたヘンリー派筆頭のレイブン侯爵家は、お家取り潰し。当主は死罪。

　内情をベラベラ喋った息子は、平民に格下げとなったが、死罪は免れた。

　その他の家族も平民に落とされた。

また、ヘンリーに協力したリーパー伯爵家は、リーパー元近衛騎士団長は、市中引き回しの後、打ち首。家は取り潰し。10歳以上の男は死罪、その他は平民に。

次にヒッポー子爵家。

謀反そのものには加担していなかったが、事実確認もせず、謀反人を助けようとした罪で、当主は死罪だが、家は男爵に格下げで済まされたのは、王の温情であろうか。

パトリックに事情を説明されたにも関わらず対抗した罪で、ヒッポー領軍の指揮官も死罪。

その他、レイブン元侯爵の招集に応え、レイブン領で手を貸した貴族も、当主は打ち首となった。

次に反乱に手を貸した兵だが、貴族の領兵で動かざるを得なかった者は、罰金。

王国軍で反乱に手を貸した兵は、一部（主に反乱貴族家の出身者で、ヘンリーに協力した者）は死罪、他は全員二等兵に格下げと罰金で済まされた。

貴族当主など打ち首となる者は、王都の処刑場にて、斬首された。

では死罪と明記した者達は？

「やりたいならやっても良いが、本当にやるのか？」

とは、王がパトリックに言った言葉である。

その日、王都の処刑場にて、有料の公開処刑があった。入場料は1人銅貨10枚。約1000円で、貴族が殺されるのを見るというショーである。娯楽の少ないこの世界では、処刑も娯楽のようなモノなのだ。

なお場内整理はアボット家が担当。

宣伝が上手かったのか、有料にも関わらず大勢の平民が見に来ていた。貴賓席には多くの貴族当主の顔も並ぶ。

だが、見に来た人々は皆、後悔して帰ったという。

手足を折られて、満足に動く事の出来ない、全裸の元貴族当主達が、巨大な蛇の魔物に生きたまま飲み込まれるという、この世の地獄のようなショーであった。

意識があるままで、蛇に足から飲み込まれていく最中に、恐怖のあまり人格崩壊する者が多数出ており、

「死にたくない！　こんな形で死にたくない！」

と、叫びながら飲み込まれていく元当主達を見る貴族や民衆は、その光景を見る事により、人の精神の脆さを実感した。

そしてこの日、ぴーちゃんは人喰い魔物という称号を手に入れた。蛇なのに。

また、スネークス家は人喰い魔物を使役し、敵を喰い殺させる貴族として、王国貴族と王都の住人から認識され、恐れられる事となる。

そして、スコットだが、ぴーちゃんのショーの翌日、丸裸で左手首に縄をくくりつけられ、王都を馬でゆっくり引き摺られて、各部を擦り傷だらけにし、とある場所に連れて来られていた。

ここで王都のトイレ事情の説明をしよう。

貴族街は下水道完備である。シャワートイレは無いが、絶えず水が川から流れてきているので、出したモノは流れていく。

では、平民街は？

汲み取り式である。職にあぶれた者達が、桶1杯銅貨1枚から5枚程度で引き受け、とある場所に捨てに行くのである。

とある場所とは、いわゆる肥溜め。良く言えば肥料生産場。

かなり深い穴が掘られて、そこに糞尿が溜められ、いっぱいになると上に藁がひかれてその上から土がかけられる。後は虫などが分解してくれるのを待つ感じであるが、一応機能している。

「さて、スコットよ、今からどうなるか分かるよな？」

パトリックが、縄で縛られたまま地面に転がるスコットを見ながら言うと、

「糞尿でもかけて、怪我を悪化させるつもりだろうが、それくらいで貴様に許しを乞うとでも思ったか！」

威勢よく喚いたスコットだが、

「これだからバカは救いようが無い。誰が許しを乞うお前を見たいと言った？　こうするんだっ！」

そう言って、糞尿の溜められた穴にスコットを蹴り入れて、高笑いするパトリック。

縛られているので、何も出来ずに糞尿に溺れて、沈みゆくスコットを見てミルコが、

「お館様、あのままで宜しいので？」

と、パトリックに聞いた。

「お前、あの中に入って、あのバカ引きずり出す勇気あるか？」

「まさかっ！　あるわけ無いじゃないですか！」

「だろ？　俺にも無い！　奴には墓地も無くここで肥料になって貰おう。死んでから、やっと平民の農家の役に立てる訳だ。生きてる時はなんの役にもたたなかったから、罪滅ぼしにちょうど良いだろ」

と、笑いながらその場を後にする。

なお、その様子を糞尿入りの桶を運んできたスラムの住人が見ており、周りに言いふらしたので、こちらでも悪評が広がったパトリック。


さて、王家の処分はというと、フィリア第2王妃は、城の離れにて軟禁。

ソフィア第2王女も、同じ城の離れに軟禁。

そしてヘンリー第2王子は……

「最後に言う事はあるか？」

王の言葉に、ギロチン台に固定されたヘンリー第2王子は、

「私の方が優れている！　私が王になる事がこの国の繁栄に繋がるのだ！」

最後まで反省する事なく、自分の言い分のみ口から吐いた。謝罪さえあれば軟禁で済ます気だった王だが、

「やれ」

目を瞑り静かに命令した。

兵士が短剣で、縄を切ると、

〝ズダンッ！〟

ギロチンの刃が落ちる音が、その部屋全体に響き渡り、胴から離れた首がコロコロと転がった。

「馬鹿者めが……」

眼を見開いたままの、ヘンリーの頭部を見つめて、王が哀しげに呟いた。


後日、肥料生産場にて、右手首の無い魔物、ゾンビという腐った肉体を持つ魔物だが、その魔物が汚物塗れで1体現れたのを、桶を運んできたスラムの民が発見。これを王都軍の詰所に報告した。

さらに喋らないはずのゾンビが、「パトリックゥゥッ！」と、叫びながら這いずり出てきたとの証言があり、それを受けて8軍に出動要請が出た。

パトリックもその場に向かったのだが、既にゾンビは王都のすぐ外まで来ていた。

遠巻きに見ているスラムの住人を、兵士に言って下がらせて、ゾンビをよく観察すると、汚物塗れの腐った肉体を這う蛆虫や、目玉から飛び出るミミズ。

それを見て馬鹿笑いするパトリックに、喚きながら近よるゾンビ。

「あの汚いのを斬ると武器が汚れるなぁ。ゾンビって首飛ばせば死ぬんだよな?」

パトリックが、横に居るミルコに聞くと、

「そのはずです」

「じゃあ、石投げて首に当てたら飛ぶかな?」

と、その場にある拳ほどの大きさの石を拾い、

「ピッチャー、振りかぶってぇ～投げました!」

と言って、投げつけた。

首に命中した石は、腐った肉を吹き飛ばし、白い骨が剝き出しになった。その衝撃で仰向けに倒れたゾンビが、ゆっくり体を起こしたが、今度は這いずるようにして近づいてくる。

「ちっ! 骨はしっかりしてやがる」

パトリックは憎々しげに言い、もう1つ石を拾うと、大きく振りかぶって投げたのだが、頭蓋骨に当たって跳ね返った。首の骨の継ぎ目は這っているため狙えない。

横から当てようとパトリックが移動しても、その度に向きを変えるゾンビ。

「近寄りたくも無いが、仕方ない。おい誰か長いロープを1本、急いで取ってこい!」

パトリックが近くの兵士に命令した。

その兵士は慌てて軍の詰所に走り、ロープを摑んで急ぎパトリックの下に戻る。

パトリックはロープの先に輪っかを作り、少し近づいてカウボーイの如く振り回して、ゾンビに投げた。

ゾンビの首にその輪が上手くハマると、ロープを引っ張って締め付ける。

「お館様？　ゾンビは呼吸してないので、窒息しないと思いますが？」

と、ミルコが言うと、

「こうするのさ」

と、パトリックは言いながら、ロープを摑んだまま近くの馬に跨って、馬を全速力で走らせた。

引きずられるゾンビは抵抗するが、馬の力には勝てない。ズルズル引きずられ、とある大きめの石に、ゾンビの頭がぶつかって跳ね上がった。

その瞬間、首の骨が外れて胴体が飛んでいき、首も別方向に飛んでいき、落ちて転がった。

「おおっ！」と、誰かが声をあげた。

パトリックは馬を止めて、ゾンビの胴体の方を確認する。

そこには動きを止めた、ゾンビの胴体が無惨に転がる。

「よし！　死んだ死んだ！　誰かスラムの者にこの死体、肥溜めに投げ入れとけと依頼しろ。大銅貨2枚出すからって言えば、やってくれるだろ」

そう言って馬から降りて、ミルコに大銅貨2枚を手渡して、軽くスキップしながらパトリックがその場を去っていく。鼻歌まじりで。

「怨念でゾンビになったと思われるのに、この状況で楽しそうに帰れる、お館様の精神の強さが理解出来ない……」

そう呟きながら、部下の兵士に大銅貨2枚を渡すミルコに、

「あのくらいの精神力が無いと、あの若さであそこまで出世するのは無理なんでしょうかねぇ」

と、ミルコから大銅貨2枚を渡された中年兵士が、遠くで僅かに跳ねているように見える、パトリックを見つめてしみじみと言った。

その後パトリックが、スコットを肥溜めにぶち込んで溺死させ放置した件は、特に問題にはならず、それどころか今まで、ゾンビになるのは魔物だけだと思っていた人々は、人が怨みを持って死ぬと、ゾンビになる可能性がある事が分かり、それ以後、今まで土葬のみだった王国に、火葬という文化が誕生した。

もちろん提言したのは、パトリックである。

その後、人の埋葬されている墓地は、念のため王都軍の巡回経路に追加されたのだった。

閑話

「このっ！」シュッ！

「甘い！」ガッ！

「チッ！」

「そこで後ろに引くからこうなる！」

ボコッ！

「げふっ……ま、参った……」

パトリックとウェインの訓練風景である。

「スネークス中佐、いやパットよぅ、スピードが足りないんじゃないか？　パワーはそれなりにあるんだけどなぁ」

「ウェインに言われなくても自覚してるよ。しかしお前強過ぎだろ！　人を辞めて魔物にでもなるのか？」

「アホか。俺くらいの強さなら他にもいるぞ」

「マジかよ……決めた！　強い奴とは戦わない！」

「戦場でそんな事言えねぇよ！」

ツッコミを入れるウェイン。

「戦場なら不意打ち、闇討ち、なんでもアリだ！」

悪びれず言うパトリック。

「あ、そっちならお前にゃ勝てる気がしない……」

「だから、正々堂々勝負とか言われたら逃げて、部下にやらせりゃ良いって事だ！」

「部下が気の毒だ……」

8軍と2軍の合同訓練での、よくある風景であった。

一応、サイモン中将が2軍と8軍の指揮官なので、同じ中将の部下として、最近は合同訓練が頻繁に行われている。

兵力の底上げが、主たる目的である。

忙しいサイモン中将からの命令で、地味な体力づくり系はパトリックが主導し、個人的な武器での技量の底上げはウェインが担っている。

つまり、2軍と8軍において個人の技量最強なのが、ウェインになったという事にほかならない。

部下達の訓練を見て回りながら、空いた時間に2人で打ち合うのも、よくある光景になっていた。

「よし、仕上げにランニングだ。全員フル装備！」

パトリックの声に、

「うへぇ、今日は短めで頼むぜぇ」

うんざりした声を出すウェイン。

「しゃーねーな。ウェインのリクエストにより、時間を短くするために、スピード上げて3時間全力疾走な！」

と、パトリックが宣言すると、

「「「えぇーっ！」」」

と、他の兵達が一斉に非難の声をあげた。

「中佐〜多分気絶者出ますよ〜」

ミルコが声を上げると、

「文句はウェインに言え！」

パトリックの言葉に、一斉にウェインに憎たらしげな目が向けられ、

「余計な事言うんじゃ無かった……」

後悔先に立たずと言う諺が、身に染みたウェイン。

その3時間後、いつもよりも速いスピードで走らされたランニングにより、訓練場には凄まじい数の兵士の骸（むくろ）、もとい倒れて息を乱す兵士と、気絶寸前の兵士で溢れかえっており、1軍と3軍の

兵士が、憐れんで介抱する事となる。

〰〰〰〰〰〰〰〰〰〰

とある馬車職人の親方は、注文に来た貴族を前に冷や汗を流している。

悪名高いスネークス伯爵。

気に入らない奴は、貴族だろうが平民だろうが、使役する巨大な蛇の魔物の餌食とする、極悪貴族ともっぱらの噂だ。

それが目の前に居るのだ。

背中と脇は汗でべっとり。椅子に座っているので足の震えはバレていない！　と、思いたい！

（よりによってなんてぇ貴族が、ウチに来やがるんだ！）

と、心の中で叫ぶが、来てしまった貴族を追い返す訳にもいかないし、怖くて出来るはずもない。

しかも注文してきたのが、悪名高き極悪人喰い魔物の運搬用の馬車ときた。

人喰い蛇専用馬車!?

そんな物作ったら、うちの店も極悪扱いされまいか!?

だが逆らって、蛇に食べられるのは勘弁願いたい。

渋々依頼を受け、文句を付けられないように、持てる技術をフル活用して作り上げた。

もう2度と会わなくてもいいようにと！

〰〰〰〰〰〰〰〰〰〰〰〰〰〰〰〰〰〰〰〰〰〰〰〰〰〰〰〰〰〰〰

王都の東隣にある、とある男爵領。

その領の男爵家の当主は、馬の牧場を営んでいた。

由緒ある牧場で、馬の質が良い事を理由に、建国の時に男爵に取り立てられ、代々王家に馬を納め続けている。言い方はオカシイかもしれないが、名門の男爵家だ。

見目麗しい馬、速い馬、色々揃えている。

が、今日の客は、

「力の強い馬を4頭！」

と言ってきた。

力の強い馬はもちろんいる。

商人の馬車など、荷物を目一杯載せるので、速さより力強い馬が好まれる。

だが、この注文をしたのは、自分よりも格上の貴族である。

貴族ならば普通は、見目麗しい馬か速い馬を注文するものだ。

豪華な馬車を引くには、見目麗しい馬が似合うし、戦の時は速い馬が有利である。

「力の強い馬ですか？　見た目や速さは関係無く？」

男爵は、確認のために聞いた。

「ああ、ものすごく大きな馬車に重たい荷物を載せるのでな。出来れば4頭の仲が良い方が良い。4頭引きだからな」

とりあえず怖いと噂の、スネークス伯爵にそう言われたので、男爵は牧場に居る大型の馬で、スピードは無いがパワーだけはある馬を4頭売った。

大きさは普通の馬の倍ほどある種類で、見た目の悪さであまり好まれない。とにかく凶悪そうな面構えの馬である。

「また、御用があれば宜しくお願いします」

馬の見た目を何故か気に入った伯爵は、請求金額に色を付けてくれた。

金を受け取り頭を下げた男爵は、何事もなく切り抜けられた事を心の底から喜んだ。

が！　その後たびたび注文が来るとは、この時は思いもしなかった。

〰〰〰〰〰〰〰〰

巨大な漆黒の馬車。

豪華な装飾は無い。

ただ、赤い色でとある家紋が描かれている。

短剣に絡み付く、2匹の蛇。悪名高きスネークス伯爵家の家紋。

その馬車を引くのは、巨大な漆黒の馬が4頭。人すら喰いそうな面構えの馬。

御者は新たに雇った、厳つい顔のドワーフの男。

その馬車の前後を、王家の家紋の付いた馬車が挟み、馬に乗った近衛騎士が警護している。

馬車が向かうのは、王都の外の森。

漆黒の馬車の中に乗るのは、パトリックとソーナリス。それにソーナリスの侍女達。

それと……ぴーちゃん。

ぴーちゃんの食事を兼ねた、ピクニックである。

ぴーちゃんのツルツルスベスベで、柔らかい体にもたれかかるパトリックとソーナリス。リラックスムードである。

逆に付き人達は、顔が真っ青である。

人喰い蛇と同じ馬車の中など、常人なら気絶ものである。

森に到着して、ぴーちゃんが食べ放題で魔物を一掃したのち、パトリックはBBQの準備をする。

「男の手料理です、お気に召しますかどうか」

と、言ったが、ソーナリスが食べたいと言ったので、炭（薪より高価で煙も少なくて、火力が高い）で鉄串に刺した肉を焼いていく。

味付けは醤油もどきと胡椒である。

醤油もどきが焼ける匂いは最高である。

軽くウイスキーを飲みながら、焼けた肉を串から頬張るパトリックに、ソーナリスが葡萄水を飲みながら、侍女が取り分けてくれた肉を綺麗に食べる。

周りの兵やお付きの侍女達も、美味しそうに食べている。

警戒すべき魔物は、ぴーちゃんが全て食べてしまった後なので。流石に兵達は酒は飲んでいないが。

初の野外デートは、こうして大成功に終わった。

第八章　備える

スネークス伯爵家。
今の王国で、一番話題にのぼる貴族であろう。
そのスネークス伯爵家の王都の屋敷にて、認定式が行われていた。
スネークス家の、騎士爵の認定である。
王家に騎士爵申請されるのは、

王国軍第8軍走竜隊隊長、ジョン・ヴァンペルト大尉（実家は男爵家）
王国軍第8軍馬隊隊長、ジャック・ワイリー大尉（実家は子爵家）
王国軍第8軍スネークス中佐付き副官、ミルコ中尉（平民出のため家名無し、パトリックの一存で副官に任命時に中尉に）
スネークス領軍毒蛇隊隊長、エルビス（平民出のため家名無し）

スネークス家闇蛇隊隊長、アイン（平民出のため家名無し）

この5人にはスネークス家の家紋の入った短剣が授与された。

アボット伯爵領産の素晴らしい短剣だった。

これは、スネークス伯爵家の騎士としての証である。

その後、5人を引き連れ王城に向かい、貴族申請と騎士税を支払い、その場で書類に必要事項を記入して、5人が騎士爵認定された。

5人の顔色は少し赤い。緊張と不安、だがそれを上回る興奮。それが顔に出ているのだろう。

なお、騎士爵や準男爵に家紋の申請の必要は無い（が、作る者も居る）。

領地が無いため、領地の税の書類などを、王家に提出する必要が無いからである。

一通りの申請が終わり、王都のスネークス家の屋敷に戻ると、

「よし！　では本日、君達はスネークス家の騎士となった。我が家と君達の繁栄のために、より一層の精進するように。さらなる手柄をたてて、男爵を目指すのも良いだろう。だが焦って失敗などという事のないように。死ねば終わりだ。攻め時を間違えるなよ！　ダメだと思ったら逃げろ！　逃げは負けでは無い。諦めた時が負けだ。間違えるなよ？」

パトリックの声に、皆が真剣な眼差しを送る。

「とりあえずこれから、5人の騎士爵誕生の宴会だ。身内での会だから、楽しんで飲もう！　では

皆グラスを」

広間に設置されたパーティー会場には、８軍の兵や毒蛇隊、闇蛇隊達も来ており、乾杯の合図を待っていた。

「では、５人の新たなる騎士爵に！」

パトリックが杯を掲げて宣言すると、

《乾杯!!》

酒宴は楽しく催された。

スネークス家は酒が豊富な家柄であるため、泥酔する者多数。泥酔者は会場から出されて、食堂で介抱されていたのだが、まだまだ飲むんだと会場に戻ろうとする者も多い。

酔って部屋の扉を間違える者も出てくる。

玄関ホールから悲鳴が聞こえる。

これもまた、スネークス家の名物だろう。

〰〰〰〰〰〰〰〰〰〰〰〰〰〰〰〰〰〰〰〰

私の名は、ライアン。ライアン・アボット。

アボット伯爵家の長男である。今は王都に向かう馬車の中に居る。

自己紹介させて貰うと、年齢は25歳、身長180センチで、銀色の長めの髪の毛と緑の眼だ。自分では、程良く鍛えた肉体だと思っている。

数年前までは、国軍の近衛騎士団に所属していたが、今は領地にて運営の勉強中である。

そんな私に父から手紙が届いた。

会わせたい貴族がいるとの事で、王都に来るよう書かれていた。

父が他家と距離を取っているのを知っている私は、その手紙を見て驚いた。

我が家は独自に情報収集をし、派閥に関係無く、適度な距離感で貴族を客観的に観察、それを精査し国王陛下に報告するという、独自のスタイルをとってきた。

それが他家と会わせたい？

確かに調査するには、それなりの顔繋ぎも必要だし、ある程度は理解出来るが、わざわざ王都に呼び寄せてまで会わせたい？

父はいったい何を考えている？

「父上、到着致しました」
執務室にいる父に、到着の挨拶をすると、

「ライアン、最近の王都や王国の状況は把握しているな？」

と、早速聞かれたので、

「報告された事であるなら、頭に入ってます。直近の事は、まだ報告されてないかもしれませんが」

と答えると、

「では、情報のすり合わせをしておくか」

そう言う父との話に数時間。

スネークス伯爵家。いや1人しか居ないので、パトリック・フォン・スネークス伯爵と言うべきだな。

ここ最近、やたら聞く名前である。

旧リグスビー男爵家の三男で、王国第1軍に所属していた頃より、武名を挙げだす。

帝国の侵攻に合わせたウエスティン家の裏切りに、自分から、実家のリグスビー男爵家も、裏切っているはずだと軍に報告。

監察官付きになるも任務を全うし、親すら斬って、反乱軍と帝国との戦闘の勝利に貢献。

その武功により、旧リグスビー男爵家の取り潰しに託けた陛下の采配により、スネークス子爵家を与えられる。

その後も度々活躍し、現在は伯爵で中佐。

ソーナリス第3王女殿下と婚約中。

先日、5人の者を騎士にしたと、王家からの書類も受け取っている。

おそらく、近々のうちにさらなる出世の報告が届くと予想している。

そのパトリック・フォン・スネークス伯爵と顔合わせをすると言う。

しかも、そのスネークス伯爵家と、同盟を組んだと聞かされた。

スネークス伯爵は、王女殿下と婚約中なので、王家派で間違いないからそう問題は無いが、適度な距離感はどうなったのだろう?

明日の朝に、スネークス伯爵家の王都の屋敷を訪ねるという。

何故そう急ぐのだろう?


翌日、馬車に揺られて20分程で、スネークス伯爵家に到着する。

門番の男、かなりの腕前と見た。

目の動き、鋭い眼光、僅かな動きでも分かる身のこなし。スネークス領軍は精鋭揃いとの報告通りか。

門番の男に案内されて、玄関に到着する。

スネークス家の玄関扉は、地獄への扉という噂があるらしい。

その話を父にもしたが、

「予備知識無しで、見て、聞いて、感じろ！」

と言われた。

門番が扉を開けてくれた。

館に一歩踏み入れたが、咄嗟に数メートル後ろに飛んで、腰の剣を抜き、

「父上！　お下がりを！　中に魔物がおります！　アレは父上では無理です。私が時間を稼ぎますゆえ、国軍に応援要請を！　この様子ではスネークス伯爵は既に……」

そう言った時に、

「うむ、合格だ！」

と、父が腕を組んで言った。

「父上？」

「この魔物は、スネークス伯爵の使役獣だ！　伯爵は魔物使いでな」

父がそう言うのだが、信じられなかった。魔物使いはかなり少ないうえに、使役出来るのは哺乳類系魔物だけだと聞いていた。それが爬虫類系魔物を使役？

しかもあの大きさの魔物を!?

「叫び声をあげなかったし、咄嗟に行動もした。この情報は私の方で握り潰したので、領地の方には届いていないはずだが、聞いてないよな？」

「は、はい父上。何故わざわざ情報を絞られたのです？」

「この家の異常性を、その目で確かめて欲しかったからだ！」

いや父上よ、そんなドッキリ要りませんから！　門番の男が苦笑いしているではないですか！

少し寿命が減った気もする。

すると屋敷の中から拍手が聞こえた。拍手が鳴り止むと、

「お見事です、流石はアボット伯爵の御子息。初めまして、パトリック・フォン・スネークスです。以後お見知り置きを」

そう言う、黒髪に黒い瞳の細身の男。顔はまあ整っている方だろうが、少し根性が捻くれてそうな男が、蛇の魔物の頭を撫でながら言う。

この男がスネークス伯爵か。

「し、失礼致しました。アボット伯爵家が長男、ライアン・アボットです、スネークス伯爵閣下」

慌てて頭を下げる。

年下だが、れっきとした伯爵家の当主なので、これが礼儀である。

この普通を装う男が、残虐非道の死神か。

この男に敵対した貴族の哀れな最後は、報告でしっかり聞いている。

魔物に食べさせたとか。なるほど、あの蛇の魔物に喰わせたのか！

それをショーにして見せたと聞いた。その売り上げは、我が家に全て渡したとか。金では釣れないと言う事か。

父上も人が悪い。中途半端に情報を絞るから、点と点が結びつかなかったが、ようやく繋がった。

アボット家は、情報を集めるのは得意だが、武力の方はイマイチ。

それを私が変えようとしていたが、兵はなかなか育たない。

それをスネークス家で補うつもりか。

そのための同盟か。

悪評の多い家だが、我が家も似たようなものだしな。

鉄狐の名は、我が家からの情報によって、処分された家からのやっかみだからな。

その後、スネークス伯爵家の応接室にて、軽く酒を飲み、チェスをしながらの会談となった。

流石考案者！　一度も勝てない。

酒もスネークス領を好景気に導いた、ウイスキーとイネッシュ。

我が領でも交易により流通していて、ドワーフによる買い占めで、問題になっているほどのかなり美味い酒だ。ツマミとして出された、緑色の塩茹でされた豆も美味い。

「そう言えば最近コナンを見てませんけど、元気なので？」

唐突に、スネークス伯爵が父に聞いた。

コナン、我が家で一番の情報収集の達人である。

今までも、凄い情報を何度も入手した、うちの手練だ。

だが、何故スネークス伯爵がコナンの名を知っている？　我が家の極秘事項なのに、同盟関係なだけで名前まで教える訳がない。

「スネークス家には近付きたくないと言ってな、今は東に調査に行っておるよ」

父が答えるが、スネークス家には近付きたくない⁇　確かにあの蛇の魔物には近付きたくないだろうが、あの男がそのくらいの事で逃げる訳がない。

いったい何があった？

「えらい嫌われちゃったなぁ。私はあの男の根性を認めてるんですけどねぇ。一周耐えたし」

スネークス伯爵が、残念そうに言う。

一周耐えた？　何の話だ？

父に目配せする。いったい何の話なのか？　と。

「ライアン、コナンはスネークス伯爵本人に捕まってな」

あのコナンが⁉

しかも伯爵本人に⁉

「その後、あの口の固いコナンを、尋問して落としたんだ」

あのコナンが口を割った⁇

「ま、まさか⁉」

信じられずに口から声が漏れた。

「まあ、うちの尋問は独特でね、で、コナンは結構耐えたんで優秀ですよ」

少し笑みを見せたスネークス伯爵の顔が、少し怖かった。

あのコナンの口を割らせるなんて事が、可能なのか?!

「昨日、性懲りもなく我が家の敷地内に、忍び込んだ賊が居ましてね。今、ウチの部下が尋問中ですが、見に行きます?」

と聞かれた。

どんな方法なのか、凄く気になったので、

「是非!」

と答えていた。が、父は、

「私は遠慮する」

と言った。

「父上は既に見学済みですか?」

と聞いたら、

「いや、話に聞いただけだが、お前が見たいなら、是非見てこい」

と言った。早速見学に行った。


見るんじゃなかった……

コナン、お前の気持ちは物凄く理解出来たぞ！　アレやられりゃ、そりゃ近寄りたくない。

最悪の気分で応接室に戻ってくると、父がニヤニヤ笑っていた。

コナンから内容を聞いて、知っているから見なかったのは分かるが、ニヤニヤ笑っていたのには腹が立つ。

「父上！　あの尋問は、父上もその眼で見た方がよろしいかと思いますが？　聞くのと見るのとでは大違いですぞ？」

と言うと、

「ライアン、そう怒るな。見たいと言ったのはお前だろう」

「確かにそうですが、戻ってきた時にその表情は少しね」

「いや、珍しく顔色が悪かったのでな！　少し面白かったのだ、許せ許せ。代わりと言っては何だが、お前に良い報告をしてやろう」

父はニヤリと笑い、一呼吸おいて、

「お前の婚約が内定したぞ」

と、爆弾発言を放った。

「父上！　いきなり何を！　しかも何故今？　同盟とは言え、他家で話す事ですか!?　だいたい私は結婚する気は無いです！　心に決めた方以外と結婚など！」

私は心に決めたあの方以外と、結婚などする気は無い。

「まあまあ、ライアン殿、落ち着いて落ち着いて」

と、スネークス伯爵が言うが、その表情が少しおかしい。

何か笑いを嚙み殺すような……

「ライアン、クロージア殿下との事を陛下がお認め下さった！」

へ？

「え？　いま少し聴き間違えたようで。陛下が私とクロージア殿下との婚約を、認めて下さったという意味に聞こえたのですが？」

と言うと、

「うむ、そう言ったな」

ああ、そう言ったんだ……


「エェエエッツツ!!」

思わず叫んでしまった。

「いや、各派閥とのバランスとか、貴族同士の力関係とか、うちは程よい距離とか、色々問題があったでしょうにっ！」

そう、前にそう言われて、父に断られたのだ。

「派閥問題は、反王家派がほぼ壊滅したのと、第2王子派のレイブン侯爵一派没落により、王家派は王太子派と第3王子派と中立派のみ。陛下は、王家派に報いるとの仰せだ。力関係で言えば、ウエスティン、レイブンと侯爵家が2つ減ったので、少し力のバランスを取るべく、考えるとのお言葉だ。程よい距離は、周りの距離によって変わるものだ。そして王国は北部の山岳部族を、国内に取り込んだ。ならばその変化に、柔軟に対処しなくてはならん。それに備えるために、我が家の影響力の増大を図る。同盟関係であるスネークス家と、歩調を合わせる必要もある！　何か質問は？」

父が畳み掛けるように言い放つ。確かに言っている事は理解も出来るが。

動揺する私にスネークス伯爵が、

「将来の義兄殿、おめでとうございます」

と笑顔で言った。

〰〰〰〰〰〰〰〰〰〰〰〰〰〰〰〰

少し時間を遡る。

スタイン男爵家。反王家派閥の末席に名を連ねる家である。

だが、風前の灯火というか沈みゆく泥舟というか、一部の反王家派の暴走の煽りで反王家派全体が王家より徹底的な調査を受け些細な不正でも処分されており、数を減らしている。

恥や外聞を気にせずプライドを捨てて、王家派にすり寄る家もかなりあるが、スタイン男爵家は、媚びてすり寄るのを良しとせず、別の選択肢を選んだ。

今回の騒動の中心にある家、スネークス伯爵家の不正の証拠を掴み、それを脅しの材料として、スネークス伯爵家から、王家に執りなして貰うという、妄想混じりの作戦を考え出した。

「あんなスピード出世など、王家に賄賂を渡しているに決まっている。その賄賂を用意するには、脱税しているに決まっておる！」

そう言い放つのは、中肉中背で目は細く、ゴブリンのような鼻をした、頭頂部の薄いスタイン男爵家の当主。

憶測だけで決めつけて行動する、愚か者の典型。

そうして、スネークス家に間者を潜入させる事を決定する。

前回の失敗の反省もせずに。

◆◇◆◇

「ここか、魔境と噂のスネークス家……」

スタイン男爵家に雇われている間者が２人、スネークス家をこっそり観察していた。

「領地の方は兵士が多く、厳しいらしいからこっちで良いのだろうが、こっちはこっちで警備が厳重だな」

もう1人の男が答えた。

「領地の方に潜入した奴は、捕まって借金奴隷送りになったようだしな」

「犯罪奴隷でないとは、スネークス家も甘い事で」

「恨まれるのが嫌なのかもな、所詮死神と呼ばれようとも貴族のボンボン、俺らとは違うさ」

などと言いながら、その場を一旦離れた。

太陽が沈み、2つの月が真上から世界を照らす頃、間者2人は再び現れ、スネークス家の塀を飛び越えた。

音も無く庭を駆け抜け、屋敷に張り付くと、勝手口のドアの鍵穴に針金を差し込み、ガチャガチャと回しだす。

カチャンッと、小気味好い音がすると、

「よし！　流石相棒！」と1人が言い、

「よせよ相棒。さて忍び込むぞ」ともう1人が言った時、

「はいそこまで。抵抗しなければ命〝だけ〟は保証しよう」

2人の背後から闇蛇隊隊長、アインが声をかけた。

間者2人の背後には、ズラリと並ぶスネークス家の兵士。既に剣も抜かれており、間者の首元で月の光を反射していた。

「で？」

と言ったのはパトリック。

「はい、雇い主はスタイン男爵家で、お館様が脱税していると妄想し、証拠を手に入れて、王家との繋ぎを強請(ゆす)る算段だったようで」

アインが、聞き出した情報を報告した。

「スタインって確か……」

と、パトリックがアインに問いかけると、

「はい、私の元雇用主ですね。あの家、反王家派閥に属してましたから、生き残りに必死でしょうね」

と答えたアイン。

「何か動いたりしてたのか？」

「いえ、安全な所から文句を言って、小銭をせびるだけの臆病な家でしたので、特に処分されるほどの事はしていないかと。私は他領地の調査担当でしたので、あまり詳しくありませんが、せいぜい小銭を誤魔化す程度かと」

「その割には、うちに二度も間者を放つとは、相当うちが気に入らないのか？」

「金持ちが大嫌いみたいです」

「やっかみか？　まあ良い。アイン、まだ来ると思うか？」

「おそらく、あと一度くらいは来るかと。三度目の正直って言葉が好きな男なので」

「二度ある事は三度あるって言うけどな。また来たら、今度はライアン殿に、実技指導でもしてみようか。今日は見ただけだしな」

「おそらく拒否されるかと。かなり顔色が悪かったので」

「けっこう楽しいんだけどなぁ」

「それはお館様だけかと」

「そうか？　まあいい、スタイン領はどの辺りだ？」

「旧レイブン領の奥の小さな村４つですね」

「東か……家族は？」

「奥方と息子が１人ずつ。おそらく領地に居るかと」

「エルビスと協力して、当主家族をひっ捕らえて来い」

「ハッ！」

アインは数人の部下と、エルビス率いる毒蛇隊と共に東へ向かう。

そうとは知らずスタイン男爵は、間者が帰らぬのに腹を立てていた。

「まだ帰らんのかっ?!」

スタインの声に執事が、

「はい、もうあの家に関わるのは、やめた方が良いのでは？　もう大人しく、王家派に頭を下げた方が賢明かと」

「この期に及んでそんな事出来るかっ！　へたすりゃ準男爵や騎士爵に格下げだぞ！　いったいいくつの家が、落とされたと思っておる！　騎士に落とされて、再び這い上がる功績など、そうそう立てられるか！　意地でも男爵の地位を死守せねば！」

「陛下も無慈悲ではございますまい、大人しく頭を下げてしまえば、男爵の地位を維持してくださるのでは？」

「領地での、あの件がバレてもか？」

「バレる前に、奥方に止めるように言えば良いのでは？」

「何度も言ったが、止めると言わない。強く言って隠れてされてバレるよりは、屋敷内で済ませる方がよい」

「屋敷の中だけで済んでる方がマシですか」

「外ではやるなと言い聞かせてある」

「それはそうと、何もスネークス家でなくても、他の家でも良いのでは？」

「他に不正してそうな家に、心当たりがあるか？　あんな若僧がのし上がるには、賄賂しかあるまい！　ならば不正の証拠を掴めば良いのだ。それで脅せばスネークス家は言いなりに出来る！　やるしかないのだ！」

〰〰〰〰〰〰〰〰〰〰〰〰〰〰〰〰〰〰〰〰〰〰〰〰〰〰〰〰〰〰

2日後、アインはスタイン領に到着し、数人に分かれて調査していく。

スタイン男爵の屋敷の位置は知っているし、屋敷の間取りも分かる。なにせ元雇い主なのだから。

4つの村を1日かけて調査して、分かった事が1つ。

「異常なほどにゴブリンがいないな。これだけ野山があれば、数匹程度見かけるはずだが」

アインの言葉にエルビスが、

「領兵が優秀なのか、冒険者が優秀なのか分からんが、ゴブリンを生かして捕らえると、高く買い取ってくれるらしい。何に使っているのかは不明だがな。さて、どうスタイン家の者を連れていく？　拉致か？」

エルビスの問いにアインが、

「それは最終手段として、顔の割れてる私がスタイン男爵の使いと言って、連れ出すのはどうだろう？」

「お館様に捕まったって、バレてないのか？」

ニヤニヤ笑いながら、エルビスが聞く。

「あ、バレてるかなぁ」

「ダメじゃねえか」

「じゃ拉致で！」


〰〰〰〰〰〰〰〰〰〰〰〰〰〰〰〰〰〰〰〰〰〰〰〰〰〰〰〰〰〰

アインは、にこやかにスタイン男爵の屋敷の門番に近づいていく。

「よう、リック！　久しぶりだな」

顔見知りのようだ。リックと呼ばれた門番が、

「アインじゃねーか！　奴隷に売り飛ばされたって聞いたが、逃げてきたのか？」

（あ、やっぱり聞いてたのね）

アインはそう思いながら、

「馬車で移動中のチャンスに逃げてきた。とりあえず中で隠れさせてくれよ」

と、言って門番の男を油断させ、

「いいぜ！　早く入れよ」

と言って門を開けてくれた門番のリックの顎を、下から突き上げるように、有無を言わせず殴り飛ばした。

リックが吹き飛び気絶すると、門を開けてエルビス達を呼び込み、屋敷に向かう。

扉を開けて屋敷に踏み込むと、アインを先頭に走りだす。

目指すはスタイン男爵夫人の部屋。

走る音を不審に思った使用人達が、部屋から出てくるが、殴る蹴るで無力化していく。

目指す部屋のドアを蹴飛ばし、踏み込む。

「うげっ！」

アインの声が漏れた。

「何者ですか！　あ、貴方(あなた)は確かウチの使用人だった……」

大半の人ならば、美人だと言うであろう、男爵夫人が何か言ってるが、アインとエルビス達の耳には入らない。

目の前の光景が異様過ぎて。


夫人の手には数本の鎖、そこから先に目を向けると四つん這いで歩く子供のような生き物が数体。

部屋の中には檻もたくさん置いてあり、その中にも数体が閉じ込められている。

ただ顔は明らかに人間では無い。

「ゴブリン……」

「ああ、子供を虐待するよりはマシだが、流石に趣味が悪いなぁ……」

そのゴブリンは四つん這いで、首に鎖の付いた首輪をされ、噛みつかれても怪我をしないように、歯を全て抜かれている。爪も剝がされているようだ。

股間にあるべき2つのモノも無く、あるのは棒状の生殖器のみ。

しかもそのゴブリンの上にまたがる夫人。

小さな子なら乗馬ごっこと言えなくも無いが……いや無理か。


「生きたゴブリン捕まえて、何に使っているのかと思えばこれとはなぁ、お館様からは捕らえてこいとの命令だが、無傷でとは言ってないよな？」

アインがエルビスに問いかけると、

「アイン！　いいところに気がついた！　流石にゴブリンとこの状況は、人として対処する気にならないしな！　魔物と交わるという禁忌を冒した馬鹿な女を、どう連れて帰ろうか」

と、エルビスが答える。

「ポーション持ってるか？」

「ああ、数本持ってきた」

「なら、殴る蹴るでいいかな？　ゴブリンどもはどうする？」

「殺しときゃ良いだろ」

「だな……使用人はどうする？」

「ガッツリスネークス流を見せて、脅しときゃいいさ」

「なら、あの女には、殴る蹴るじゃなくて拷問一周といくか。見せつけて、それで喋るような奴が出れば、その時は始末するか」

そう言って動き出す２人。

その日、スタイン男爵の屋敷は、女性の叫び声が響き渡った。翌日、ゴブリンの死体が無数に転がった状況で、当主家族が消えた。

後日、王家の調査員による聞き取りがあったが、多数の使用人達は何があったのか、怯えて一切何も話さなかったという。

アイン達が、王都のスネークス邸に帰還し、事のほどをパトリックに報告する。

「話は分かった。とりあえず夫人の使い方だが、良い事を思いついたから、準備しよう」

ニヤリと笑ったパトリックの顔に、アインは一瞬身震いした。それはエルビスも同じであった。

〰〰〰〰〰〰

「スネークス伯爵家から使者だと？」

スタイン男爵が、執事に聞き返す。

「はい、しかもその使者があのアインです。いかがなさいます？　ウチの間者の事がバレたのかと」

　執事が言うと、

「アインめ、しくじっただけでなく、裏切ってあの若僧についていたのか！　忌々しい！　何が狙いなのか気になる。一応会っておくか。今はどこに？」

「一応、応接室に通してあります」

　そう言われて、スタインは応接室に向かう。

　スタインがドアを開けると、

「お久しぶりです、スタイン男爵閣下」

　アインがソファに座ったまま、手を軽く上げてにこやかに言う。

　その表情に苛立つスタイン男爵は、

「この裏切り者がっ！　失敗しただけでなく奴に尻尾を振るとはな！　しかも座ったままなど、失礼にもほどがある！　それでいったい何の用だ！　貴様のような裏切り者の、間者崩れと話す暇など無いのだぞ！」

　と怒鳴ると、

「間者崩れとは、男爵閣下の方こそ失礼ではありませんか？　ご存知無いようなので、一応改めて名乗らせて頂きましょうか。スネークス伯爵家が騎士、アインです。以後、お見知り置きを」

　と、座ったままで言うアイン。

「な、なに!?」

「先日、スネークス伯爵閣下より、騎士爵を賜りました。王家より発表されているはずですがね？」

「いちいち騎士爵の告知書になど、目を通すものか！　騎士爵を餌に引き抜きやがったのか！　それよりも何の用だ？　間者の事など知らぬぞ！」

新たな貴族が増えた場合や、陞爵(しょうしゃく)した場合などは、王家より書類が各貴族に配布されるのだが、スタイン男爵は見ていないようだ。

「何も言ってないのに、間者とか言っている時点で、認めているようなものですがね。それに騎士爵は、私の働きを見てからの話でしたけどね。まあいいです、間者は私が直々に尋問して、スタイン男爵家に雇われたと言いましたがねぇ」

「知らん！　賊の戯言など証拠にならんぞ！」

「まあ良いでしょう。では我が主人より言伝(ことづて)です。［スタイン男爵に、最高のプレゼントを用意した、是非我が屋敷にお越し頂き、プレゼントを受け取って頂きたい］との事です。なお、プレゼントの内容は言えませんし、お越しになるなら、護衛を何人連れてきても構いません。あと、これは私からの助言ですが、来ないと後悔しますよ？　では用件は以上です、失礼します」

そう言い、アインはソファから立ち上がり、部屋を出て行く。

スタイン男爵を、小馬鹿にした笑みを残して。

「あのガキ、私を見下したような目をしおってからにっ！」

苛立つスタインに、執事が、

「どうされるおつもりで？　スネークス邸に赴きますか？」

と聞くと、

「私を馬鹿にしたあのガキ共々、目に物見せてくれるわ！　兵を集めろ！　いくら連れてきても構わんと言ったのはヤツだ。数で圧倒してやるわっ！」

〰〰〰

「お館様、言いつけ通りにいたしましたが、良かったのですか？　スタイン男爵を屋敷に招いて」

アインの疑問にパトリックは、

「ん？　屋敷の中に入れる気はないぞ？」

と、何を言っているんだと言いたげなパトリック。

「え？」

アインが、少し驚いた表情をして声をあげた。

翌日、スネークス邸の前に揃うスタイン男爵の兵達。小汚い服装の者もいるので、スラムで雇ったのだろう。

スネークス邸の門番が門を開けると、ゾロゾロと中に入っていく。

（バカがノコノコと来たか）と門番が心の中で思う。

その様子を、屋敷の2階の窓から見下ろしていたパトリックは、悪戯っ子のような笑みを浮かべている。


館の扉が開かれ、中からパトリックと5人の騎士が出てくる。

「ようこそ、我がスネークス邸に。スタイン男爵には最高のプレゼントを用意したので、是非受け取って頂きたい。おい、アレを連れてこい」

命じられたアインは、その場を離れたと思ったらすぐに戻ってきた。

それは……

「なんだアレ?」

スタイン男爵の兵が声をあげる。

四つん這いの、人と思わしき生き物。ボロを着せられ、頭には頭陀袋が被されている。首には、どこかで見たような鎖付きの首輪が嵌められており、鎖を引っ張りながら、その背中にアインがムチを叩きつけて、四つん這いで歩かせる。

微かにウーウーと、もがく声がする。

「とある場所で見つけた、珍しい乗り物でしてな！　是非スタイン男爵の奥方にどうかと。なんでもこのようなのが、大変お好きと聞きましてな」

　パトリックの言葉に、スタイン男爵の顔は真っ青。

（何故だ！　何故、コイツが妻の趣味を知っているのだ？　どこから漏れた!?　しかも兵の前で！）

「な、何の事か分からんな、妻はこのようなモノなど欲しがらん。だいたい悪趣味だ」

　なんとか言葉を絞り出す、スタイン男爵。

「おや？　そうですか？　悪趣味ですか。スタイン男爵もお気に入りだと思ったのですがねぇ。おい、頭陀袋をとってやれ」

　言われたアインが、四つん這いの生き物の腹を蹴り上げたら、転げ回って呻くソレは、転げた拍子に頭陀袋がスポッと抜けた。

「げっ！　ききき、きさまっ！」

　怒りで顔が真っ赤に染まる、スタイン男爵。

「ね？　コレ、スタイン殿のお気に入りなんでしょ？」

　そこには猿ぐつわされた、スタイン男爵夫人の顔があった。

「我が妻になんて事を!!　ゆ、許さんぞっ！　皆の者抜けっ！　こやつらを斬れ！」

　そう言い放ったスタイン男爵に、

「おやおや、そんな事言って良いんですか？　御子息の行方も確かめずに。フッフッフ」

と、悪い笑顔のパトリックが言うと、

「きさまっ！　息子を何処へやった!?　領地の屋敷に忍び込んだな！」

「さて、なんの事やら？」

「ええい、構わん斬れ！　後で使用人達に白状させれば、息子の居所は分かる！　コイツを斬れっ！　斬り殺せっ！」

そう怒鳴ったスタインに、およそ40人の兵達が、一斉にパトリックに向かって走りよるが、

「そうは問屋が卸さないんだよなぁ」

ワイリーが、

「まあなぁ」

ヴァンペルトが、

「我らを抜けるとでも？」

エルビスが言う。

そしてアインが、

「スタイン男爵殿、コレどうします？　要らないなら殺しておきますけど？」

と、スタイン夫人をアゴで示して、スタイン男爵を挑発する。

「裏切り者の癖にっ！」

スタイン男爵は、アインに向かって突進する。

猪のように、まっしぐらに走り寄るスタイン男爵が、突然倒れる。

「うがあっっ！」

と、叫びながら。

見るとスタイン男爵の、左脚の膝から下が無い。

血が溢れているのに、転げ回るものだから、あたりが真っ赤に染まる。

「これ、なーんだ？」

いつの間にか移動していた、パトリックの左手に掴まれた人の足。スタイン男爵の左足。

「かっ、返せっ！」

スタイン男爵が叫ぶが、

「返したところでくっ付かないよ？　では、ぽーいっと！」

と、言いながら投げ捨てたパトリック。

投げ捨てられた足が、スタイン男爵夫人の目の前に落ちる。その足を見て、夫人が何か呻いているが猿ぐつわをされているので、意味不明である。

そして、呻くスタイン男爵と夫人以外は静かになっていた。

スタイン男爵の兵は、ワイリー達３人に沈黙させられており、あちこちに倒れている。

「ポーションが欲しいか？」

小瓶に入ったポーションを振りながら、スタイン男爵に見せるパトリック。

「くっ、殺せっ！　貴様などに助けなど請わん！　どうせ今助かっても、後々殺されるのだろうがっ！」

そう叫んだスタイン男爵。

「オッサンの〝くっころ〟なんか需要無いわいっ！」

吐き捨てるように、パトリックが言う。

「お館様、くっころって、なんです？」

隣に立つ、ミルコが訪ねる。

「ああ、なんでもない。気にするな」

「はぁ、まあいいんですが、スタイン男爵をどうします？」

「患部にポーション振りかけて、簀巻きにしておけ」

「分かりました」

ミルコが、スタイン男爵に向けて歩き出す。

その手に、パトリックから受け取ったポーションを持って。

治療されたスタインの目の前で、夫人の歯が抜かれたりしたのだが、その光景の壮絶さを書く技量の無い作者を、どうかお許しください。

その後、スネークス伯爵邸より大型馬車が出ていく。

黒い車体に赤い家紋。ぴーちゃんの監視付きで、中にはスタインの兵の死体と一緒に詰め込まれた、スタイン男爵とその家族。ぴーちゃんに睨まれた息子は、既に気を失っている。

大型馬車の前には、パトリック専用の赤い馬車。

大型馬車とは真逆のカラーリング、赤い車体に黒い家紋。誰のリクエストかは、賢明な読者であるならば、もう頭に浮かんでいるだろう。

一方、王城では、調査部から王が報告を受けていた。

「なにっ！　スタイン男爵家が？」

と少し声が大きくなった王。

「はい、スネークス伯爵家にちょっかいをかけたようで、本日、スネークス伯爵邸に、かなりの数で押し掛けました。その後、戦闘音が聞こえたため、慌てて報告に戻りました。兵の質から推測するに、スネークス伯爵家の勝ちは揺るがないでしょうから」

と、報告に来た者が言い、

「宰相、スタイン男爵家を残しておいたのが無駄になったな……」

と、王が宰相に残念そうに言った。

「はい、マクレーン殿下の初仕事のために残して置いたのですが、もはやどうしようもありませんな。スネークス伯爵は容赦無く潰すでしょうし……」

「だろうな、あやつが歯向かう敵に容赦する姿が思い浮かばん……」

「マクレーン殿下には、別の仕事を探しましょう」

「それしか無いな、しかしパトリックには一言言っておかねばならんな。近々呼び出すかな」

「ですな……」

なんて事を言っていた1時間後、パトリック達が王城に到着し、謁見を申し出る。

「で？」

と聞いたのはメンタル王。

「はい、陛下。スタイン男爵家からの、執拗な屋敷への不法侵入により、イラッと、いえ、執務に支障をきたしますゆえ、対抗措置を取らせて貰いました。その過程で、男爵の妻による禁忌違反の目撃証言、それに若干の脱税の証拠もここに。それにより、男爵夫妻と息子、並びに我が家に不当に押し入った兵を拘束し、連れて来ました。御采配を」

「いま、イラッとしたと言いかけただろ？」

眼を細めて王が言うと、

「いえいえ、とんでもない！」

と、手を振ってトボケるパトリック。

「嘘つけ！　パトリックよ！　お前なぁ、邪魔してくる貴族を潰すなとは言わん、だが潰す前に一声かけろ。わざわざスタイン男爵家を、泳がせていたのに、水の泡になってしまったではないか」

王の言葉を聞いて、

（やべっ、泳がせてたのか！）

と思って、少し焦ったパトリック。

「あ、泳がせてたので？　これは失礼しました。以後気を付けます！」

深々と頭を下げた。

「まあ良い、で、スタイン男爵家の者達は今どこだ？」

「王城の中庭に馬車にて運び入れてあります。まだ馬車の中ですが」

パトリックの言葉に、王は脇に控える近衛に、

「では、連れてこい」

と、命じた。

「はっ！」

近衛は短く返事し、退出していったのだが、

「あ、ぴーちゃんも馬車の中だけど、大丈夫かな？」

と、パトリックが呟いた。

微かに悲鳴が聞こえたのは、その数分後であった。

「うわぁ」

これが、連行されて来たスタイン男爵一族を見た、王の第一声であった。

連れてきた兵士の服が、先程と変わっているのは気のせいだろうか？

スタイン男爵は、ロープで縛られ猿ぐつわをされており、左足の膝から下が無く、衣服は埃まみれで顔には殴られた跡もある。股間が濡れているのは何故だろう。ポーションは脚の傷にしか使っていないのだろう。縛られてまともに歩けないので、台車に乗せられて運ばれてきた。

男爵夫人は、ボロを纏ったその体を縮こませるようにしており、周りを窺うような目で、誰か少しでも動くとそれに反応して、ビクッと体を震わせる。口元は歯が無いから、すぼまって見える。

長男の体には、おかしなところは無いように見えるが、ひどく怯えてガタガタ震えている。

「パトリック……やり過ぎ……」

「そうですか？　スタイン夫人がゴブリンの歯を抜いたりして遊んでたので、こんなのが趣味なのかと思って、同じようにしてあげたのですが、男爵は気に入らなかったみたいですねぇ。その過程を見ていた御子息は、それ以来何も言わずに震えるだけでね。貴族の男としては軟弱というか、使い物になりそうも無いと言うかいやはやなんとも」

飄々（ひょうひょう）と話すパトリック。

「この中で話せるのはスタインだけか？」

「そうですね。スタイン夫人は歯が、もうありませんしね」

王の指示でスタイン男爵の猿ぐつわが外され、

「スタイン、何か言う事はあるか？」

と、王が言うと、

「へ、陛下、確かに我が家は多少の脱税はしておりました。その罰は受けます。禁忌違反につきましては、証拠はありませんし、奴の部下の話など信用出来ませんでしょう！　スネークス家への調査で、間者を送り込んでいただけで、この仕打ちは納得いきません。息子は恐怖に怯えております！　脱税の罪での罰金ならば、甘んじて受けます！　ですが、こやつに我らが不当に迫害されるのは、納得出来ません！」

とスタイン男爵が言ったのだが、

「スタイン、こちらの調査でも、お前の妻による禁忌違反は把握しておる！　息子のマクレーンの最初の仕事にする予定で、数日後には捕縛に向かう予定であったのだ！　言い訳は見苦しいぞ！」

「うぐっ、し、しかしそれでも我が息子は関係無いはずです！」

「まあ、息子に関しては一理あるわな、では、裁きを言い渡す。スタイン、お前は妻の禁忌違反を知りながら、放置していた罪により男爵位を剝奪する。そして、お前の妻は禁忌違反により犯罪奴隷とする！　家財などの財産は、追徴課税と、罰金を差し引いた残りはスタイン家の物とする。平民となったスタイン家と、スネークス伯爵家とのイザコザについては、王家として口出しせぬ事とし、スタイン家には、スネークス伯爵家を攻撃する許可を与える。ただし、王都またはその他の領地、王都民、領民に被害を出す事は許さぬ。それを守れば罰を気にせず仕返しして良し！　以上！」

そう言い放った王。

（え？　酷くね？　攻撃されるの？）

と思うパトリックと、

（スネークスの奴を、良く思っていない家はまだあるはず。目に物見せてやる！）

と、思っているスタイン。

スタインの妻は、その場で拘束され、連行されていく。スタインと息子は、軍の馬車によって屋敷に運ばれ、そこで税務官に追徴税と罰金を徴収された。

王城に残っていたパトリックは、メンタル王から、

「やり過ぎた罰だ、上手く凌げよ」

と、笑いながら言われるのだった。

パトリックは、謁見の間を辞すると、そのままソーナリスの下へ向かう。

「殿下、ご機嫌麗しく」

「パトリック様、何やらまた揉め事ですか？　侍女達が騒いでおりますが」

と、心配そうな顔で聞くソーナリスに、

「はぁ、まあ揉め事ですね。他家に絡まれましてね。やり返したら、陛下に怒られてしまいまして、これから攻撃されるようなので、どう返り討ちにするか思案中です」

「え？　お父様が？　攻撃されるの？　ちょっとその話詳しく！」

「と、言う訳でして」

「なるほど。泳がせてた貴族を潰しちゃった訳ですね。ならば仕方ないのでしょうか？　では、攻撃されるのであれば、お披露目兼動作確認で、鎧を使って下さい」

「完成したので？」

「はい、先日に」

という事で、鎧がどこからともなく運ばれてくるのだが、

「うわぁ……」

一眼見たパトリックの口から、そんな声が漏れた。

そこには真っ赤な革鎧。

ブーツは赤に染められた革に、銀色の鋲が打たれ、腰は赤いベルトから垂れる、銀色に縁取りされた、蛇の鱗を連想させる防具。

両肩には金属、銀？　で造られたと思わしき蛇の頭。それが赤い革鎧の上に鎮座し、その頭から伸びる蛇の体を思わせる、細かい鎖を編み込んだものが、革鎧の上を這うように首の後で交差して

から、胸の方でまた交差し背中に回る。

左腕の籠手(こて)部分にも、緑にカラーリングされた、蛇をモチーフにした金属、おそらく鉄鋼製であろう。

右手の籠手は、革が2枚重ねてあるのだろう、中に金属を挟んでいるのか、スネークス家の家紋が浮かび上がっていて、さらに鋲で周りが飾られている。

極め付けは頭部の兜。

「これは、人の頭蓋骨がモチーフですか？　何故？」

銀色に輝く、髑髏(どくろ)のマスクと言うのがピッタリな兜。

「死神のイメージって、髑髏でしょ？」

と言われたのだが、

（この世界の死神って髑髏だっけ？）と思いながら、

「はぁ、まあそうですけど」

と、答えたパトリック。

「さあ！　着てみて下さい!!」

断るわけにもいかず、以前、王妃から言われた言葉を、パトリックは思い出していた。

（確かに正気かと聞かれるわけだ）

諦めて装着してみる。

黒い軍服の上に赤い革鎧、両肩に銀色の蛇が2匹と、腕に緑の蛇が1匹。

銀色に輝く頭部の髑髏。

装着してみると、思っていたよりずいぶん軽い。

「ずいぶん軽いですね？　銀や鉄だと思ったのですが？」

パトリックが疑問を投げかけると、

「ああ、それはですね、基本的に行進用なので見た目重視で、金属部分は薄く造ってありますので。

銀色の蛇の頭の部分は薄い軽銀の上に銀を貼ってあります」

(軽銀って確かアルミみたいなヤツだったか？)

パトリックはそう思いながら続きを聞く。

「蛇の体は、軽銀の鎖と銅の鎖と鉄の鎖を編み込んで、柄を作ってみました。腕の蛇だけは盾代わりに使えるように鉄製ですけど、全体的には重量を抑えました！」

「なるほど！」

「バッチリです！　めちゃくちゃ似合ってます！　ああ！　苦心した甲斐があった！」

はしゃぐソーナリスと、直立不動のパトリック。

少し離れた所から、侍女アメリアの溜息が聞こえた。

その後、屋敷に戻ったパトリックは、ことの詳細を使用人や各騎士に告げる。

アストライアが、

「お館様、屋敷の警備を増やしますか？」

と、お伺いをたてるが、

「いや、ここでやるつもりは無い。警備はこのまま。場合によっては、ぴーちゃんを前面に押したてろ。アイン、近くにいる闇蛇隊を招集！　エルビス、毒蛇隊に第1種戦闘配備。例の物の使用も許可する！　ワイリー、ヴァンペルト、ミルコはキャンプの用意！」


「「「「キャンプ？」」」」

ワイリー達の声が揃った。

「ああ、森で楽しく遊ぼうじゃないか」

何かが閃いたのか、パトリックは楽しそうに言うのだった。

その後屋敷に来客が訪れる。

「お館様、ライアン・アボット殿がお越しです」

「ん？　分かった、お通ししてくれ」

「はっ！」

ガチャと開いたドアから、ライアンの姿が。

「スネークス伯爵、話は聞きました……というか、貴族中に広まっていますが、どうするつもりです？　なんならうちの兵もお貸ししますが？」

なんとも神妙な顔のライアン。

「やあ、ライアン殿、もう広まったの？　陛下も人が悪いなぁ」

「いや、広めたのはスタインの奴ですよ。目の上のタンコブ、スネークスを潰すチャンスだと、わずかに残る反王家派と中立派連中にふれ回ってますよ。あと、スラム街にも、『貴族を堂々と殺すチャンスだ、殺した者には金貨10枚やる』と言って人を集めてるようです」

「へぇ、カスの癖に悪知恵は働くのな。じゃあ屋敷に人だかりが出来る前に、立札でも立てとくか！」

「何をする気なのです？」

「うーん、色々だけど、あ、一緒に来る？　ライアン殿なら腕もあるし、自分の身は守れるでしょ？　楽しいと思うよ！」

「我が身くらいは守れますが、どこに行くのです？」

「森でキャンプだよ！」

「キャンプ⁉」

慌ただしく、スネークス家に運び込まれる食糧、それを各員が大型リュックに詰め込み、何台も馬車が屋敷を出る。王都の外にある森を目指して。

スタインは屋敷を慌てて売却し、その金で平民街に小さな家を購入、息子にはそこで暮らすように言い、かき集めた金のほとんどを置いて、家を出た。

杖を使いながら、歩く姿は痛々しいが、その顔には復讐の念が滲み出る。

付き合いのあった家を訪ね、反スネークス同盟を持ちかける。

スタイン家として、堂々と攻撃許可を貰ったのだ、その利点を最大限に発揮するため、スタインに雇われた事にして、各家が協力してスネークス伯爵家を潰す。

出る杭は打たれる、それは貴族社会の中でも同じである。

急に出てきたスネークスを、心良く思わない貴族は多い。

王に近い者達はそうでもないが、パトリックに間者を潰された家などは、特にそう思っている。

そして、スタインの誘いに乗る貴族が、中立派の中にもそれなりに存在したのだった。

かなりの数の兵が、スネークス邸の前に押し寄せた時、屋敷の前に1つの立て看板があった。


パトリック・フォン・スネークスは、王都の外の森にいる。マヌケに見つけられるかな?

見つけた者には金貨10枚進呈しよう。ただし、死なずに戻れたらな。

腕に自信の無い奴は去れ。

死ぬ覚悟の無い奴は来るな。

家族が大事な者は帰れ。

攻撃してきた時点で、家族の同意ありとみなし、家族も攻撃対象とする。

スタイン、お前の息子の居場所、もう知ってるぞ？


と、書かれていた。

さて、立て看板を見た者達の反応は、２つに分かれた。

すぐさま森に向かう者達、この中にスタインも含まれる。

もう一方は、看板を無視して、門を開けてスネークス邸に踏み込もうとする者達である。

森に向かう者達が去った後、門を押す者が現れる。

スッと門が動いた。

「おい、鍵かかってないぞ！　どうせ兵は森だろうし屋敷に踏み込めば、家探し略奪し放題だぜ！　使用人のメイドでも居れば楽しめるぜ！」

「おお！　お前頭良いな！　貴族の屋敷だ、お宝がたんまりあるに違いない！　金貨10枚よりこっちの方が儲かるぜ！」

スラムで雇われた者達だろう、小汚い服に錆びた剣を持った男達が言い合う。

その後ろでは、貴族と思わしき身なりの男と、その兵士達であろう者達が、

「奴らに荒らされた後では、戦利品も無くなってしまいますが、どうしますか？」

「なに、奴らも殺してしまえばいいのだ、問題無い。少しくらいは兵も残ってるかも知れぬし、肉の盾代わりにすれば良いのだ」

「流石！　頭がキレますな」

「そう褒めるな。では、奴らに続いて入るとするか」

と、言いながら歩き出す。

門もそうだが、玄関の扉も鍵はかかっていなかった。

音もせず開く扉。

スラムの住人や、貴族達が一斉に突入した。

音もなく、そっと扉が閉まった。

そして、目の前に居るのは言わずと知れた……

「うぎゃっー！　ま、魔物だっ！」

「に、逃げろっ！」

兵士達が扉に群がるが、

「おい！　扉が開かないぞっ！　鍵などかかってなかったのにっ！」

「早く開けろ！　魔物が来るっ！」

そんな言葉が飛び交う中、ヒュンと空気を切り裂く音がする。

その音の後に続くのは、

「ぶほっ」ドガーンッ！

「げふっ」バキーンッ！

「うっ」ドスンッ！

人の苦悶の声と、人が飛ばされて何かに当たる音。

「おいっ！　あの魔物が玄関ホールに居るとは聞いてないぞっ！　別の小屋で飼っているのではないのか！　あのガキ、正気かっ!?　おいっ！　アレを倒せ！　扉を壊せ！　死んでしまうぞ！」

貴族から命令が出されるが、兵士は皆扉に集中する。

誰だって人喰い魔物と戦いたくはない。

「この扉、いったい何で出来てるんだ！　びくともしやがらねぇ！」

「いいから早く壊せよ！　蛇が来るだろ！」

「早くせんかっ！」

この者達は知らない。

スネークス邸の玄関扉は、酒に釣られてドワーフが腕によりをかけて造り上げた、高価な魔道具に替えられてある事を。

分厚い金属製で、外からは誰でも開けられるが、中からは登録した者でしか、開けられない事を。

一応外から開けられないように、ロックは出来るが。

怒鳴り合う貴族や兵達は、後ろを見た方がよかった。

すぐそこに、ぴーちゃんが来ていたのだから。

〝グシャ〟

と、人の束を一瞬にして締め上げたぴーちゃん。

次々とぴーちゃんに巻き付かれ、絞められて倒れる兵士達。

後に残るは、全身打撲のスラム住人が、あちこちの壁際に倒れているのと、背骨を骨折して動けぬ貴族兵が、玄関扉の前に山積み。

そして、それを見て錯乱し腰を抜かす、ワザと攻撃されずに残された貴族の当主。

「やれやれ、派手に散らかってしまったな……掃除が大変だ。そこの貴族と思わしき人、どこの誰だか知りませんけど、請求書回しますからね」

床にへたり込む貴族を見下ろして、執事のアストライアの声が静かに響いたのち、アストライアの右回し蹴りが、貴族の顎を的確に捉えた。

その頃、森に向かう馬車が多数。

その中の1つの馬車の中に、スタインが乗っていた。

顔は怒りに染まっている。

息子の居場所を特定されたかも知れないという焦りと、息子へ危害を加えるというパトリックへの怒り。自分が攻撃しなければ、息子と慎ましく暮らしていけるというのに、そこには思考が向かないようだ。

しばらくして、森の入り口付近に到着すると、続々と兵士は森に入っていく。

スタインは片脚なので、杖を突きながら歩く事になる。

当然スピードは遅いので、置いてきぼりを喰らう事となる。

さて、森の中というのは、道など無い訳だが、何も無い訳ではない。

大型の獣が歩いた跡などの獣道もあるし、冒険者が採取に入ると下草が倒れるし、ある程度の大きさの生き物が通るには、段差や木の間隔などにより、いくつかルートが決まってくるものだ。

なので兵士達も、普通にそこを通る事になるわけだが、先頭を歩いていた兵の足元が、いきなり無くなった。

ズボッという音と共に姿を消した兵。その直後、

「うげっ」

と、声が聞こえて、その後ろを歩いていた兵が、慌てて駆け寄ると、そこには大きな落とし穴。

底には竹槍のオマケ付き。

哀れ串刺しになった兵は、呻き声をあげるが、胸を貫かれては助からないだろう。背中から竹槍が生えているのだから。

「罠だっ！　罠が仕掛けてあるぞ！　気をつけろっ！」

それを見た兵士が、周りに警戒を呼びかけるが、その後あちこちから悲鳴や、呻き声が聞こえる

事となる。

輪っか状の針金に足を縛られて吊り上げられ、木の上に吊るされる兵士。

ギザギザの鉄製入れ歯のような物に足を挟まれて、足首から下が無くなる者。

草をアーチ状に編んで、足を取られて倒れた先にあった獣の糞に顔を埋める者。

なんとか罠地帯を抜けた兵士を、どこからともなく矢が貫く。

それを見て逃げる兵士が、なぜか首を切られる。

敵の姿など見当たらなかったのに、突如現れたのだ。異様な柄の服を着た兵士達との戦闘に、否応無く突入していく。

大多数の者が倒れていく中、なんとかその場を脱した兵士達は、警戒して盾を構えて一塊になり、辺りを警戒しながらゆっくり進む。

そうして、ようやく少し開けた場所にたどり着いたが、時は既に夕刻。森の中は薄暗い上に、陽が落ちると何も見えない。

急ぎ枯れ枝などを集めて、焚火をして明かりを確保し、持ってきていた干し肉を食べ、辺りを警戒する兵士達。

真夜中、音もなく月明かりも木々に遮られて、満足に届かない中、兵士達の視界を確保する明かりである焚火から、突然音がする。

ジューという音と共に、辺りが暗闇に染まる。

焚火の後には、わずかに赤い光を出す燃えカスと白い水蒸気。

「誰だ！　水なんかかけたのは！　これじゃ周りがよく見えウゲッ」

「おい、どうした？　何かあったのウガッ」

「おい、２人ともどうした!?　ゴフッ」

その後、その場にいた数十人の兵士達が、腹を斬り裂かれ呻き声をあげ続けるのだった。

その頃、１人遅れて歩いていたスタインは、暗闇の中を歩くのを諦めて、大木の根本に隠れるようにして夜を過ごしていた。

翌日、陽が昇り歩くのを再開したが、スタインの目に飛び込んでくるのは、無残な姿を晒した兵士の骸だけ。

落とし穴に落ちた串刺しの兵士。

木の上に一晩吊り下げられて、大きな鳥に突かれ続けている死体もあった。

極め付けに腹を切り開かれて、狼に貪られている兵士の骸。

慌てて森の外を目指して、方向転換するスタイン。

その後、森の外に待機していた貴族当主達と合流。

事の次第を話して、今後の作戦を練り直す。

他の貴族にも、面子（めんつ）というものがある。勢い勇んで来たのに、尻尾を巻いて逃げては、他の貴族にも舐められる。

他家に舐められたら、貴族はお終いである。

慌てて兵と武器をかき集めて、森に再び突入する算段を開始するのだった。

〰〰〰〰〰〰〰〰〰〰

私、ライアン・アボットは森の中にいる。

スネークス伯爵に拉致、もとい無理矢理連れて来られたからだ。まあ、何をするのか気になったのも事実だが。

スネークス伯爵達は、森の中央付近の開けた場所に、馬車で持ってきた杭を使って、急造の砦を作っていく。

まあ、簡単な柵があるだけなのだが。

スネークス伯爵の姿だが、なかなか理解し難い格好である。

黒の軍服は分かる、8軍の物だからな。多少コートに見えなくも無いが。

赤い革鎧？　敵に発見してくれと言っているようなものだ。

肩にある銀色の蛇のモチーフ。スネークス家だからといって、鎧に付けるか？　左腕にも蛇が取り付けられているし。

あれにまだ、髑髏の兜まであるらしい。

「よし、こんなもんだろ。じゃあ、飯にしようぜ。オークも2匹狩れた事だしな！」

スネークス伯爵の楽しそうな声に、周りも楽しそうな空気である。納得いかない。

「スネークス伯爵、命を狙われてる危機感というものは無いのですか？」

私は呆れた声で、スネークス伯爵に問うが、

「ライアン殿、あんな奴らに負ける訳ないし、来る途中に罠もいっぱい仕掛けたし、待ち伏せの兵も居る。ここまで来れても、毒蛇と闇蛇も居るから大丈夫ですよ。まずは腹ごしらえしてから、皆に命令を出しますよ」

そう言うスネークス伯爵の口元が、あやしく笑うのだが、その手に包丁を握り、何故かスネークス伯爵本人がいそいそと調理している。

火の調整やら、包丁の使い方が素晴らしいのも納得いかない。兵士に料理を作ってやる貴族当主など見た事がない。

そして、人のそれに見える丸焼きを見て、

「オークの丸焼きって、見た目悪過ぎないか？」

私の素朴な感想が口から漏れるが、

「ええ？　美味そうじゃないですか！　なぁ？　みんな？」

スネークス伯爵が周りに問いかけると、

「はい！　ヨダレ出そうです！」

「滴り落ちる脂が、たまりませんなぁ！」

「ライアン殿は、これの美味さをまだ知らないからですよ！　お館様の味付けは最高ですよ！」

「途中で待ち伏せの役目のやつは、出来立て食べられなくて残念だな。まあ、冷えていても美味いけど出来立てと比べたらなぁ」

「確かに！」

と、騎士や兵達が、私に向けて楽しそうに言う。

焼けた外側を薄く削いで、パンにその肉を何枚か挟んでタレを塗って、スネークス伯爵特製ハンバーガーモドキとやらの完成らしい。

皆が順番にそれを受け取る。私も受け取る。このまま齧り付くらしい。意を決して齧り付く。

「う、美味い！　なんだこれ！　なんとも言えぬ甘辛い旨み！　トロッとしたソースは何で出来ているのだ？　初めて食べるぞ！」

つい驚きの声をあげてしまった。

「どうです？　お館様特製、テリヤキハンバーガーモドキって言うらしいですよ！　美味いでしょう！」

近くにいた兵が、自分の事のように自慢する。

だが、確かに美味いのだ！

私は自分の分を、あっという間にたいらげてしまった。

外側の肉はもう既に無いのに、中央部はまだ火に炙られている。

「外側とはまた別の旨さがあるので、もう少し待っててね」

スネークス伯爵が、自分の分のテリヤキハンバーガーモドキを齧りながら、無邪気な表情で骨の周りの肉に、何かを振りかけている。

「今度は、スパイシースペアリブって言うやつですよ。骨の周りの肉って、美味いんですよ！　お館様に言われるまで、骨の周りの肉なんて捨ててましたからね。もったいない事してましたよ、アッハッハ」

と、隣にいた兵が教えてくれた。

骨の周り!?　そんなところなど、食べた事すらない。これもまた美味であった。骨に齧り付くなんていう無作法な行為を、この日初めて体験した。

その後、横隔膜？　とやらを煮込んだスープも振る舞われた。これも初めて飲むスープで、肉なのだが少し歯応えが違い大変美味かった。

ミソとやらを使ったと言っていた。トンジルと言うらしい。

初めての味に満足して、その日はテントで寝た。

ああ、こんな楽しいキャンプなどいつぶりだろうか。明日の朝食は何かなぁ。


って、違うし！

命を狙われてる本人が、食事作るキャンプってなんなの!?

〜〜〜〜〜〜〜〜〜〜〜〜〜〜〜〜〜〜〜〜


見張り以外が寝静まった頃、パトリックは動き出す。漆黒の森の中を、簡単に移動していく。

蛇の腕輪の効力で、森の中がハッキリ見えるからだ。漆黒の闇の中、パトリックの目に映る燃え盛る焚火。待ち伏せに出ていた、毒蛇隊達と合流し、経過報告を聞く。

「罠の解除は、終了しております。あとはあそこの奴らだけです」

そう言われて、パトリックは兵士に砦に帰るように言う。

「テリヤキバーガーモドキ作って置いてきたから、戻ったら食えよ」

そう言ってやると、

「やった！　あれ、冷えててもうちのカカァのとは、雲泥の差だからな！」

と、1人の男がたいそう喜ぶ。

「おい、声がデカイぞ」

と、他の兵が男に注意する。

「おっと、すまん」

「じゃあお館様、お任せします！」

そう言って敬礼してくる。

「ここで待っとけ、帰りは先導してやるから」

パトリックは、兵達にそう言ってから、自分自身にだけ聞こえるように、

「サイレント」

と、小さく呟き、髑髏の形をした兜を被ると、まるで街中を歩くかのように、敵兵の間をすり抜けてゆく。

パトリックの右手にはバケツが1つ。

焚き火の炎を反射して、なみなみと入ったバケツの水にパトリックが映る。焚火に照らされて赤く光る髑髏が、バケツの水面で笑ったかのように歪んだ。

そのバケツの水を、パトリックは焚火に満遍なくかける。

ジューッと音を立てて焚火が消えると、辺りはまさに暗闇、漆黒の世界となる。だが、パトリックの目には、周りの兵が見える。

いや、周りの兵の体温が見える。人だけで無く木々の位置すらも把握出来る。

焚火が消えて、混乱する兵士達を1人、また1人と腹を切り裂いて歩くパトリック。

淡々と、冷静に、生き残る事がないように、だが苦しく後悔しながら死ぬように。

誰を相手に喧嘩を売ったのか。

誰の命を狙ったのか。

その場の兵士全員の腹を斬った後、パトリックは倒れて呻いている兵士に、持って来たバケツを逆さに置いて、その上に座ってこう呟いた。

「あの世で、本物の死神に聞いてこい。パトリック・フォン・スネークスは、この世の死神だったのか？　とな」

その後、空いたバケツを振りながら、兵士達とゆっくり戻って、ぐっすり寝たパトリックは、陽が昇ると同時に朝食を作って配る。

昨夜から煮込み続けていた、内臓のスープとパンだ。

一通り皆が食べ終わると、

「よし、では、これより作戦を伝える。毒蛇隊は闇蛇隊と協力、と言うか、毒蛇隊は隠密術を闇蛇隊に実戦で教えてこい。そして闇蛇隊はそれを吸収しろ。偵察でヘマした時、森に逃げて隠密術を使えば生還率が上がるはずだ。いいか、毒蛇も闇蛇もスネークス家の仲間である。張り合うのではなく互いに協力し、信頼して作戦にあたる事！　そして各騎士達は、その模範となる事！　アインもエルビスに教えて貰ってこい。ワイリー、ヴァンペルト、ミルコは8軍で教えた事と同じだが、唯一違うのは、毒の使い方だ、エルビスに付いて行ってこい」

パトリックが皆に言うと、

「それではお館様の護衛は？」

と、ミルコが訪ねる。

「ライアン殿に頼むよ」

すかさずライアンが、「承った」と声を出す。

「よし、行動開始！」

皆が動き出す中、パトリックはライアンの質問に答えていた。

「毒とはなんです？」

「ぴーちゃんの毒さ」

「毒の種類は？」

「神経毒ってやつ」

「どんな症状がでるのですか？」

「んーと、簡単に言うと筋肉が動かなくなって、呼吸困難になるか、心臓が止まるかかな」

「人の場合、どれくらいの量で死ぬので？」

「針に塗って刺せば、数分後には」

「猛毒ではないですか！」

「そうだね」

「いつ、誰に検証したので？」

「屋敷に忍び込んできた盗賊相手に」

「その死体は？」

「ぴーちゃんの腹の中」

「兵が間違って使用したらどうするので？」

「管理はエルビスが厳重にしてるよ」

「戦闘中に毒に触れたら、どうするのですか？」

「そうならないように、楽な戦いで使って慣れさせようかと」

「実戦練習ですか……」

「喧嘩を売る相手が悪かったよね、アハハ」

「この状況で、キャンプして楽しんで笑っていられる貴方の心臓、魔道具か何かですか？」

「違うと思うけど、確かめた事ないからなぁ」

「はぁ、相手が可哀想になってきた」

「ええ!?　酷くない？　狙われてるのはコッチだよ？」

「そう思うなら、少しは不安な顔でもしてみたらどうです？」

「不安な顔って、不安でもなんでもないんだから、出来る訳無いしなぁ」

「やはり相手が、可哀想だ……」

ライアン・アボットが首を振りながら言った。


〜〜〜〜〜〜〜〜〜〜〜〜〜〜〜〜〜〜〜〜〜〜〜〜〜〜〜〜

森の中を、エルビスが4人に説明しながら歩いていく。

4ミリリットルぐらいしか入らないであろう小瓶を、後に続く4人に顔の横で振りながら見せて、

「この小瓶1つで、100人以上殺せる猛毒だ。お館様の使役される、ぴーちゃん様の毒だ。小さな針の先端に塗って刺すだけで、数分後にはあの世行きだ。だから使う時は針を絶対自分に刺さないように！　肌に付いた場合はすぐに洗い流せば大丈夫だ。だが、体内に入ったら終わりだぞ。飲んでも死ぬからな！」

エルビスの毒の説明を真剣に聞く4人。

ワイリーが聞く。

「どれくらい刺せば良いのだ？」

との答えに、

「針で引っ掻くだけでも死ぬぞ」

と、少し驚いたワイリー。

「そんなにか!?」

「ああ、盗賊に試したが、見る見る患部が腫れて、その後喉を押さえて暴れのたうち回って死んだ」

と、エルビスの説明を聞いて、

「流石ぴーちゃん様」

　ヴァンペルトが呟いた。

「肌にかかって洗い流さなければどうなる？」

　ミルコの問いに、

「火傷のような傷になる。ポーションですら、完全に傷が消えずに残ったからな」

　と答えると、

「凄まじいな……」

　アインが声を漏らす。

「普段は私が管理しているが、戦闘での使用許可が下りた場合は、各毒蛇隊の兵士に少量だけ分配される。先程配っていたのを見て貰っただろうけど、この小瓶に4分の1くらいの量だ。そして、ぴーちゃん様の毒は、どうも空気に弱いらしく、蓋を一度開封したら、2日程で無害化してしまう。だから部隊の者がこっそり溜め込む事は出来ないから、安心してくれ。配る時点で開封済みだからな」

「「「なるほど！」」」

「ちなみに、ぴーちゃん様が直接噛み付いた場合の事聞く？」

「い、一応……」

　と、アインが言うと、

「1秒であの世行き」

「だろうな……」

「で、戦闘に用いる場合の話だが、針を相手に刺せる時なら針を使うけど、普通は無理だろ？　ではどうするかというと、矢尻に塗るのが1つ。少しネバネバした毒だから、矢で飛ばしても毒は飛び散らない。で、次は槍や剣に塗る。これも同じく飛び散らないが、戦闘で自分の肌に触れないように気をつける事と、使用後は武器を丁寧に洗ってから鞘に納める事。無毒化されはするが、実験して長期間そのままにしておくと、武器が錆びる事が分かったからな。これは矢も同じだがな」

「「「了解」」」

「では、アインには8軍と毒蛇隊が、お館様に鍛えられたやり方を伝授するか。ちょっと覚悟しとけよ？」

　エルビスの言葉にアインが、

「やはり厳しいので？」

　と聞くと、

「お館様だぞ？」

　と、エルビスが返し、

「厳しく無い訳が無い」

　と、ワイリーが言い、

「他の部隊に居た我らには、最初はこの世の地獄かと思ったもんだ」

と、ヴァンペルトが遠い目をする。

「お館様が曹長の頃からずっと一緒の私でも、地獄だと思いましたけどね」

ミルコが駄目押しした。

スネークス騎士5人、仲良く森の中でのハンティングと、仲間の訓練開始である。

森に散らばった毒蛇闇蛇コンビ達も、毒使用の練習と潜み方の訓練が始まったようだ。

その後、森の中で呻き声と、死にたく無いと嘆く声が響きわたり、森の近くに居た冒険者がその声を聞いて、周りに話したので、この森は、のちに嘆きの森と呼ばれるようになる。なお、呻いたのはどちらの兵士なのかは、謎のままである。

そして、貴族当主達は森の入り口付近にて、スネークスの騎士達により、毒を使う事なく捕縛された。

まあ、かなりの大怪我ではあったが。

唯一わざと残されたスタインに、

「スタイン殿、もう観念しては？」

アインの言葉に、

「やかましい！　裏切り者がっ！」

「貴方が私の事を、うちの人間だとあの時言ってくれていれば、我がお館様は、貴方の家を悪いようにはしなかったと思いますよ？　アボット伯爵家のようにね。私は貴方に見捨てられ、お館様に拾われたのだ。私から言わせれば、裏切り者は貴方の方ですね」

「間者なら、雇い主の事をバラす時点で裏切り者だ！」

「ほう、ならばお館様直伝の尋問を、とくと味わって貰いましょう」

アインはそう言って、スタインとの戦闘が始まったのだが、片脚のスタインが勝てるわけはなく、すぐに拘束されていた。

そして……

その場で始まるスネークス流の尋問。

その場に響くスタインの叫び声と、その光景を見せられ震える、先に捕縛された貴族達。

やめてくれと泣き叫ぶスタインから、聞き出す事など何も無いので、たっぷりじっくりフルコース一周である。

その時のアインの顔は、少し笑っていたという。

次の日、森から帰ったパトリック達は、捕らえた貴族の、王都の屋敷を急襲し制圧、領地の屋敷に向け出発し、数日でそれらも制圧。

領地に居た貴族の家族達は、王都の屋敷に集められ、家族が見ている前で、貴族当主達はパトリック直々に、例のフルコースを1周の刑となり、その後、血抜き針にて血を抜かれる。

死にたく無いと叫んでいた当主達は、やがて失血により衰弱して死んでいった。

泣き叫ぶ当主を、見せられていた家族達は、耳を手で塞ぎ顔を背けるが、いくら耳を塞ごうと、完全に声を遮る事は出来ない。その者達は、耳に響いた親の声を、忘れる事が出来るのだろうか。

その後、15歳以上の者は男はフルコース1周ののち借金奴隷、女と14歳以下の子供は借金奴隷として売られた。

平民になったスタインの息子も、同様の措置が取られた。

奴隷商に売る前にパトリックから、こう言葉を投げかけられたという。

「仕返ししたければいつでも来い。全力で返り討ちにしてやるから！」

と、全開の殺気付きで。


その後、すぐに王城に報告に向かったパトリックは、王にニコニコ笑いながら、書類を渡して報告したのだが、パトリックからの報告を聞き、謁見の間の玉座に座っている王は、何故か書類を握り締めて頭を抱えていた。

「なあ、パトリックよ……」

静かなトーンで話し出すメンタル王。

「はい、陛下?」

と、軽い感じでパトリックが言うと、

「確かに攻撃許可を出したのはワシだ。それを利用してスタインのやつが、他の貴族を巻き込む事もあるだろうとも思っていた。だがなぁ、この数おかしくないか？」

「たった20家ですが？」

「どこが〝たった〟だ！　潰すなら一声かけろと言っただろうが！」

　突然声を荒らげた王に、

「いや陛下が、上手く凌げとおっしゃったから、向かって来るのは全て潰して良いのかと思いまして」

　と、悪びれず言うパトリック。

「それでも勝手に奴隷として売るな！　お前、どんだけ嫌われてんの？　なあ？　平民に落ちたスタインに唆（そそのか）されて、ホイホイ誘いに乗る貴族が20とか、嫌われ過ぎじゃない？　お前何したの？」

「売ったのまずかったですか？　我が領地をコソコソ探っていた間者を始末しただけですが？」

「ダメに決まってるだろうが！　王家に反乱したわけでも無いのに！　それにその程度でこんなに嫌われるか？」

「それは申し訳ございません。あとは、間者を送ってきた貴族の領地には、我が領地産の酒を売るのを禁止したりとか、あ、チェスも売って無かったかな？　そのせいで商人がその領地から離れたとか、聞いたような気もしますが、些細な事ですし……」

「馬鹿者！　商人消えたら領地運営が出来んだろうが！」

「そんな事、私の知った事では無いので」

「お前が潰した貴族が治めていた領地の運営は、王家がする事になるんだぞ？　こっちの身にな
れ！」
「どうせ、新たに男爵でもボコボコ増やして任せるのでしょ？」
「それでもだ！　ここ最近、お前がらみで何家消えたか知ってるか？」
「さて？　とんと記憶に御座いません」
「今回の件を合わせたら約50だ！　ほとんどは男爵だったが、子爵や伯爵、侯爵はまあ、うちも関
係あるから仕方ないが、お前、兵士だけじゃなく、貴族からも死神呼ばわりされてるからな！」
「ええー！」
「ええーじゃないわい！　もういいっ！　こっちで買い戻すから、奴隷として売った分の金置いて
帰れ！　あ、ソナには会ってから帰れよ」
「はい、陛下。では失礼致します」
　軽い足取りでパトリックが去っていくのを見た後、王は隣で困り顔の宰相に、
「なあ、どうするよこれ」
　と、握り潰した書類を見てぼやく。
「陛下、流石に貴族の数が減り過ぎです。今は直轄領の運営だけで手一杯の状態です。借金奴隷と
して売られた貴族を買い戻して、領地に復帰させるのは良い案です。王家に歯向かった訳では無い
ので。あとは急ぎ前回の北部併合の件等で、手柄がある者に領地を任せるべきかと」

「だよなぁ。聞いたか？　パトリックのやつ、毒まで使ったらしいぞ。どれだけ容赦無いんだよ」

「らしいですな、あの男らしいと言えばそうなのでしょうが、当主以外の男や女子供は奴隷としてですが生かしたので、そこはまだ温情があるのかと。男児の居なかった家は、復活させるのがなかなか厳しいですが、居る家はなんとかなりますな。しかし勝手に奴隷として売られてしまうとは、なんと言っていいのやら」

「あれ、うちの娘の嫁ぎ先って、頭痛くなってきた……」

「ソーナリス殿下に、婚約を解消するとか言えますか？」

「無理!!　ベタ惚れだから！　そんな事言ったら、パトリックが使った毒を手に入れて、俺の食事に盛りそうだもん！」

「では、諦めた方がよろしいかと。上手くコントロールする手段を考えた方が、建設的かと」

「コントロール出来るのか？　アレ」

「さぁ？　だいたい貴族にしたのは陛下ですし、陛下の命令は、聞くと思いますが。まあ、それはさておき、スネークス伯爵には旧ウエスティン領も任せて、辺境伯にするのがよろしいかと。スネークスの兵は精強ですので、帝国に対する戦力として申し分無いですし」

「アボットにも、山岳地域を任せて北と西を守らせるか。あの2家は情報交換もスムーズだしなぁ」

「後は転封と爵位の変更で乗り切りますか。騎士爵や準男爵達の、男爵への変更の数にもよりますが」

「手柄のあった者の、リストアップを急ぐとするか！　このままだと治安の悪化もあり得る」

「直ちに！」

〰〰〰〰〰〰〰〰〰〰〰〰〰〰〰〰

パトリックは金を置いてから、ソーナリスに会うために移動している。

その横にはミルコも居る。大きな荷物を背負っているが。

「ソーナリス殿下、鎧の事なんですが……」

挨拶もそこそこに、パトリックが切り出す。

「何か不具合でもありました？」

ソーナリスが、紅茶を飲みながら聞き返す。

「いいえ、動きを阻害する事も無かったので、問題無いかと思っていたのですが、ミルコ、鎧を殿下にお見せして」

「はい、お館様。ソーナリス殿下、こちらを」

そう言って荷物を解いたミルコ。そこには、

「うわぁ、鎖が錆びてますね……」

ソーナリスが呟いた。

「はい、どうも返り血と、森の湿気がまずかったようで、鉄の鎖があっという間に錆びてしまいまして。水で洗い流せば良かったのかもしれませんが……」

パトリックが申し訳なさそうに言うと、

「いえ、戦場で洗う暇など無いでしょう？　返り血とか、完全に想定外でした。素材から選び直します。後は何かあります？」

「兜なのですが、顔の部分をパカッと開くようになりませんかね？　水分補給の時に、いちいち外すのが面倒で……」

「なるほど！　やはり使ってみないと分からない事ってありますね。分かりました！　途中で水を飲むとか、想定してませんでした！　という事は、開けたままロック出来る機能を、追加するのが良いのかな？　開けた時にカッコ悪いのは嫌だしなぁ。うーんでも、そうすると分厚くなるか？でも、重くなるのは嫌だしとなると……」

考え出したソーナリスに、まずい事言ったかもしれないと思ったパトリック。

だが、まだパトリックには要望があるのだ。

「あと、ブーツですが、爪先の部分を金属で補強とか出来ますか？　敵を蹴る時に良さそうなので」

「あ、それなら可能ですよ！　金属は見えた方が良いですか？　隠す事も可能ですけど？」

と言われて少し思案してから、

「では、隠す方で」

と答えた。

「分かりました！　色々イメージが湧いてきましたよ～。いったん鎧一式を預かりますね！　ついでに武器も作っちゃおうかしら！　パトリック様は剣鉈と刀とナイフがメインですよね？　あ、一応槍も必要か！　手裏剣を入れる箇所も作っちゃおうかな！　楽しくなってきました！」

テンション上げ上げソーナリスに、どう向き合って良いのか分からない、パトリックであった。

パトリックは、ソーナリスの相手に忙しかったからか、奥でミルコとソーナリスの侍女アメリアが、楽しそうに紅茶を飲んでいたのに気が付かなかったのは、仕方ないだろう。


パトリックが、ソーナリスと鎧の事を話している頃、王はベンドリック宰相やアンドレッティ大将、サイモン中将、ガナッシュ中将らと話し合っていた。

「では、北部での功労者は以上か。次に反乱の件だが、目立った者は？」

王の問いに、

「陛下、その前に1つよろしいでしょうか？」

と、アンドレッティ大将が遮った。

「どうした？」

王が問うと、席を立ったアンドレッティ大将が、

「此度の反乱や近衛騎士団長の裏切り、諸々の責任を取って、大将の職を辞したいと思うのですが」

と、真剣な顔で言い放つ。部下の不始末の責任を取ると。

「いや、そなた程の男を、はいそうですかと辞めさせるわけにはいかん。責任の取り方は辞めるだけでは無い！　信頼出来る者には働いて貰わねばならん！」

王の言葉にも一理ある。

「しかし、では、どうせよと？　処分無しでは、下のものに示しが付きません！」

「ふむ、ではこうしよう。アンドレッティ」

「はい……」

「元帥として命ずる。そなたは2階級降格、少将に！　そして、近衛騎士団団長に任ずる！　武神伝説再びとはならんかも知れぬが、まだまだ動けるであろう？」

「陛下！　確かに若い者にはまだ負けませんが、それでは若者が育ちませんぞ！」

「アンドレッティ、次の近衛騎士団長はそなたが鍛えて任命するのだ。王家と、国を守ると誓ってくれる近衛騎士団長をな！」

「……御意」

アンドレッティが声を絞り出した。

「では、空いた大将にサイモン。1軍と近衛を任せる」

「はっ！　拝命致します！」

と、サイモンも起立して敬礼した。

「ガナッシュは引き続き3軍を頼む」

「御意」

と、同じく起立して敬礼したガナッシュ。

「陛下、2軍はどうなさるおつもりで？」

サイモンの問いに、ニヤリと笑う王。

「今、2軍の訓練をしているのは誰だ？」

と聞かれてサイモンが、

「ま、まさか？」

「お主のところの婿では、大部隊の指揮の経験が少し不足しておるからな、ゆくゆくはそれで良いが、今はまだだ」

「という事は？」

「うむ、スネークス中佐を少将に任じ、2軍と8軍を任せる。ウェイン・サイモンには、いずれ2軍の指揮を執らせても構わんが、パトリックの指揮を見て学んでからだ。パトリックのやつは統率力に優れておるからな。というか、サイモン、早く式をあげてやれ。籍だけでは娘が可哀想であろう？」

「はっ、色々忙しかったもので」

「確かに色々あったからな」

「準備を進めます」

「うむ、では皆座れ。話は戻るが、反乱での功労者は？」

「身を挺して陛下達を御守りした、カナーン男爵が功多きかと」

　アンドレッティ少将が言う。

「確かに！　他には？」

「となると、ピンチに駆けつけたスネークス伯爵も」

　ガナッシュ中将が言う。

「スネークス中佐……じゃなくて、スネークス少将か、こうあちこちで活躍されると、もう中将でも良い気がするな……」

　サイモン中将改めサイモン大将が言う。

「まあ、まだ内密だが奴には辺境伯として、旧ウエスティン領も任せて、西の備えとなって貰うつもりでもいるからな。もう中将でいいか」

　メンタル王が、それに乗っかる。

「不可侵条約が切れるまでに、西を鍛えておきませんとな」

と、宰相が言うと、

「ヤツの訓練は過酷だが、その分強化出来るのでうってつけだな」

と、サイモン大将が応じる。

「あと、ソナの拉致の企みに最初に気がついて報告してきた、アボット伯爵にも褒美を取らせたいしな」

王はそう言って色々と話しだし、話は深夜まで続いたという。

10日後、王城に多くの人が集まっている。

この日、山岳部族の侵攻戦の褒賞や叙勲、それと先の反乱による褒賞叙勲、そして陞爵の儀が執り行われている。

功の小さき者から呼ばれるのだが、それでも活躍した証なので、呼ばれた者達は一様に嬉しそうである。

一通り褒賞叙勲が終わり、いよいよ爵位も伴う褒賞となると、皆が静まり返る。

爵位が上がる。それは貴族にとってこの上ない名誉である。

まずは山岳部族戦での功による陞爵。

騎士爵から男爵になる者達は、かなり嬉しそうである。

男爵から子爵になる者、子爵から伯爵になる者などなど。

ここでスネークスの名が出ていない事に、一部の貴族が不審に思った。

次に反乱の件。

まずは身を挺して、王家を守ったカナーン男爵家だが、子爵に任じられた。

領地は元の領地と、それに隣り合う領地を与えられた。

ここで領地持ち貴族の説明を。

領地持ち貴族には、いくつか種類がある。

元々住んでいた場所を領地として与えられた家。

これはカナーン家や、旧リグスビー家、アボット家などが当てはまる。

元々からその地域で、豪族だった家だ。

そして、陞爵により領地を与えられた家。

王家直轄領の一部を、功績により与えられたので、その地に縁故は無い。が、その領地に根を張り地域の発展に努める家。代表的なのは、サイモン家やディクソン家。コツコツと貢献して領地を広げ、爵位を上げた名家である。

残るは、王家直轄領を与えられたが、特に何もせずに税を集めるだけの家。

このような家は、転封（領地を変える事）に素直に応じるので、王家としても扱いやすく、特に咎(とが)められる事も無い。

カナーン領の隣の領地は、このような家だったので、そこがカナーン領に追加された訳だ。

発表は続く中、パトリックに関係がある者を挙げると、ワイリー騎士爵が、男爵に。

ヴァンペルト騎士爵も、男爵に任命された。

元近衛騎士団長を倒した功である。

領地は、西の旧カーリー男爵領をワイリーが、旧エージェー男爵領をヴァンペルトが拝領となった。

スネークス領と近いのは王の采配か、宰相の企みか。

そして、ミルコも男爵となったのだが、領地無しの、宮廷貴族としての任命となった。

王家からの説明としては、帝国との戦が想定されるので、スネークス率いる2軍と8軍という、王都軍の重要な指揮官の副官として、領地運営よりもパトリックに常に付き添う方が最適であると、王の判断により決められた。特に8軍は、指揮官クラスがスネークス派で占められている事（馬車隊のホンタスは、サイモン家の騎士である。サイモン家とスネークス家の関係は良好であるが、一応のお目付役を兼ねている）も関係している。

この事は軍でも問題視されたが、元帥である王の『問題無い』の一言で決定した。

アボット家は元の領地に加え、山岳地域を領地として与えられ、辺境伯に任じられた。

元の領地が飛地となるが、王国ではよくある事である。

そして、スネークス家は、

「まず山岳部族戦での功が1つ、反乱での功が2つ。これにより、元の領地と旧ウエスティン領を領地として与え、辺境伯に任ずる。また、王国軍中将に任命し、2軍及び8軍の司令を命ずる」

と、王より任命の言葉が発せられた。

城内がどよめく。当然であろう、王国初の10代での将軍、しかも中将の誕生の瞬間であった。

その後、宴へと場所は移る。

王国軍史上初の10代での中将昇格。話題になって当然であるが、その中には勿論悪評も入る。

スネークス家の評判、いやパトリック・フォン・スネークスの評判の主な内容は、

〈捻くれた性格〉

〈貴族潰し〉

〈残忍な性格〉

〈人喰い魔物を使役する死神〉

〈やり手のクソガキ〉

〈金の亡者〉

〈酒を操りし者〉

〈大した事ない癖に運でのし上がった奴〉

〈親殺し〉

だいたいこんなところだろうか。

良い評判が少ない。というかほぼ悪評ばかりである。しかもどれも正しい。が、そんな事を気に

するパトリックではないし、気にしていたら貴族社会など生き延びられない。

現代のBLACK企業なんか甘っちょろく思える、過酷な24時間任務や、足の引っ張り合いに、嘘やデマの蔓延、それがこの世界の貴族社会だ。

さて、のし上がったと言えば、スネークス家の騎士の中で3人が男爵にのし上がった。

正式なスネークス派の形成である。

正式な名前をいうと、
ジャック・フォン・ワイリーン男爵（ワイリー子爵家との区別のため、王家の命により家名変更）。

ジョン・フォン・ヴァンペリート男爵（ヴァンペルト男爵家との区別のため、王家の命により家名変更）。

ミルコ・フォン・ボア男爵（家名の無い平民からの騎士爵だったため、騎士爵を与えたスネークス辺境伯から、ボアの家名を王家に提案。王家の承認により成立）。

今後は実家よりも、騎士爵を与えてくれたスネークス家の方が大事である。もし仮に、スネークス家と実家が対立したとすると、スネークス家に力を貸す事になる。

これは貴族社会の暗黙の了解であり、これが実家に味方したなると、騎士にして貰った恩を仇で返した家として、周りの貴族から、取引を停止されてしまうくらいのタブーである。

まあ、ワイリー家とヴァンペルト家は、当主自らパトリックのところに挨拶に来たので、特に問題は無いであろうが。

さて、宴の方はと言うと、ワイリーンとヴァンペリートはそれぞれの親の近くで、人に囲まれている。というか、女性に囲まれていると言った方が正しいだろう。

新たな男爵家それも今、勢いのあるスネークス派である。悪評は多いが、力は確実にある家の派閥だ。

「我が家の娘を妻に！」

と、色んな家が詰めかけている。もちろんパトリックと交友のある家（特に酒などの販売で繋がる家や、婚約記念パーティーに来てくれた家など）からの、猛プッシュを受けている訳だ。敵対する家が来るはずがないので。

一方ミルコは宮廷貴族なので、領地貴族ほどは人気が無い上に、平民からのし上がった男爵なので、数人挨拶に来た程度である。

まあ、パトリックの隣に居たのが一番の理由かもしれないが。


さて、ワイリーンとヴァンペリートは、貴族家出身の男爵として、ミルコは平民から男爵にのし上がった者として、スネークス辺境伯派閥の一員となった。

騎士爵よりも、さらなる貢献を要求される立場だ。

ワイリーンとヴァンペリートは領地も隣であるが、領地を拝領した事で、舞い上がっている２人に次の日、パトリックから現実的な質問が出る。

「ミルコは別だが、ワイリーン、ヴァンペリートの2人の領地は農耕には向かない、どう運営していくつもりだ？」

「「えっ？」」

2人は顔を見合わせる。

「考えた事は無かったか？　なぜ、カーリー家やエージェー家が、ウエスティン家に金を借りなければならなかったのか？　それは収穫が少なくて、納税だけで金が消えたからだ。その他の領地警備だなんだの金が無いから、借りる羽目になる。おそらくベンドリック宰相あたりの企みだろうな。俺の金を減らす算段だろ。まあいい、助けてやるから任せとけ。ベンドリック宰相の悔しがる顔を見てやるぞ」

そう言ってニヤリと笑ったパトリックに、ワイリーンとヴァンペリートだけでなく、その場に居た者達が、背筋に寒いモノを感じた。

ワイリーンやヴァンペリートの拝領した土地が、何故農業に向かないのか。

地形が悪いのに加え、圧倒的に土地が痩せているのだ。そこに無理やり麦を育てていたものだから、さらに痩せてしまったのだ。

そこでパトリックの策とは？

さらに数日後、スネークス邸にてパトリックがとある物を見せる。

「これは？」

　ワイリーンが小さな種を見てパトリックにたずねる。

「蕎麦の種だ」

「ソバ？」

「いわゆる雑穀と呼ばれるものだが、痩せた土地でもなんとか育つし、食べられるからいいぞ。食べ方は任せろ！」

「はぁ？」

「あとは、鶏を飼育しろ。養鶏だ！」

「お館様の指示ですから、やってみますけど、当面の資金や食糧はどうすれば？」

「ウチから貸してやる。利子は無しでいい」

「ありがとうございます！」

「で、ヴァンペリートの土地だが、岩山が多いのでそもそも作付け出来る面積が少ないのだ。なので岩山に生息する山羊を飼え！　山羊なら肉も食えるし乳からチーズも作れる。チーズは良いぞ！あとジャガイモやサツマイモを育てろ！　買い取って酒に変えるから！」

「酒は分かりますが、山羊ですか？」

「ああ、あ、羊もやるか？　羊毛も金になるな！」

「はぁ」

「ようは2人とも、農業が難しいなら、畜産をしろって事だ！　肉の方が金になるぞ！　餌は草だし、その辺に生えてる！　まあ、草だけじゃなく他の物も食わせるけどな！　その糞で少しは土地も肥える。ヴァンペリートのところも支援してやるからな！　畜産は逃げないようにするのと、ゴブリンなどから守るのが大変だが、それがクリア出来れば実入りが良い！　いいか2人とも！　まずは領地の経済を立て直せ！　そして周りの貴族を経済で支配していくぞ。スネークス派無しでは、領地を回せないようにしていくんだ。うちの酒！　ワイリーン、ヴァンペリートのところでも、名物を作ってやる。それを売り込むぞ！　そして西をスネークス派に塗り替えるぞ！　うちの派閥に歯向かう貴族は潰していくぞ！」

「「ええ!?」」

ワイリーンとヴァンペリートの2人が、同時に声を上げたのだった。

第九章　告白

ある日、パトリックは正装して馬車に乗り込んだ。

赤い車体に黒い家紋の入った、とにかく目立つ馬車に。

その馬車を見る王都の人達は、

「おい！　あの馬車って……」

「しっ！　声が大きいぞ、見れば分かるだろ……あんな馬車が他にあるわけないだろ。悪名高きスネークス辺境伯の馬車だよ！」

などと言われ、その馬車の前を塞ぐモノは何も無い。人々はすぐに避けるし、向かって来る馬車などは、慌てて横に避けて止まる有様だ。

その赤い馬車が向かう先にあるのは、こちらも有名なサイモン侯爵邸。

この日、サイモン侯爵の長女、エミリア・サイモンと、キンブル子爵（先の動乱時の手柄により子爵に格上げされている）家の三男、ウェイン・サイモン（入籍は済んでいるので、家名が既に変わっている）の結婚式が教会で行われ、サイモン侯爵邸で、披露パーティーが開催されるからだ。

サイモン侯爵家は、王国の中でも古参の貴族であり、国軍でも重要なポスト（大将）なので、多くの貴族が集まってくる。

若い貴族の男などは、サイモン15姉妹の1人、エミリアの正式な結婚により、残りの14姉妹の婚約も解禁になるのではないかと、砂糖に群がるアリのように集まってきている。

そう、サイモン侯爵家の娘達は、エミリア以外はまだ嫁に行っていないのだ。

理由？　ただの娘可愛がりの親馬鹿のせいである。

流石に家の存亡がかかっていたので、長女の強い希望もあって、ウェインを婿に迎えたが、残り14人にしてみれば、ウザい父親だろう。

パーティーは侯爵家らしく派手では無いが上品、優雅で高級感のあふれる催しである。

まあ、パトリックには別の目的があるのだが。

「パット、話って何だ？」

と聞いてきたのは、デコース・カナーン。

父親のトローラが、近衛騎士団を正式に退役（王を守って片腕を失くしたため、名誉の負傷による除隊）し、領地運営に専念するため、領地に戻ったのと交替して王都に赴き、近衛騎士団に復役したのだ。

「デコース兄、確かもう30歳でしょ？　嫁のアテは？」

「まだ29だ！　嫁のアテなど無い！」

「そんな胸張って言う事じゃないでしょ。カナーン家も子爵になったのだし、ちゃんとした嫁を貰わないとダメでしょ？　このパーティーでいい子見つけないと！」

「うっ。いや、しかしだな」

「しかしもカカシも、そろそろ女性と会話出来ないっての直さないと！　身内と王家は平気なのに、他の貴族となると話せないとか、意味分からないから！」

　デコースは、婚姻対象になり得る女性には、緊張して話が出来ないという欠点があった。

「そそそそんな事言ってもだな……」

「その体で緊張とか、似合わないし！」

「何を話したら良いのか分からんのだ……」

　と、大きな体を小さくして言うデコース。

「名前言って見つめて美しいと褒めれば良いの！　出来れば話好きの女性の方が良いだろうけど、贅沢は言わない！　デコース兄、好みの女性とか居ないの？」

「い、いない訳では無いが……」

「誰？　どの子？」

「あ、あの……女性がタイプ……」

　小さく、消えるような声で言った視線の先に居たのは、

「マジで!?」

パトリックの予想外の人物だった。

デコースの視線の先に居たのは、年齢18歳ぐらいだろうか？

身長160センチほどの、少し骨太だが、引き締まった体付き。

真っ直ぐに伸びた長く茶色の頭髪に、緑の瞳に巨大な胸。

そして、立派にスラリと伸びた顎髭（あごひげ）！

なんと、ドワーフの女性だった。この女性、名をクラリス・サイモンという。

そう、サイモン侯爵家の第3夫人の子で、サイモン家の三女である。なので、正確にはドワーフと人族との混血（ミックス）である。少しドワーフの説明をしておくと、男のドワーフは筋肉質の低身長、口髭に顎髭があるのに対し、女性のドワーフは、少し骨太の筋肉質な体躯に大きな胸、口髭は無く顎髭のみである。

クラリスの長い顎髭は、綺麗で艶のある金色に近い茶色の直毛で、それが立派な胸の2つの双丘の谷間に吸い込まれていた。

以前、貴族にもエルフやドワーフ、獣人の血を受け入れる家があると書いたと思うが、まさにサイモン侯爵家は、その最先端。

正妻は人族（王の妹）、第2夫人も人族、第3夫人はドワーフ、第4夫人は人族、第5夫人は、獣人（狼系）である（第5夫人は、男児がいないサイモン家に、なんとか男の子をと、男兄弟の多い家系の獣人から選んだが、それでも女児しか生まれなかった）。

「デコース兄、私は良いと思うよ！　好みは人それぞれだしね。では、行こうか？」

「いいいぐってどこに？」

かなり噛んだデコース。

「どこって、クラリス嬢のところですよ！　私はサイモン侯も、ウェインも良く知ってるので、話くらいは取り付けますよ。後はデコース兄しだいですけどね」

「そんないきなり……」

「デコース兄！　このまま結婚もせず、子供も得られなければ、ブロース兄に家督を譲って近衛騎士団で一生過ごす事になりますよ？　まあそれも1つの人生ですけど、人生一度くらいは、当たって砕けるつもりで、女性にアタックする事も必要でしょう？」

「そ、それはそうなのだが、この年まで1人なので自信が……」

「自信なんか必要無い！　気合いと一歩進む勇気だけでいいんです！　ほら！　行きますよ！」

そう言って、パトリックはデコースの左手首を掴み、大きな体のデコースを引きずるように、サイモン侯爵の方に歩いて行くのであった。

「まてまてパット、心の準備がぁぁぁぁあ！」

デコースの叫び声が会場に響く中、ズルズルとデコースを引きずりサイモン侯爵の前まで到達するパトリック。

「サイモン侯爵閣下、この度はおめでとうございます！」

頭を下げて祝辞を贈る。普段は大将と呼んでいるがそれは軍での事で、結婚式は〈公私〉で言えば〈私〉なので、侯爵閣下とパトリックは呼んだ。

「おお！　スネークス辺境伯ありがとう。ところでその腕を掴んでいる男は誰かな？」

人の腕を掴んだまま祝辞を贈る者など、まあいないだろう。気になるのは当たり前だ。

「はい、私の従兄弟(いとこ)にあたるカナーン子爵家の長子、デコース・カナーンです」

「おお！　思い出した！　トローラ殿の息子殿か！　たしか数年前までは近衛で復役したのだったな。で、何故腕を掴んでいるのだ？」

「掴んでないと逃げるので。閣下、少しお願いがございまして」

「ん？　辺境伯のお願いなら善処するが、その願いとは？」

「はい、このデコース、29歳にして独身、婚約者もいないのですが、今日、この会場にて心奪われる女性が現れたのです。が、遠慮して声をかけないもので、私が仲介しようかと思いまして」

「ふむ、辺境伯の従兄弟で、トローラ殿の息子なら、どこの誰でも私が見合いの席を設けようぞ！」

（よし、言質(げんち)とった！）

と、内心ほくそ笑むパトリック。

「で、どの家の女性かな？」

サイモン侯爵は、自分の娘だとは微塵も思っていない。

「はい、閣下の三女、クラリス様です」

「なーにーっ！」

サイモン侯爵の大きな声が会場に響いた。

（あ、怒られるかな？　娘を猫可愛がりしてるので有名だからなぁ）と少し構えたパトリックだが、

「我が娘、クラリスの事を気に入ったのかっ！　天晴れ！　多くの人族の男は、ドワーフの女性を毛嫌いするが、心優しく辛抱強いのがドワーフの女性だ！　気に入った！　デコース殿よ！　娘は顎髭は剃らんぞ？　それでも良いのか？」

と、サイモンがデコースに聞くと、デコースは、

「もちろんです閣下！　髭も含めて惚れました！」

と、デコースが大声で答えた。

それはもう、会場全体に響くほどの大声で。

当然、その声は会場に居るクラリス嬢の耳にも届いていた。

顔が真っ赤に染まるクラリス嬢。

今まで男性から、好意を寄せられた事は無かったのだ。いや、ドワーフの男性からはあるが、クラリス嬢の好みは、人族の男性であった。それも自分より背の高い男性を。ドワーフと人族とのミ

ックスであるクラリス嬢は、普通のドワーフの女性よりは背が高い。いや、ドワーフの男性よりも背が高いのだ。

「クラリス！　こっちに来なさい！」

サイモン侯爵が、大きな声でクラリス嬢を呼ぶ。

恥ずかしさと嬉しさで、少し駆け足でクラリス嬢がやってくると、パトリックはデコースの横腹を軽く拳で叩いて、

「デコース兄、一世一代の大勝負ですよ！　サイモン侯爵閣下は乗り気のようだし、あとは本人に申し込むのみ！　瞳を見つめて、想いを伝えて！」

と、小声で耳打ちする。

「あ、あの……デコース・カナーンと申します！　貴女（あなた）のお姿を見て心奪われましたー！」

真っ直ぐに見つめて叫ぶデコース。

パトリックはそんなデコースを見ながら、笑みを浮かべていた。

「おい！　パット」

と、パトリックに声をかける男がいた。まあパットと呼ぶ人は、この会場に2人しかいないし、1人は今、パトリックの隣で、一世一代の大勝負の真っ最中なので残るは、

「お！　本日の主役その2のウェイン！　改めて、本日はおめでとう！」

と、パトリックが茶化す。

「ありがとうだけど、なんだよ、その2って！」

「だって一番の主役は、エミリア嬢だろ？　あ、エミリア夫人か」

「ああ、確かにな。だが、2番目も怪しくなってきたな、クラリスが2番か、デコース殿が3番か？　なら俺は4番？」

クラリスとデコースの方を見ながらウェインが言う。

「いや、流石に2番だろ」

「かなぁ。まあ、クラリスが幸せになるなら良いんだけどよ。あの子、良い子なんだよ。本当に！」

「デコース兄も良い男だぞ。ちょっと女性に免疫無いだけで」

「パット、お前の方は順調か？」

「ああ、多分順調なんじゃないかな。怒らせたりもしてないし、しょっちゅうウチの屋敷にも遊びにくるし」

「ほう。あの蛇が居る屋敷にか」

「うちのぴーちゃんを、かなり気に入ってるぞ」

「流石殿下。器が違う」

「まあな」

「ところで、左右の家を買い取って、敷地広げて建て増ししてるんだって？」

「ああ、なんか右隣は取り潰しで、左隣は『あんな魔物が居る家の隣になんぞ住んでいられるか！』って言って引っ越したから、ちょうど良いと買い取った。ほらウチ人増えたし、これからも増えるし」

スネークス辺境伯の王都の屋敷は、前に比べて人数がかなり増えている。理由は、スネークス領軍が交替で警護に来ている事や間者の人数が増えた事により、その宿舎が必要になった事（取り潰しになった家の間者を、アインが大量にスカウトしてきた）。

それに伴い宿舎で働く者やなんやで、かなりの大所帯になっている。この頃のスネークス辺境伯家は、既に王国において、大貴族の位置付けでもあるし、付き合いのある家からは就職の依頼も多数あり、昔のように使用人を雇うのに、苦労する事はなくなっている。

さらに結婚後は、ソーナリス付きの侍女や専属の警備兵も来る予定である。

「なんか見た事ない、変わった造りだって噂だけど？」

「そうか？　まあ出来上がったら呼ぶよ」

「怖いもの見たさで行くわ」

ウェインが笑いながら言うのだった。


〰〰〰〰〰〰〰〰〰〰〰〰〰〰〰〰〰〰〰〰〰〰〰

王都は祝い事続きである。

今日は王城で第1王女クロージア殿下の婚約発表である。

相手はもちろん、ライアン・アボットである。

銀色のストレートヘアーに青い瞳、身長は157センチくらいはあろうか、少し気の弱そうな印象を受けるが、美形である事には誰も異論は無いであろう、第1王女殿下。

隣に居るライアンに声をかける様子は、とても嬉しそうである。

そもそも、ライアンは王宮近衛騎士だった頃、クロージア殿下の護衛だったのだ。

護衛する側とされる側の恋。よくある話ではある。それはもう周りが察するくらいに、分かりやすい恋だったと言う。

ライアンは父に婚約を申し込んでくれと頼み、周りとのバランスが崩れると申し込んで貰えなかったのだが。

その2人が婚約となり、とても嬉しそうである。

さて、辺境伯となったアボット家に、擦り寄りたい北の貴族も多いが、アボット家はそれどころではない。

北部山岳地域を領地とされたため、山岳地方に出かけては集落の調査をする。一旦王国に降ると言った癖に反抗的な態度の集落を、武力の圧力と食糧で懐柔し、新たな北部砦となる砦の建設。そ

ばならない。

のための調査を国と共同で行い、新たに山岳民と呼ぶ事にした男達を、領兵として鍛え直さなければならない。

また、王国民として生活出来るように、王国の法や習慣も教えなければならない。

まさにてんやわんや。

婚約パーティーでパトリックは、少しやつれたライアンに祝いの言葉を贈るが、

「ライアン殿、おめでとう！」

「ありがとうございます、スネークス辺境伯閣下。ところでこんな時になんですが、頼みがあるのですが……」と、ライアンに言われる。

「もしかして兵の強化の事？　かなり苦労してるらしいねぇ。さっき閣下からも聞いたよ。まあ、将来の義兄のために協力しても良いけど。俺、あの地域では評判悪いと思うけど、その辺どうするつもり？」

と、先回りして聞き返す。

「そんなに酷い事をしたのですか？」

とライアンが聞く。

「まだ聞いてない？　軍事情報だから流れてないのかな？　山岳部族、あ、今は山岳民って呼ぶんだっけ？　奴らに聞けば一発で分かるとは思うけど、まあ、簡単に言うと、反抗的な集落に忍び込んで、族長の首刎(は)ねて晒して、8軍で囲んで降伏を迫る感じ？　で、仕掛けてきたなら、徹底的に

武力で分からせてあげたよ！」

「えっと……徹底的ってどれくらい？」

「成人男性皆殺し？」

「うわぁ……」

「どうする？」

「どうしよ……」

「まあ、行ってみて、俺がダメならうちの騎士にでもやらせようか？　みっちり仕込んであるから、多分鍛えられるとは思うよ」

「お願いします。私も何かと忙しいし、うちの兵では全く仕込めないので」

「うん、時間作れたら連絡入れて向かうよ」

そう言ってパトリックはこの場を去る。なおこの日、王家とアボット家に、スネークス辺境伯領産の新たな酒が、祝いの品として贈られた。

芋焼酎である。


王都の貴族街に近い場所、そこに一軒の店がある。

カランカランとドアの上に取り付けた鐘が鳴り、１人の男が入店した。

「マスター、以前言ってた新しい酒って入ったかい？」

カウンターの席に腰掛け、そう言ったのは、初老の男。

上品な雰囲気を醸し出す、仕立ての良い服を着た紳士だ。

「はい、今日入荷したところですよ。お試しになります？」

マスターと呼ばれた30代の男が言うと、

「もちろん。楽しみにしてたんだ」

とニコリと微笑む。

「お、貴方も新しい酒待ちでしたか。私も待っていてね。仕事そっちのけでここに来ましたよ」

と、カウンターの奥の席に座っていた男が、初老の紳士に向かって語りかける。顔見知りなのだろう。

「何せ新しい酒ですからな。私も大急ぎで仕事を片付けてきましたよ、と言う事はそのグラスの中は？」

初老の紳士が聞き返す。

「ええ、今日解禁になった酒です。味の感想は貴方が飲んでからにしましょう」

「お気遣いありがとう。そうして貰えると嬉しい」

店のマスターが小皿に1センチ大の炒り豆を載せて出し、その横に小さなグラスをさし出す。

「まずは何も手を加えて無いものをどうぞ」

「ふむ、色は透明か」

と言いながらグラスに鼻を近づける。

「む、匂いにかなり癖があるな」

グラスから顔を離して言う。

「では！」

そう言ってグラスに口をつけて、酒を少し口に含んだ。

「むむ、ふむふむ、ゴクン、ふう」

舌の上で酒を転がすようにしてから、喉を鳴らして飲み込んだ。

「どうです？」

飲み込んだのを確認してから、マスターが聞くと、

「匂いは癖があるのに、味にはそれほど癖はなく、だが弱いわけではなく強い。不思議な味だ、ほのかに芋の風味がする」

「流石です。イモジョウチュウという名の酒です。では次はこちらをどうぞ」

と言って、氷を浮かべたグラスを出してきた。

「ふむ、氷で冷えるとまた変わるか。どれどれ」

と言って飲む。ゆっくり時間をかけて。

「ふむ、かなり良いな。徐々に薄くなって変化が楽しめる」

隣の男が、

「驚いたでしょう?」

「うむ！　流石新しい酒だ！　気に入った。これは流行るぞ」

「まだまだあります、次はお湯割りです。お楽しみください」

「ほう！　匂いという癖を前面に押し出してきたか。香りが強烈だな」

マスターが微笑む。

「まだ持ち帰りは出来んのか?」

初老の紳士が聞くと、

「はい、オーナーの許可がまだですので、ここで飲む分だけになります」

「暫く通う事になりそうだな」

「ですな！」

カウンターの奥にいた男が、いつの間にか隣に来てそう言った。そうこうしている間に客が増えて満席となると、皆、幸せそうに酒を楽しむのだった。

〰〰〰〰〰〰〰〰〰〰

「モルダー、芋焼酎の評判はどうだ?」

パトリックが、１人の中年男性に聞くと、

「はい、上々です！　特にロックが人気です。まだ、お館様の言いつけ通り芋焼酎しか出してません。麦焼酎の方は、梅を漬けたりして熟成中です。色々試して増やしていきます」

　と答えた。

「今は王都だけだが、そのうち色んな領に店を出すからな。従業員の募集や教育も任せるから、しっかり働けよ」

「はい！　平民に落ちて、働き口の無い私を拾っていただいた恩は、しっかりお返しします」

「まあ、ある意味俺が、平民に落とした訳だがな」

「いえ、アレは父の失態です。ヘンリーの口車なんかに乗るから……」

「まあ人ってやつは、欲は次から次へと出てくるもんだからな。仕方がなかったと割り切れ。王国中に店を出して、情報収集して、役立つようになれば、お前にも騎士爵やるから！」

「酒で口を滑らせ漏らした情報を集めるとは、お館様もよく考えてますね」

「男が失敗するのは欲と酒と女だろ？」

「名言ですね」

　こうして、「バース・ネークス」という名の店が着々と確実に王国に広まっていくのだった。


〰〰〰〰〰〰〰〰〰〰〰〰〰〰〰〰〰〰〰〰〰

ある日、パトリックは戸惑っていた。

なぜなら、いつものように大量の護衛を引き連れて、ソーナリス御一行がスネークス辺境伯邸に来たのだが、大きな木箱が2つ、馬車から下ろされたのを見たからだ。

屋敷にそれらを運び込んで、

「では、まずこちらを」

と、1つ目の木箱が開けられると、そこには以前ソーナリスに預けた、ソーナリス作、パトリック用の行進用鎧。

行進用の派手な鎧なのに実戦で動作チェックをして、鎖が錆だらけになった鎧だ。

鉄の鎖だった箇所が、軽銀に変更され、さらに派手さが増している。

兜も髑髏の顔部分が、バイクのヘルメットのように、上に開けられる方式に変更され、水分補給しやすくなっているし、頭の部分にも蛇の模様が彫られている。

左腕の蛇はさらに凝った造りに変わっているが、材質が変わったのだろう、驚くほど軽い。右手やブーツの各部に派手な鋲が増えているのは、いったい何故なのか。ブーツの隠しておくと言ったはずの金属が、表で光り輝いている。

「どうでしょう？　行進用は式典用として割り切って、小変更にとどめました」

とは、ソーナリスの言葉。これを小変更というのだろうか。

「という事は実戦用もお作りに？」

と、もう1つの箱を見ながら、恐る恐る聞くパトリック。

「はい！　基本概念は同じく、動きやすいように赤い革鎧を基本に、頭部、胸部、肩と肘から先、ブーツの前側を金属で強化しまして、革は鱗状の型押しを施しました。細かく説明しますと、両肩のぴーちゃんの頭部は、少し小さめに変更して重量を軽減し、ぴーちゃんの胴体は薄い軽銀の板で構成し軽量化、鎖のジャラジャラ音を無くし、肘から先の籠手は右腕は前の式典用と同じで、左腕はぴーちゃんをやめて、革の中にさらに厚い鉄の板を1枚挟み込む事にしました。鉄の厚板が角3ヶ所で外に出てますが、盾と割り切って貰って、なんならその角で敵をぶん殴ってください。

兜は、実戦用は強度の関係上、可動部を造るのを最小限にして、ドクロの下顎の箇所だけ下がるので、水分補給には問題ないかと。ブーツは脛の前側とつま先部分に鉄を挟んでありますので、どんどん敵を蹴りつけてください！　腰の鱗型の防具は、一部が開いて中に手裏剣が入るようになっています！　で次は武器の方ですけど、剣鉈、刀の柄はぴーちゃんをイメージしたものに作り替えまして、槍は、穂先にぴーちゃんの刻印を彫りました。

あと、新しい武器として、今までのナイフの代わりに、大きめのナイフと鉈を足して割ったような物を作りました。あと、折りたたみナイフを作りましたので、そちらは胸の所のぴーちゃんの体部分が開きますので、そちらに収納しています」

と、一気に説明されてしまう。

実戦用はピカピカの鋲が黒い物に変わっているので、多少派手さを抑えようとはしたようだ。ただ、髑髏の兜と肩のぴーちゃんで台無しだが。

銀に輝く蛇の頭と軽銀の体のぴーちゃん2匹。

革鎧にスネークス辺境伯家の家紋とぴーちゃんの刻印が眼を引く。

盾と言われた左手は、二等辺三角形の鉄の板が弓のように反っていて、中央部が革で覆われている。手首の方が短い線の側である。

そしてナイフと鉈を足したような武器、これにパトリックは見覚えがあった。

(大きめのククリナイフ、懐かしい)

と内心思うが、口には出さない。

そして始まる鎧ショー。

たんにパトリックが装備して、ソーナリスに見せるだけだが。

だが、流石というかなんというか、パトリックの動きを阻害する事はないし、大きさもピッタリ。

まさにオーダーメイドである。

そしてこの日は、パトリックの武器が固定された日となった。

今までは適当な物を、その日の気分で、左右の腰に装備していただけだったのが、この日を境に、右腰にククリナイフと剣鉈、左腰に刀と、パトリック専用の武器を装備する事となった。

「ありがとうございます!」

パトリックはお礼を述べて、ソーナリスの頬に軽くキスをした。

茹で蛸のような、真っ赤な顔のソーナリスが照れまくっている。


さて今、王都はとても賑やかである。理由は軍事行進が近いからだ。

何故近いと賑やかなのか？

理由としては、まず、人が増える。各方面軍より、応援が来るからなのだが、何故応援が来るのかというと、王都軍が半分程度とはいえ、王都の外に出て行くからである。

王都軍は、他の方面軍と違い、当初は第1～3軍合計1万人で構成されており、以前は、王宮近衛騎士団500人と合わせて1万5000人で構成されていた。

王宮近衛騎士団の500人は、基本は王宮に交替で詰めている。他の王都軍は、たとえば方面軍が砦を使用するように、王城の横にある軍の施設を使用している。すべての王都軍はそこを使うわけだ。

そうすると3軍分を纏めてしまえるので、施設維持や事務仕事系、方面軍、王都を行き来する伝令の兵などを合わせて、約1000人が働いている。

まあ、食事の準備や兵舎の管理は、軍属に委託しているので、数えてはいない。

残り9000人を3で割って、1つの軍が3000人で、内訳は前線で戦う兵士が2000人、後方支援の馬車隊やその護衛兵が1000人ほどとなる。

そこに第8軍が新たに追加されて、300人が異動した。前線要員から200人強、後方支援部隊から100人弱が引き抜かれ、追加で新兵も補充された現在では1万1000人程度が、王都軍を形成している。

さて、話を元に戻すと、軍事行進に参加し王都を出て行く兵士の数は各軍から前線要員1000人で合計3000人。それにプラスして馬車隊も半数出る。実働部隊の半数が出るわけだ。となると、普段の業務である王都の治安維持などに問題が出てくる。

その応援に、方面軍から500人ずつの、2000人が応援に来る訳だ。

なので応援に来た兵士が、夜に遊びに出かけたりするわけで、宿屋は満員、食堂や酒場も人で溢れ、王都全体がなんとなく浮かれて、景気が良くなる。ようは王都の景気対策も兼ねたお祭りなのだ。

「では、今回の軍事行進の進路だが……」

サイモン大将が話し出す。

「1軍は今回は北、3軍は南、2軍と8軍で東とする」

「サイモン大将、質問があります」

「どうした？　ガナッシュ中将」

「西は？」

「あ、ああその事か。いや実はな、スネークス辺境伯領から、1ヶ月毎の交替で、王都に領兵が来てるのは知っておるな？　その兵が来るついでに、盗賊や魔物を狩ってくるものだから、王都から西、特に街道沿いは魔物が全く居なくてな。街道を逸れた森にも、ほとんどおらず行く意味が無いのだ。毛皮や肉を教会や、殉職兵の家族に提供するのも目的だからな。冒険者ギルドから、やり過ぎだとクレームもきてたぞ」

　と、サイモン大将が言うと、

「ええ？　スネークス中将？」

　と言いながらガナッシュ中将が、パトリックの方を振り向いたので、パトリックは、

「ええ、何もしないで来るよりも、訓練しながら来た方が良いと思いまして。ついでに兵の小遣い稼ぎも兼ねて掃除を。街道はもちろん森の中も。あ、魔物だけですよ？　獣は残してあります。冒険者ギルドが、うちにも文句言ってきましたけど〝冒険者ギルドの酒場は、うちのウイスキーやイネッシュ要らないのかなぁ〜〟って言ったら、すんなり引き下がりましたよ」

　微笑みながら答えるパトリックを見て、ガナッシュ中将は、

「えげつないな……」

　と、小さく呟いた。

　さて、そんな事を言っていた数日後、まあ、軍事行進当日である。

　王都軍の施設から、華々しく馬や馬車が出て行き、その後ろを歩兵が続く。

　最初は第1軍である。サイモン大将が馬に乗り、道で手を振る王都の民に、にこやかな笑顔で手を振り返す。

鎧は金を各所に配した、豪華な金属鎧である。兜は顔の見えるタイプだ。

1軍の兵達が、北の門を目指して行進していく。

次は普通2軍なのだろうが、何故か3軍。

ガナッシュ中将も豪華な金属鎧で馬に跨り、誇らしげに兵士達を率いて、南門を目指して行進していく。

次こそ2軍。

先頭はなんとウェイン・サイモン大佐（出世した）。

義父の鎧よりは質素だが、充分豪華と言える金属製の鎧で馬に跨っている。

東門に向かって、凛々しく進むウェイン。

声援が一際大きいのは、若く逞しいイケメンだからだろう。

2軍の後ろに、8軍が続いて行進していく。8軍の先頭は、ワイリーンとヴァンペリートが並んでいる。ちなみに2人の豪華な革鎧には、それぞれの家紋の銀細工が取り付けられている。

実家より贈られた物だと自慢していた。

ワイリーン男爵家と、ヴァンペリート男爵家の家紋は、両家とも槍をモチーフにしている。

そして行進の最後尾、本当に一番最後に控えるのは、黒く大きな馬に跨る男。

赤い革鎧と、両肩には銀色に輝く蛇の頭、そして髑髏の兜。

右手の籠手には、とある家の家紋が浮かび上がっている。

王都で暮らす民にとって、もはや恐怖の対象。

自分が使役する蛇の魔物に、罪人を喰わせる貴族。

民が蜘蛛の子を散らすように去っていく。

「死神貴族だっ！　逃げろ！　蛇に食われるぞ！」

そう叫びながら。

「ふむ、逃げ惑う民を眺めながらの行進か、なかなか爽快だな」

式典用の、派手な鎧を着込んだパトリックが呟くと、パトリックのすぐ前に居たミルコは、

「あれを爽快と言える、お館様の心の強さが羨ましいですよ、私なら家に引きこもりたくなりますね」

と、呆れていた。

ちなみに、ミルコのボア男爵家の家紋は、手裏剣がモチーフである。

他の兵よりは少し豪華な革鎧。平民出身のミルコは、コツコツ貯めていた金で、鎧を新調しており、革鎧に手裏剣の家紋が浮かび上がっている。

三家とも、男爵位を手に入れた時に使った武器をモチーフにしたわけだ。

さて、その行進の様子を、王家の家紋入りの馬車の中から見て、うっとりしていた少女、いやもうすぐ成人なので女性と言うべきか。

言わずと知れたソーナリスだが、パトリックが見えなくなったとたんに、くるりと振り返って、

「パトリック様、カッコ良かったわよねぇ！　鎧も似合ってて、醸し出す雰囲気も良かったし、逃げ惑う民がまた良い演出になってたし！」

「私はスネークス様の前にいたボア男爵様の渋さを推しますね！」

「なになに！　アメリア！　貴方ミルコさんが好きなの？　確かに渋いイケメンよね。ちょっとその話詳しく！　なんならパトリック様に言ってとりなして貰うわよ!!　さあ白状なさい！」

　3人よれば姦(かしま)しいとはよく言うが、2人でも姦しいようだ。


　さて、ウェインが先頭を行く2軍と8軍が、王都の東門をくぐり抜けた。

　その場で、最後尾のパトリックを待つ先頭のウェインは、後ろの方で微かに、悲鳴が聞こえるなあとは思っていた。が、悲鳴の原因が上司とは思っていなかったようだ。

　額に手を当てて、

「あんなに怖がられる中将って、過去に存在したのかなぁ」

　と、呆れながら、パトリックが門を通過するのを見届けると、敬礼してパトリックを迎え、

「中将！　今後の動きの命令を！」

　と、大きな声で指示を仰いだ。

「よし、では準備が終わり次第、2軍と8軍で横に広がり魔物を殲滅といこうか」

　と言いながら近くの馬車の前で、鎧を脱ぎ出すパトリック。その馬車の中には、実戦用の鎧が用

意されていた。スネークス家の馬車が待機していたのだ。

それを装着し終えると、

「馬車隊は街道をゆっくり東に進め。他は森や草原で狩りだ。魔物を殲滅していくぞ！　狩った魔物は馬車隊に運べ。馬車隊は、運ばれてきた魔物を解体して、使える分を馬車の中、使えないものは首を落として埋めておけ」

と言ってから馬に跨り、

「では出発！」

と、大声で命令するのだった。

王都の近くは、王都軍が巡回しているので、強い魔物はほぼ出てこない。ゴブリンやギガラットなどの使い道の無い魔物がほとんどだ。

オーク、オーガなどの強めの魔物は数も少ない。

ゴブリンやオーク程度では、もはや王国軍、特にウェインとパトリックにみっちり鍛えられている2軍と8軍の敵では無い。

オーガはかなり強い魔物なのだが、それでも数人で連携して倒せるレベルなのだ。

数年前なら、怪我人多数、数人の死者が確実に出ていたであろう魔物だったのに。

隣の領地に入り、ようやく魔物の数が増してきた。

仕留める兵に運ぶ兵、皆が忙しそうに倒した魔物を、街道を進む馬車隊に届けると、待ち構えていた馬車隊の兵が解体にとりかかる。

街道の脇は、数人の若い兵が、せっせと魔物を埋める穴を掘っている。

首を落とされた魔物は、使える部位を取られてから、穴に落とされる。数匹落とすと、土をかけられて埋められる。

「中将っ！」

誰かがパトリックを呼ぶ。

「何かぁ？」

パトリックが大声で聞き返すと、

「ああ！　そこでしたか！　意外と近くに居たんですね。馬車を数台王都に返していいでしょうか？　既にいっぱいになりまして」

と報告される。

「よし、一応、護衛に一個小隊を付ける。王都で荷を下ろしたら、すぐに戻ってこいよ。コルトンっ！　お前の小隊で、馬車の護衛をしろ！　一旦王都まで戻り、荷を下ろしたら、馬車に乗って戻ってこい！」

そう言われた間抜け顔のコルトンは、

「ガッテン承知しました～！　コルトン小隊、王都に戻るぞ！」

と、自分の小隊に声をかけた。

その日の夕方、食べても問題ない魔物を調理して、夕食となった訳だが、8軍からのリクエストにより、テリヤキバーガーモドキを大量に作らされて、少し疲れたパトリックと手伝った部下の姿があった。

「約1500個のハンバーガー……魔物倒すより疲れる」

とは、パトリックの言葉。

翌日も朝早くから、魔物の殲滅開始である。

かなり東に進んだからなのか、ビックボアの群れに遭遇し、なんとか殲滅して、大量の毛皮と肉を手に入れたのだが、血の匂いに誘われたのか、物凄い数のグレイウルフに囲まれた。

弓矢で射殺すのだが距離が縮まると、どうしても槍や剣で戦う事になる。素早いグレイウルフの群れは、数が多いとなるとけっこう強敵で、当然怪我人も出てくる。

ウェインが、見てはいられないとグレイウルフの群れの中心に突撃していった。

グレイウルフの首が、ウェインを中心に四方八方に飛んでいく。

「東方面軍や、この辺の領兵、仕事しろよっ！」

ぶつくさ文句を言いながら、剣鉈を振るうパトリックに、

「東方面軍は、ワイバーンの撃退が主な役目ですから、他は手が回らないのでは？」

と、ミルコが槍で突き刺しながら言う。

「じゃあ領兵なにしてんだよっ！」

「治安維持でしょう。この辺は男爵家が多いので、兵自体も少ないでしょうし」

と言ったのは、実家が東にあるワイリーン。

「西の冒険者共、東に来ればいいのにっ！」

ヴァンペリートがダルそうに叫ぶ。

「誰か西の冒険者に教えてやれよ」

そう言いながら、グレイウルフの首を剣鉈で斬り飛ばすパトリック。

「我らが殲滅した後では？」

ミルコが冷静に言った。

なんとかグレイウルフを殲滅し、毛皮を剝ぎ取り馬車に詰める。

残りの馬車もそろそろ限界かという時、コルトン小隊と共に馬車隊が戻ってきた。

「中将！　ただ今戻りました！」

「ご苦労！　コルトン、戻ってすぐになんだが、魔物殲滅かまた馬車の護衛か、好きな方選べ！」

「ええ？　もう残りもいっぱいですか？」

「ああ、そろそろ限界だ」

「なら、また王都に戻って、馬車隊増員して貰って戻ってきます！」

「よし！　その方向で動いてくれ！」

「了解でっす！」

そう言い、コルトン小隊は馬車隊を護衛して、またもや王都に戻っていく。

兵達が、先程戻ってきた空いた馬車に、荷物を積み込んでいる時、ふと東の空を見たパトリックの視線の先に、いくつかの黒い点が浮かんでいるのが見えた。明らかに鳥の動きでは無い。

パトリックは、横で積み込みの指揮をとっていたウェインに、

「なあ、ウェインよ」

と声をかける。

「なんだよ中将様よ。今忙しいんだけど？」

若干面倒くさそうに返したウェイン。

「あれ、何に見える？」

パトリックは、空に浮かぶ黒い点を指差して聞く。

ウェインは、指差された方角を見る。

黒い点が少し大きくなり、上下に揺れながらこちらに向かってくる。

それはコウモリのように、見えなくもないが……

「なあ、中将様よ、物凄く嫌な予感がするんだが……」

「偶然だな。俺もだ……」

コウモリに長い首や、それと同じ長さの尻尾は無いが、徐々に近づいてくるソレにはあった。

「ワイバーンに見えるなぁ」

ウェインが、心底嫌そうな顔で言った。

「総員！　魔物の積み込みは後回しだ！　ワイバーンだっ！　至急弓矢の用意っ！　馬車隊！　バリスタ積んでたかっ？」

パトリックが大声で叫ぶと、

「中将っ！　1基だけあります！」

と、馬車の方で誰かが叫ぶ。

「よしっ！　至急発射準備だっ！　急げ！」

「り、了解ですっ！」

その頃には、コウモリのような物体が数匹、確実にこちらに向かって飛んで来ているのが、他の兵にも確認出来ていた。距離が遠い時は黒に見えたが、今は色の濃い灰色というか、墨色というのが近いだろう。

「なあウェイン。俺達運がないよなぁ……」

パトリックが覇気(はき)の無い声で言うと、

「俺達ってより、お前に運が無いんじゃないかなぁ？　軍に入ってから、大物ばかり当たってるだろ？　魔物でも人でも。俺、お前と離れてる時は、普通のゴブリンやオークだけだったぞ」

と、本当に嫌そうな顔でパトリックを見るウェイン。

「うん……俺も薄々、そうかなぁとは思ってた……」

2軍と8軍が慌てて、全員で弓を構えている。

上空に見えるワイバーンは、目視で鳩ぐらいの大きさに見えるようになった。コウモリでは無い事は、兵士達もこの距離なら誰にでも分かる。長い首と尻尾がハッキリ見えるのだから。

そしてだんだん近づいてきている。

「各員！　弓の射程に入ってもすぐに撃つなよ！　逃げられないように総員で一斉に矢を放つぞ！　合図を待て！　バリスタは別で指示を出すから、発射出来る状態で待てよ！」

パトリックが大声で叫ぶ。皆がそれに頷く。

先頭のワイバーンはすぐそこまで来ていた、およそ100メートル先であろうか。

弓矢ではまだ届かない。届いても貫く威力が無い。

「距離50……40……弓矢放てっ！」

その声に、四方八方から約1000本の矢が、シュシュッと空気を切り裂いて跳ぶ。

先頭のワイバーンに目掛けて放たれる矢に、避ける空間など無く、体に刺さる矢や、翼の皮膜を破る矢、目に刺さった矢もあった。

左右の翼に穴が空き、上手く飛べなくなったワイバーンが地に落ちていく。ズドッと音をたてて、地面に激突するのを確認したパトリックは、

「ウェインッ！」

と、チラリとウェインに視線を向けて叫んだ。

「承知！」

と駆け出すウェインを横目に、

「バリスタッ！　次に近いワイバーンに向けて発射！　他は、２射目用意！」

その声と同時にバリスタから巨大な矢が発射され、ズブッという音と共に、２番目に近いワイバーンの胴体を貫き、ワイバーンは墜落していった。

が、すぐ後に３匹目。

「弓矢！　放てっ！」

パトリックが叫ぶと、少しタイミングがバラけたが、なんとかワイバーンに矢が当たる。

当たったワイバーンは墜落してはこない。必死に羽ばたき、上空高くに逃げようとするが、上手く上昇出来ないでいる。

「バリスタ、矢はまだあるかっ？」

「あと２本です！」

「もう１本をあの手負いのワイバーンに放て！」

「了解ですっ！」

「弓矢用意！　まだ来るぞ！」

そう言っている間に、バリスタから第２射が放たれて、これも胴体に命中、くるくると回りながらワイバーンが落ちて行く。

だが、パトリックの目には、まだあと2匹のワイバーンが見えていた。


〜〜〜


ウェインは、墜落して暴れる体長3メートルぐらい、翼を広げると横幅7メートルはあろうワイバーンに駆け寄ると、バサバサと振り回される翼を避けて接近を試みていた。避けては槍で斬りつけまた避ける。

そうこうしている間に、なんとか片方の翼を斬り落とす。

斬り落とした右の翼の付け根から血が吹き出している。その傷目掛けて、槍を突き刺した。

槍を捻るように抜きギャアギャアうるさい口の中に、槍を叩き込むように何度も突き刺した。

ワイバーンが、血を吐いてその身を地面に伏した。そのまま動かないのを確認したウェインは、2匹目の胴体をバリスタで貫かれて、墜落して転げ回っているワイバーンの、息の根を止めるために走り出した。

転げ回るワイバーンの頭部を、なんとか槍でぶっ叩いて、少し動きが止まったところで、長い首を槍の刃で斬り付けてゆく。

そうして、ようやく2匹目のワイバーンの首を、斬り落とす事に成功したウェイン。

「ふぅ。さてもう1匹だ」

そう呟き、もう1匹の墜落して、暴れているワイバーンに眼を向けるのだった。


〰〰〰〰〰〰〰〰〰〰〰〰〰〰〰〰〰〰〰〰〰〰〰〰〰〰〰〰〰〰〰〰〰〰〰

「ミルコッ！　ウェインがトドメを刺したワイバーンからバリスタの矢を引き抜いてこいっ！」

パトリックがミルコを見て叫ぶ。

「了解ですっ！　ミルコ隊っ行くぞっ！」

そう言い、ミルコとその分隊が走ってウェインの方に向かう。

そうこう言っている間に、残りのワイバーン2匹はもう目の前。

「ヤバイっ！　総員！　矢でも槍でもなんでもいい！　とりあえず奴らを叩き落とせ！」

パトリックはそう言いながら、自分の槍を渾身の力で、右側に居るワイバーンに投げつけた。

そう、投げた槍が届く距離に2匹は来ていたのだ。

無数の矢が跳ぶ中、ワイバーンは急降下して、兵の1人を足で掴んで急上昇する。

掴まれた兵は口から血を吐く。内臓が潰れたのだろう。

2匹のワイバーンは、交互に急降下を繰り返しては、兵を掴んで上空から落とす。

落ちて来た兵に、当たって倒れる兵士。負傷者にかけよった兵が、傷ついた兵士を担いでその場から運び出す。

無数に放たれる矢と、投げつけられる槍、ワイバーンの胴体に当たってはいるのだが、落ちてくる様子はない。そして準備が整ったのだろうバリスタの側に居る兵から、

「中将！　どちらに撃ちますかぁっ!?」

と叫ぶ声がした。

「左だぁ！　放てぇぇぇえ！」

パトリックの叫びに、

「はいぃ！　目標！　左側のワイバーン！　はなてぇぇぇえ！」

慌てて兵が復唱して、バシィッっと音がして飛ぶ、槍程の大きさの矢が上空の左側にいるワイバーンの腹に刺さった。

チラリとウェインを見たパトリックは、３匹目に落ちたワイバーンの処理が、まだ終わっていないのを確認すると、

「よし！　ワイリーン！　ヴァンペリートッ！　各小隊と共に今落ちていったワイバーンにトドメを！　他は残りのやつに集中しろ！」

「お館様！　了解であります！」

ワイリーンが走り出し、ヴァンペリート達も続く。

兵達の矢の残りがあと僅かというところで、

「お館様！　抜いてきましたぁ！」

ミルコが大声で叫びながら戻って来た。鉄製の長い矢を脇に抱えて。

「よし！　バリスタのところに持って行け！」

「了解です！」

ミルコが走ってバリスタを扱う兵の下に急ぎ、手渡したのだが、それをバリスタにセットした兵士が、

「中将！　ダメです！　矢が曲がっていておそらく真っ直ぐ飛びません！」

と叫んだ。その報告にパトリックは、

「なんだとっ!?」

と、思わず叫びかえす。

「見た目はそうでもないですが、セットすれば一目瞭然です！」

「どれくらいの距離なら当たりそうだっ!?」

「おそらく狙えるのは、10メートルが限界かとっ！」

「10メートルか」

パトリックはバリスタで落ちた、他のワイバーンをチラリと見て瞬時に思考を巡らせる。

ウェインが今相手をしている個体の1本は、あからさまに曲がっているし、もう1本は、ワイリーン達が今到着したところで、今から退治するため、すぐに抜くのは困難だ。

「総員、バリスタより後方に退避！」

と叫んだパトリックに、

「そんな事しても、ワイバーンが追ってくるだけです！」

とミルコが叫ぶ。

「俺が囮（おとり）になる……」

「そんな無茶なっ！」

「無茶だろうがなんだろうが、やらねば兵の被害が増える……」

「それはそうですが……」

「いいから全員退避だ！　これ以上死なせん！　来いワイバーンめっ」

パトリックはそう言い、殺気をワイバーンに向け放つ。

ワイバーンがその瞬間、パトリックを確かに睨んだ。

だが、睨んだはずの対象が居ない。

ワイバーンが首をキョロキョロと振る。

〰〰〰〰〰〰〰〰〰〰

ミルコは驚いていた。

今まで認識していたパトリックを、途中で見失った事は無かった。

見つけるまでが難しかったが、見つけてからは、見続けさえすれば良かったのだ。

だが、今はどうか。

先程の殺気。その瞬間から見失ってしまった。目を離した訳ではないのに！

（なぜだ！　私がお館様を見失う？　そんなバカな！　先程の殺気はワイバーンどころか、この場の兵士全員が感じたはず。なのに姿が確認出来ない！）

と戸惑っていた時、ワイバーンの左側の翼がビリッと音を立てて裂けた。

「やった！」

と、声を上げたパトリックをミルコが確認した。

手に持っているはずの剣鉈が無い。

〰〰〰〰〰〰〰〰〰〰〰〰

ワイバーンが高度を落として地面に着地すると、パトリック目掛けて走り寄る。

それを見たパトリックは、左腰にある刀を抜いた。

ワイバーンが、右の翼をパトリック目掛けて振り下ろすが、後ろに後退して避けたパトリック。

ワイバーンが一歩前進して、パトリックとの距離を縮める。

パトリックはまた後退する。

ただ後ろに下がるだけでは無く、殺気を纏い、前進すると見せかけた後に後退する。

ワイバーンは、殺気を向けてくるパトリックに集中する。

それは少しずつ、だが確実にとある方向に導かれていた。

そして、

「今だ！　放てぇえええ！」

パトリックの叫びに応えるように、バリスタから少し曲がった矢が飛ぶ。その瞬間、パトリックは地面に身を伏せる。

放たれたバリスタの矢は、ワイバーンの右の翼の付け根に命中し、そのまま突き抜けていった。

飛び散る血液を浴びたパトリックが、身を起こしてワイバーンに迫る。

痛みに吠えるワイバーンの背後に周りこみ、細い両足を刀で斬りつけた。

切断には至らなかったものの、もはや立っている事が出来なくなったワイバーンは、地面に這いつくばり、長い首を振り回す。

「ミルコ、槍を貸せ」

パトリックの言葉に、ミルコは自分の槍をパトリックの方にそっと投げた。

パトリックは、右手で投げられた槍を掴み取ると、そのまま勢いに任せて、槍をワイバーンの胴体に投げつける。

首を振り回していたワイバーンだが、胴体はほぼ動いていなかったので、槍は首の根元にグッサリと刺さった。

ワイバーンの首が一瞬硬直し、ゆっくり地面に落ちた。それは杉の木が木樵によって切り倒されるが如く。

ドスンと落ちた頭、口から流れ出る血液。

少し震えている口元が、まだ生きている事をパトリックに訴える。

パトリックがゆっくり歩いて近づくと、刺さった槍を足で蹴って、さらに奥まで差し込む。

ワイバーンの体がピクピクと痙攣している。痙攣が止まったのを確認してから、刀をワイバーンの首に当て、スッと手前に引いた。

刀傷から血が噴き出し、コロンと頭が首から離れて転がった。

「各員！　周りを警戒しろ！　まだ来るかもしれん！　ワイリーン！　ヴァンペリート！　そっちはどうだ!?　ウェインは!?」

パトリックが大声で叫ぶ。

その声に兵士達は、上空をキョロキョロ見回しだす。

「お館様っ！　こちらは今、息の根止めましたー！」

ヴァンペリートの声が返ってくる。

「こっちも終わったぞー！」

と言いながらウェインが少し疲れた表情で、ゆっくり歩いて来る。

「被害の状況を確認しろ！　負傷者には手当てを！」

パトリックの声に、

「了解であります！」

と敬礼した、近くにいた兵士が走っていく。

「手の空いている兵士は、ワイバーンを解体しろ！」

ウェインが部下に指示を出していく。

負傷者の手当てがほぼ終わり、死亡してしまった兵士は1ヶ所に並べられ布が被せられる。

数十人の兵士は、交替で上空を警戒しているし、残りは解体と積み込みに従事する者や、放った矢を回収する者など、それぞれがやるべき事をやっていく。

「で、被害は？」

パトリックの問いに、

「死者は2軍11人、8軍2人、負傷者は2軍58人で8軍13人です」

ミルコが答えた。

「負傷者のうち、今後、軍務を続けられない者は？」

「2軍の3人は腕を噛みちぎられており、もう無理かと」

「そうか……」

パトリックが呟く。

「お館様、こんな時になんですが、お話が」

「ん？　なんだ？」

「お館様がワイバーンに、最初の殺気を放った後、お館様のお姿を見失いました。ずっと見ていたのにです！　今まで探すのに苦労した事はありますが、見ていたのに見失うなど、初めてです……私はお館様の騎士として（陞爵して男爵となっても騎士爵を賜った騎士は、騎士を名乗るのが通例である）スネークス派の男爵として、そして中将の副官として相応しく無いのかもしれません」

悔しそうな表情を見せるミルコに、

「何を馬鹿な事を言ってんだミルコ！　俺だって訓練してんだぞ。アレだってそうだ。見失って落ち込むくらいなら、次から見失わないように努力しろ！　まあそう簡単に見失わないようになられても、俺の努力が報われないけどな。それにワイリーンやヴァンペリート達だって見失ってると思うぞ。なあミルコ、俺はすぐに自信を無くし、落ち込むようなヤツを騎士にしたのか？　ウチの騎士だと、スネークス辺境伯自慢の騎士だと、うちの派閥のボア男爵だと、誰かに胸張って、紹介出来るヤツを選んだつもりだったのだが、俺の眼は節穴だったのか？」

ミルコの眼を睨んで、パトリックが言った時、

「スネークス中将！　街道の東より師団規模の部隊接近！」

警戒中の兵士が叫んだ。

「東方面軍か」

パトリックが呟くとミルコが、

「おそらく……」と応える。

「軍旗をあげろ！」

パトリックの指示に、兵が旗を上げる。

第2軍の旗は、飛ぶ鷲の脚に握られた剣である。ちなみに1軍は飛ぶ鷲の脚に槍、3軍は飛ぶ鷲の脚にハルバートである。

では8軍は？

髑髏に止まる鷲である。

設立当初は、飛ぶ鷲の脚にナイフだったのだが、隊員達から〝なんか違う〟と苦情が出て、何故かこうなった。

「あちらも軍旗上がりました！」と兵が叫ぶ。

東方面軍の旗は、バリスタに止まる鷲である。ちなみに南方面軍は剣に止まる鷲、西方面軍は放

たれた矢と共に飛ぶ鷲、北方面軍は槍に止まる鷲である。西方面軍だけが攻撃中というのが、この国の歴史を物語る。

スピードを緩めた東方面軍は、2軍と8軍の前で停止した。

30代と思わしき、金髪で青い瞳の男が、馬に乗ったまま前に出てきて、

「東方面軍第1師団長、レイスト大佐である！　この軍の指揮官は誰か!?　何故街道に展開している！　我らは急いでいるのだ！　直ちに道を開けよ！」

と、偉そうに宣うものだから、

「第2第8軍の指揮官である、パトリック・フォン・スネークス中将だ！　何を偉そうにほざいてやがる！　お前らが仕事してないせいで、ワイバーン5匹に襲撃されて被害者多数だ！　頭下げて謝罪しろこの野郎！」

と、怒鳴ったパトリック。

「そのワイバーンを追っているのだ！　邪魔するな！」

言い返したレイスト大佐に、

「大佐、まずいですよ！　あの死神中将です」

と、大佐の副官が耳打ちするが、

「死神とか噂に過ぎん。みろ！　普通の若造だ！」

などと言い合うレイスト大佐。

「もう殲滅したわっ！」

　と、パトリックが怒鳴り返すと、

「嘘を言うな！　ワイバーンを落とす武器など無いだろうが！」

「1基のバリスタと部下の弓矢で落としたわい！　偉そうに言う前に謝罪しろと言ってるだろうが！　ワイバーンを撃ち漏らして逃がしてしまい、申し訳ありませんでしたと言え！」

「1基で討ち取れるものか！　1匹落とすのに数基で攻撃して、なんとか落とすのがワイバーンというものだ！」

「やかましい！　疑うなら今解体中だから見てこいよ！　5匹分あるからよ！　本当だった時はどうなるか分かって言ってるんだろうな？」

「本当だったら、土下座でもなんでもしてやるわっ！」

「申し訳ございませんでした」
　額を地面に擦り付けて、土下座するレイスト大佐。
「で？　何故5匹もワイバーンがここまでたどり着いた？　職務怠慢ではないのか？」

偉そうな態度で脚を組んで椅子に座り、レイスト大佐に聞くパトリックに、

「言い訳になりますが、いつもはせいぜい10匹程度の群れなのですが、今回20を超える群れでして、おまけに王都に500人応援に取られて人手が足りず、対応出来ませんでした」

と、土下座したまま、理由を説明するレイスト。

「ああ、タイミングが悪かったのか」

「500人も抜けるのは、正直言ってキツイです。それに東は男爵家が多く、領兵が少なくて、魔物も街道ぐらいしか駆除出来ていませんので、農村部は被害も多く、その対応にも人を割かねばならずギリギリの人数です」

「なるほど、陛下には私からも進言しておく」

「お願い申し上げます。しかしバリスタ1基でどうやって5匹も殲滅したので？　今後の参考にお聞きしたいのですが」

「ん？　それはな……」

と、説明し出したパトリックの話を聞き、

「無茶苦茶ですわ～、1000人の弓矢同時までは分かりますが、1人で囮になるとかマネ出来ませんわ～、落としたワイバーンの息の根止めるのに槍と剣とか参考になりませんわ～」

呆れたレイストの声を聞き、2軍と8軍の兵が少し笑う。

その後、解体の続きや積み込みを、両軍が分担して作業し、死者は馬車に乗せられ、先に王都に

送りだされた。

　その日はその場で野営となり、簡単なオークの丸焼きテリヤキソース掛けとパンの食事を人数分作って配ると、疲れ果てて寝たパトリック。

〰〰〰〰〰〰〰〰〰〰〰〰〰〰〰

「ミルコ殿」

と、夜番をしていたミルコを呼ぶ声がした。

振り向いたミルコの視線の先にいたのは、ワイリーンとヴァンペリート。

「何か元気が無いのだがどうされた？」

　ワイリーンの問いに、

「いや、今日のワイバーンとの戦闘中に、お館様を見失ってな……」

と、言葉を漏らす。

「お館様を見失うのは、よくある事では？」

　とヴァンペリートが言うと、

「いや、私は見つけるのに苦労した事はあるが、見つけてからは見失った事はないのだ。それが見失ってしまって、お館様の騎士として不甲斐ないと思ってな」

「ミルコ殿が不甲斐ないとなれば、我らはもっと不甲斐ない事になってしまうではないか。我らなど横に居たはずなのに見失うなど、しょっちゅうあるのに……」

とワイリーンが苦笑いしながら呟く。

「お2人には武力があるでしょう。私の腕はお2人には届かないし、出来る事はお館様の補佐と位置の把握かと」

ヴァンペリートが聞く。

「ミルコ殿は、お館様の考えている事が、我らより理解出来るでしょう?」

「そりゃ、お館様が曹長の頃からの付き合いだから、だいたいのお考えは分かりますけど……」

「それこそお館様が求めるものでは?」

ヴァンペリートがミルコに言う。

「む……」

「我らはお館様の手足、ミルコ殿は頭脳の補佐。それで良いではありませんか。お館様はまだ若いが、我らよりも飛び抜けて優秀な頭脳と、天より与えられたかのような、気配が無いという、能力と言ってもいいような特技がおありだ。人が相手の何でもありの実戦ならば、多分負けないでしょう。だが、一騎討ちなどの、正面からの勝負ではその限りではないし、その時のための我らであるし。お館様がもし不在の時に何かあれば、お館様ならどうするかを考え、指示出来るのはミルコ殿だけであろうし」

　ヴァンペリートの言葉に、

「うむ。その時、ミルコ殿の力が発揮される。我らはその時はミルコ殿の指示に従えば間違いないな」

　と、ワイリーンが頷きながら言った。

「2人とも、ありがとう。見失って自信を無くしていたが、そっちならばまだ自信がある。私に出来る事で貢献するとしよう」

「で、我らが落ちたワイバーンの息の根を止めに行った後のお館様の事を兵に聞いたが、横に居たミルコ殿から見た、お館様はどうだった？」

　と、ワイリーンがミルコに尋ねる。

「そりゃ凄まじかったさ。殺気は感じたでしょう？」

　ミルコが言うと、

「ああ、もちろん」

「アレも凄かったな」

　と、2人が肯く。

「あの後、お館様の姿が消えて、数分後にワイバーンの翼がいきなり裂けたのだ。上空に居るワイバーンの翼がビリッと！　後で兵がお館様の剣鉈を拾ってきたから、おそらく投げつけたのだろうな」

などと話していると、

「ちょっとその話、詳しく聞かせて貰えまいか?」

その場に現れたのは、東方面軍の第1師団の指揮官である、レイスト大佐。

「おや、レイスト大佐、眠れませんでしたか?」

と、ヴァンペリートが声をかけると、

「ああ、バリスタ1基で5匹のワイバーンを討伐など、話を聞いてからずっと考えていたし、スネークス中将殿から直々にやり方もお聞きしたが、未だに信じられなくてな。ずっと頭の中で想像していたのだが、どうにもイメージ出来なくてな。それに、死神と噂のスネークス中将殿の、人柄なども聞きたいな。東には噂話ぐらいしか聞こえてこないが、どれくらい真実なのかも気になる」

「では、討伐の最初からのご説明と、お館様の極悪ぶりのご説明を」

ミルコが少し笑って答えた。

こうして、男達4人の話は、笑いを交えて2時間ほど続くのであった。

翌日、東方面軍の砦に向け出発する、東方面軍に2軍と8軍。だが、少し異様な光景が見られた。

普通は指揮官というのは、自分の軍の列の中央に位置するものだろう。まあ状況にもよるが。

だが、なぜかレイスト大佐は東方面軍の中央ではなく、パトリックの横を走っている。

自分の脚で!

少し時間を遡る。

転生したら兵士だった?!

～赤い死神と呼ばれた男～

tensei shitara heishi datta?!

akai shinigami to yobareta otoko

2

師裏剣

イラスト・白味噌

初回版限定
封入
購入者特典

特別書き下ろし。

ソーナリスの影

※『転生したら兵士だった?!　～赤い死神と呼ばれた男～ 2』をお読みになったあとにご覧ください。

ソーナリスの影

「ちっ！　ケセロースキーのやつ、当たり障りのない事ばかり報告しやがって！　私があの人の事を知らないとでも思ったのか！　こちとら筋金入りの仁マニアだってーの！　あの人をこの世界の女が、ほっておくはずないのよっ！」

　時はソーナリスが、ケセロースキーから報告を聞いた後。場所は城のテラス。

「居るわよね？」

と、中庭を見下ろしたまま、ソーナリスが呟く。

「はい」

と、部屋の隅の影から、１人の女性が現れる。人族ではない、ダークエルフのようだ。

「パトリック・フォン・スネークスの女関係を、徹底的に洗って！　ケセロースキーの報告では特定の女は居ないって事だけど、特定が居ないだけで、絶対女は居るはずだから！　ケセロースキーのやつ、王族舐めてんのかっ！　適当な報告しやがってっ！」

　かなりブチギレのソーナリス。

「御意！　ただまあ、ケセロースキーの報告は、普通の王女殿下なら、満足して納得するモノでしょうけど、ソーナリス様に報告するには不足でしたね。ソーナリス様の本性を知らないので無理も無いですけどね」


ダークエルフの女性は、少し笑いながら言った。

「ウンディーネ。私の本性って何よ？」

と、ソーナリスがダークエルフの女性に振り向いた。

ウンディーネと呼ばれたダークエルフの女性は、

「狙った獲物は、他者を排除してでも手に入れる、ガチガチの武闘派殿下でしょ？　巷では肉食系って言葉が有りますけど、肉食系よりもタチが悪いですよね？」

「煩い！　さっさと行ってきなさい！」

「はい、では！」

ウンディーネはそう言うと、ソーナリスに近づいて来て、ソーナリスの影の中に消えていった。

「相変わらず見事な影魔法ね。良い部下拾ったわ」

ソーナリスがニヤリと笑った。


その数日後、とある娼館にとある高貴な女性が乗り込み、

「私の男に手を出すんじゃないわよっ！」

「誰がアンタの男よ！　あの人は私達の男なんだよぅ！」

「やかましいっ！　私と結婚する事になるんだよっ！　それはもう決定事項なんだからね！」

「アンタがどこの誰かしないけど、パト様はアタイらの天使なんだから渡さないわっ！」

などと叫びながら、女達の取っ組み合いの引っ掻き合いが繰り広げられたのだが、その事は闇に葬られ、後に表に出る事は無かった。

高貴な女性と、男をめぐる喧嘩をした娼館の女達の間で、何故か友情が芽生えて遺恨も残さず、そしてポーションにより怪我も残さずの解決となった。

娼館の情報は、とある貴族の部下に報告されるのだが、高貴な女性にも同じ情報が渡される事になる。

その後、パトリックと言う名の男が、その娼館に出入り禁止となり、

「俺、オーナーなのになぁ？」

と、首を捻っていたのだが、後の結婚式が終わり、寝室で高貴な家から嫁いで来た女性に、ミッチリガッチリネチネチと、

「あの子にはあんな事したんだって？　ふーん、私にはしてくれないのかなぁ～？　別の子にはアレしたんだって？　私にもするのかなぁ？　嫌いではないなぁ～して欲しいなぁ～？」

などと言われる事になり、

「あ、そう言う事ね……」

と、呟いたパトリックは、長い夜になりそうだと思うのだった。

「では、とりあえず東の砦に向け出発するが、レイスト大佐」

と、パトリックはレイスト大佐の方を見る。

「はい？　なにか？」

と、答えたレイスト大佐だが、

「昨日の暴言について謝罪は受け取ったが、流石にお咎め無しでは、他の兵に対して示しが付かないのは分かるな？」

と言われて、

「はい……」

と、神妙な顔で答えるレイスト大佐。

「まあ特に賞罰沙汰にする気も無いが、何も無しというのもどうかと思う。なので、たまには初心に戻って貰おうと思う」

「初心にとは？」

「砦まで、歩兵といっしょに走って貰おう！」

「ええ!?」

「まあ、俺も付き合って走ってやるから！」

てな訳で、全軍、走りながらの魔物殲滅となった。最初は意地で先頭を走っていたレイスト大佐なのだが、走っては魔物を斬り、また走るの繰り返し。普段から馬に乗ってばかりで、走るのに慣れて無いのか、じりじり位置が下がってきたため、今は中央にいるパトリックの横を必死に走るレイスト大佐。

いや、この表現は正しく無い。パトリックがレイスト大佐に合わせて、中央まで下がってきたのだ。

ちなみに、先頭集団を走っているのは8軍で、その次に2軍が続いている。2軍と8軍は横に展開して、魔物をしっかり討伐しながらであるのに対し、東方面軍の兵士はというと、数時間前に既に脱落して荷物満載でゆっくり進む馬車隊や、馬や走竜と一緒に、遥か後方を歩いていると思われる。

「おら！　スピード落ちてきたぞ！　歩兵に偉そうに命令するなら手本を見せないとな！」

レイスト大佐の横で、走りながら喝を入れるパトリックに、

「いや、はぁ、はぁ、手本を、はぁ、見せる歩兵がはぁ、もう周りに居ないのですが、はぁはぁ」

と息の切れた声で返すレイスト大佐。

「2軍がまわりに居るじゃないか！　同じ王国軍だ！」

「いやそうですけどはぁはぁはぁ」

「周りを見ろ！　2軍の皆は平気そうだろ」

「た、確かに」

「いつもの訓練より、スピード落としてるからな」

「こ、これで？」

驚くレイスト大佐に、

「レイスト大佐殿、普段はこれより速くて、しかもゴールの目標が示されず、ひたすら走らされるんですよ！　酷いと次の日の午後まで走らされるんですから、今は魔物との戦闘という休憩もありますし、皆ってゴールが分かってるだけマシですよ？」

と、近くの兵士が笑いながら息も切らさずに言う。魔物との戦闘が休憩と言えるあたり、２軍の兵も世間とはズレてきているのは間違いない。

「中将も一緒に走るので？」

話しかけてきた兵に問いかける、レイスト大佐に、

「中将はいつも先頭で走っておられますよ、まあ後ろに行って活を入れて戻ってきたりするので、我らよりも走ってますな」

と返した兵士。

レイスト大佐は、理解し難い鎧を着けたまま走るパトリックの方を見て、

「スネークス中将って、獣人の血でも入っておられるので？」と聞くと、

「1滴も入って無いはずだぞ」

とパトリックに答えられて、

「バケモノですか？」

と、つい余計な事を言ってしまったレイスト大佐。

「あ、ムカついた！　スピードアップだ！　遅れたら砦に着いてからも、砦の周りを走らせるからな！」

そう言い、先頭目指してスピードを上げたパトリックに、

「そんな殺生な……」

と絶望の表情で、レイスト大佐は僅かにスピードを上げたのだが、追いつけるはずもない。

砦に到着後、脱落した東方面軍の歩兵と馬車隊が到着するまで、延々と走らされるレイスト大佐の姿があった。


砦に到着したパトリックは、砦の指揮官であるフリトレー少将と面会する。

「此度はご迷惑をおかけし、お詫び申し上げます、スネークス中将殿」

白髪の頭を下げた初老の男。細身だが鍛えられているのが服の上からでも分かる。

ワイバーンを殲滅した事は、その日のうちに東方面軍が、伝令として早馬を出していたので、部下から報告を聞いたのだろう、深々と頭を下げた。

「いえいえ、タイミングが悪かったようで、流石に５００人抜けたところで、20匹を超えるワイバーンでは、撃ち漏らしも出てくるでしょう」

と、パトリックはフリトレー少将を労う。

「そう言って頂けると助かります」

と、頭を上げたフリトレー少将の青い眼が、少し優しく見える。その後の話は和やかに進む。

〰〰〰〰〰〰〰〰〰〰〰〰〰〰〰

砦までのランニングに脱落した東方面軍に続いて、コルトンも砦に到着した。途中で王都に戻る馬車隊とすれ違った時に、ワイバーンの話を聞いていたので、真剣な顔で8軍の仲間と話し込んでいた。

「東方面軍の馬車に、ワイバーンの素材が積んであるから移し替えといてくれ」

その場に現れたウェインに言われて、

「了解であります！　若！」

と、敬礼して、直ちに作業に向かう馬車隊のホンタス隊長。

コルトンが、

「サイモン大佐、スネークス中将のご様子は？」

と、ウェインに聞く。

「いつも通りには見えるが、今回は死者が多かったからなぁ」

「味方の被害には、心を痛める事が多いお方ですから、少し心配です」

「ああ、それとなく様子を見ておくよ」

「お願いします、では私も荷物の積み込みの手伝いに行きます」

と、敬礼して去っていくコルトン。

その頃パトリックはというと、初めて来た東の砦を見学中である。

ズラリと並んだバリスタは壮観である。

「トドメは何で？」

と聞くと、

「移動用バリスタです」

と答えたフリトレー少将。

「移動用バリスタの台車が、入れないような場所に落ちた場合は？」

「ひたすら弓矢で」

「槍で突き刺さないので？」

「近づくと暴れて危険なので」

「ものすごっく長い槍を作れば、いけるのでは？」

「長い槍とは？」

「紙とペンありますか？」

用意されたペンを手に取り、スラスラと落書に近い絵を描き、

「こう、めちゃくちゃ長い槍を作って、組み立て式にすれば、森の中にワイバーンが落ちても、現地で簡単に繋げて、充分な間合いでトドメをさせます」

と、図で説明したパトリックに、フリトレー少将は、

「これは凄い！　この繋ぎ目！　クルクル回して繋げる訳ですな！　コレはいけます！」

と興奮している。

この世界で初の、ボルトとナットの原型の誕生であった。

そして、砦で一晩過ごして休養した2軍と8軍は、王都に戻るために砦を出発した。

フリトレー少将には、長槍の試作品を作って送ると約束したので、帰ったら早速鍛冶屋と相談だろう。

来る時に魔物は殲滅しているので、帰りは特に問題も無く、早々に王都に戻ったのだ。

さて、王都に戻る道中の会話であるが、

「よし！　ウェイン！　暇だからパトリック狩りをやるぞ」

帰り道の退屈さに、嫌気がさしたパトリックだったのだが、

「いや、言ってる事の意味が分からないのだが？」

「だから、暇だからパトリック狩りを……」

「いや、だから暇だと何故パトリック狩りになるんだ？　しかもどうせ動かないで隠れてるんだろう？　なら暇なのは変わらないのでは？」

「ああ、じゃあ俺が狩る側に回るわ」

「いや、それはそれで怪我人出るからやめろ」

「え〜、なんで怪我人出るんだよ。暇なんだよ〜」

「お前が突然現れると、驚いた兵士が飛び退くだろ？　倒れるぐらいならいいけど、そこが崖だったりすると落ちて危ないし、足首捻ったりとかは普通にあり得る、それに俺は早く家に帰りたいんだよ！」

「惚気（のろけ）かよっ！」

「いや、それにお前もそろそろ帰って、準備始めないと間に合わないぞ？」

「ん？　なにが？」

「お前の結婚式だよ！」


そう、もう数ヶ月後に迫っていたのだ。

王都に戻ってからは、準備に追われるパトリック。

領地からあらゆる酒を運び込み、屋敷も急ピッチで建て増し工事が進められ、試作の組み立て式長槍を、東方面軍に送ったりもした。

そして、あらゆる準備を終えて、結婚式の前日、打ち合わせに来た王城の、ソーナリスの部屋で、ミルコや侍女のアメリアを下がらせて、２人で話をしている。

「ソーナリス殿下、いや、もうソナと呼びましょうか」

パトリックが言い始める。

「はい！　パトリック様、私も呼び方を変えた方がよろしいでしょうか？」

元気いっぱいに頷くソーナリス。

「そうですね。夫に様も無いですしね、パトリックでも、パットでも、そう……仁でも……」

ソーナリスの瞳をしっかり見つめて話すと、

「ええっ!?」

と、ソーナリスが口を押さえて驚くが、

「気がついていないとでも思ったか？」

少し呆れた表情で、パトリックが問いかける。

「せっかく黙ってて、もう一度、仁との恋愛を楽しみ直そうと思ってたのに……私、なにがまずかった？　何で気がついた？」

「そうだな、まず転生者ってのは、君の服装から。セーラー服や美少女戦隊の服着ちゃダメだよ、モロバレだよ」

「だって着たかったから」

「まあ細かい事を言うなら、ドロップキックと言いかけたり、死神のイメージは髑髏と言ったり」

「え？　死神のイメージは髑髏でしょ？」

「いや、この世界の死神は骨の竜らしいぞ！」

「ええ!?　知らなかった……」

「次に君だと思ったのは、俺の服とかを作るために、採寸しただろう？」

「あの時、何かミスしてた？」

「俺の首や耳の裏、脇の匂いをクンクン嗅いでただろ。お前は昔から、そこの匂いばかり嗅いでたからな……」

「あ！」

「後は、ククリナイフかな。俺が昔使っていたのと瓜二つのな」

「だってお気に入りだったから、同じやつをと思って……」

「決定的なのは、ククリナイフに入ってた刻印まで再現した事だな。あのナイフは俺が発注したやつで、あの世界にはアレ1本だけなんだよ。あの刻印まで知ってる人の数は、そう多くはない。さて、まあそんなこんなで気がついていた訳だが、また俺と結ばれるつもりで良いんだな……テレーサ？」

　テレーサと呼ばれたソーナリスは、パトリックに抱きつく。

「はい！　貴方が私を庇って死んだあの時、私はもう誰も愛さないと決めたの。貴方を撃ったあの男は、パパに捕まえて貰って、私が射殺しておいたわ。そのあと貴方の生まれ育った日本に渡って、白人コスプレイヤーとしてかなり人気出たのよ！　言い寄ってくる人も多かったけど皆んな振って、

ひたすらコスプレして楽しんでたんだけど、4年ぐらいたった頃に病気でね。まあ、仕方ないわね。で、死んだと思ったら変な女神が現れてさ、こう言ったのよ。〝貴方に会いたいか？〟って」

「俺に？」

「うん、私は即答したわ。会えるのなら会いたいし、会うためなら何でもすると！　そしたら、別の世界に行って、ファッションを変えてくれって頼まれたの！　もちろん二つ返事でオッケーしたわよ！」

「神か……俺は会ってないんだよなぁ」

「そうなの？」

「ああ、というか、15歳になるまで、仁の記憶も無かったからな」

「そうなんだ……」

「まあ良い、ならばまた俺と暮らしていくって事で良いんだな？」

「もちろん！　この世界では貴方の子を産んであげる！」

「俺の子か……親になれるのかなぁ。この世界の母親以外の愛情を知らない俺が……」

「大丈夫。私に向けてくれた愛を、子にも注いでくれるならば！」

「ふむ、それなら出来る」

「うん！」

「じゃあ改めてよろしくな。あ、呼び方はどうする？」

「ここで急に仁とかおかしいし、この世界の名前で良いんじゃない？　ソナとパットで」

「そうだな。生まれ変わった訳だしな」

「うん！」

そう言って、顔を上向きにして目を閉じるテレーサ、もといソーナリス。

パトリックは、そっと唇を合わせるのだった。


～～～～～～～～～～～～～～～～～～～～～～～～～～～


王城の中庭は人で溢れかえっている。

今日は第3王女である、ソーナリス殿下の結婚式である。

嫁ぐ先は、かの悪名高き、死神中将こと、スネークス辺境伯家。

私は城の中庭にある受付で記帳し、会場に入る。

まず目に付くのは、ワイバーンの剝製。

奴が陛下に献上した物だとか。首だけの剝製ならよく見かけるのであるが、全身の剝製など、王国中でこれ一体だけだろう。わずかな傷だけで倒されたワイバーンを、他のワイバーンの皮や鱗で傷を塞ぎ、まるで生きているかのような、見事な剝製である。

剝製の周りは人だらけだ。

既に男爵家や子爵家などで、ごった返している会場では、この剝製について言い合っている貴族が多い。

アレは奴の騎士か、身振り手振りでその時の状況を説明している。

その説明を聞いて、声を上げる貴族達の声が、鬱陶しい。奴の騎士にまで媚を売るのか！

上級貴族はまだ来ていない。別室にて待機なので、後で入場するだろう。そう思っていると、

「おや、貴方も参加ですか？」

仲の良い男爵に声をかけられる。

「そういう貴方もですよね？　ここに居るのだから」

「まあ、そうですな。結婚の恩赦で謹慎処分も明けましたのでな。我が家は奴には痛い目に遭わされましたが、王家には、もう反意は無いと示すためにも参加しませんとな」

「我が家も同じですよ、表立って動いていた家など、ほぼ潰されましたからな」

「今は王家派と中立派、まあ、少し距離を置いていた家ですが、その2つの派閥が主流ですしな」

「その2つの中でもさらに分かれてますがね。王家派は、王太子派が半数と、第3王子派が4分の1、残りはどちらにも属さずですか」

「奴が王太子派ですからな」

「まあ妻となる、ソーナリス殿下の直兄（母親が同じ）ですからそうなりますわな」

「だが、第3王子のマクレーン殿下と、仲が悪い訳でも無いのでしょう？」

「そう聞いていますな、というか、マクレーン殿下が、奴を怖がっているとの噂もありますし」

「例のヘンリー殿下反乱の時に、相当怖がらせられたと噂ですな。私も軍にいる者から色々聞きましたが、奴は相当残虐なようですし」

「うちは直接やり合いましたからな。奴の兵力は嫌と言うほど知りましたし、うちの兵も相当ビビってますな」

「生き残るためには、奴には逆らわない方が無難ですな」

「仕方ないですな、死神に逆らうと、向かう場所はあの世ですから。いったい何家がヤツに潰されたのやら」

などと言い合っていると、扉が開いてゾロゾロと上級貴族が入場してくる。

ワイバーンを見て、

「おお、これが噂の剝製か！」

などと声が上がる。

「お、上級貴族のお出ましですな、そろそろ始まりますよ」

その後、すぐに式は始まり、式は教会から呼ばれた神職が厳かに行い滞りなく終わる。

ただ、不思議な儀式が1つあった。

指輪の交換という儀式が。

なんか一瞬紫色に光ったのだが、何かの演出か？

この指輪は、2人の絆の証というモノらしいのだが、初めて聞いた儀式だ。

その後、王城の広間での披露宴になり、各貴族が挨拶をする。我が家は後の方だ。スネークス辺境伯領産の、新たな酒が振る舞われていたので、その酒を飲みながら、待つ事にする。

先日から流行り出した芋焼酎は、私には合わない。女性でも飲めるとの触れ込みで、サワーなるモノがあったのだが、果実水のような酒で、確かにこれなら女性でも飲めるだろうし、味も色々あるから流行るだろう。

ほかにも色んな酒が出たのだが、私は甘酸っぱい酒が気に入った。なんでも梅の実を漬け込んだ酒だとか。

極め付けはファイアとかいう酒。

一口飲んで口から火が出るかと思ったのだが、実際にマッチの火を近づけると、酒に火がついた！　だからファイアか！　なんだあの酒は！

もう認めよう……あの家には勝てない。次々と新たな酒を作り出し、国中のドワーフから絶大なる評価を受け、商人どもは、その酒を手に入れて売りたいがため、奴にすり寄る。

国軍においては2軍と8軍の指揮だけでなく、王都軍全体から死神と恐れられ、北方面軍、西方面軍だけなく東方面軍まで、奴を恐れている。あのワイバーンを相手にしている猛者達がだ！

敵に回ると潰されるだけだ。

我が家を守るためには、過去と決別しなければならん。

父を殺され、子爵から男爵に落とされたが、これ以上落ちるわけにはいかない！　我がヒッポー家を守るためだ。舵を切るのなら、早い方が良い。

そう思いながら、挨拶の列に並ぶ。

そう、男爵の列に。

〰〰〰〰〰〰〰〰〰〰〰〰〰〰〰〰

別の次元。

水晶を見ていた男が、ぶつぶつ言いながら手を水晶に当てている。

「今、何かしましたよね？」

突然後ろから、女性に声をかけられる。

「え⁉」

「水晶に向けて、力を放出したでしょう？」

「ああ、その事か」

「何をなさったのです？」

「いや、お気に入りに病気耐性強化を少しね」

「お気に入りって、前に言ってた男の子ですよね？　病気になりそうなんですか？」

「ああ、その子が結婚したからお祝いにってのと、尿管結石になりそうだからさ。アレってものすごく痛いしね」

「おやもう結婚ですか、早いですねぇ。どんな子とです？」

「なんか転生者っぽい女の子」

「ええっ!?」

「おかしいよね？」

「おかしいも何も、冥界神さまは動いてないんですよね？　となると最近、転生させる能力がありそうだったのは？」

「最近の力の溜め具合的に言ったら、愛の神と、服飾の神と、嫉妬の神かなぁ」

「あの三馬鹿女神！」

「うん、あの子達ならやりそうだよね？」

「ちょっと調べて下さい！　創造神様に報告しないと！」

「ちょっと待ってね」

そう言って冥界神が水晶に手を触れると、

「ああ、分かった！　服飾のやつだ！」

と声を出した。

「あのチビ巨乳め！　ちょっと乳がデカいからって、いつもデカい顔しやがって！　創造神様に報告してきます！」

　そう言って走り去る女神。

「今のうちに奥さんにも、病気の耐性をつけとこ。あの子、創造神にすぐチクるからなぁ。こないだもチクられて、創造神に腕を引き抜かれたし。すぐ治るけど痛いんだよなぁ」

〰〰〰〰〰〰〰〰〰〰

◆◆神「おおおおっ！　ようやくだ！　ようやく条件を満たす人族の男が現れた！　この世界が出来て初だ！　長かった！　よし、気合入れて力を授けるぞ！　ドーンと！　よし！　完璧！　あ、せっかくだからこの子の子孫にも力が遺伝するように、遺伝子操作しておこう！　そうとなればバレないうちに、ちょちょいのちょいーっ！　と、オッケーグッジョブ俺！」

〰〰〰〰〰〰〰〰〰〰

○○神「ああ、あの子が結婚してしまう。ずっと見守ってきたのに！　それもこれもアイツがこの世界に引っ張ってきたガキのせいだ！　絶対嫌がらせしてやる！」

□□神「あら、こんな事ってあるのねぇ。かなり慕ってるみたいだし、祝福してあげないと。加護でも降ろしておきますか。チョイっと。これで良し。貴方に幸多き事を」

神々の勝手な都合により、人の運命の歯車が動き出す。
それはその人々にとって、幸福なのか不幸なのか……

第十章　人類初

馬車に揺られるパトリック。

隣にはソーナリスも乗っていて、腕を組んで嬉しそうだ。

会話しながらパーティーを思い出すパトリック。

結婚パーティーは滞りなく終わったが、ヒッポー男爵が俺に深々と頭を下げて、

「スネークス辺境伯殿、今後は絶対に貴方に逆らう事はしません。お願いですから少しでも良いので、酒を流通させて貰えないでしょうか？」

と言われたから、考えておくと言ったんだけど、そんなにうちの酒が気に入ったのかな？　まあ逆らわないなら、回してやってもいいかな。

で、今は完成披露パーティーを兼ねた、結婚式の二次会パーティーの会場である我が屋敷に移動中である。

王城から続く馬車の列に、凄まじい護衛の数。

先頭の馬車が門前に到着すると、馬車の中からヴァンペリートが降りて、門を開けさせている。

まあ、俺は2番目に居たので続いて入り、屋敷の前でパーティーに来てくれた人を出迎える訳だが。

まあ、改装中でもなんやかんや言われたが、初めて見る人からは、

「何これ？」

と、聞かれた。心外だ。屋敷だよ！

元の屋敷を中心に四方に扇状に建て増ししたのだが、上から見るとハザードマークの3つの扇のような物が4つになった感じだ。それぞれの建物には、高い棟があり、そこに見張りの兵が常駐する。建物自体は、地球のリーズ城をイメージして作らせた。

「これ屋敷じゃ無くて、城っていうんじゃね？」

隣でウェインが細かい事を言ってるが、無視だ無視！

さて、中央の本館から入って貰うのだが、毎度の事ながら、ぴーちゃんの注意を、クドイほどしたのは言うまでもない。

まあ、ウチと親しい家が多いし、一度でも見ている家は、充分理解していたので、特に問題無いはずだ。

玄関ホールに全員が入ると、スルスルとぴーちゃん登場！

皆がザワザワするのだが、ぴーちゃんは見た事あるはずだよね？　なんでこんなにザワつくの？

「なあ、パット?」

ウェインが小さな声で俺に聞く。

「ん?」

「あそこで飛んでるの……何?」

ウェインの視線の先には、体長2メートルほどの生き物が2匹。

「ん?　ああ!　プーと、ペーの事?」

「ぷーとぺーが何の事かは分からんが、多分その事だ」

「ただのワイバーンだよ?」

「アホかっ!!　ただのワイバーンだよ?　じゃねーよっ!　周り見ろよ!　ほぼ皆んな固まってるじゃねーか!　固まってるだけならいい方だ!　気を失って倒れてる人もいるじゃねーか!　先に説明しとけよ!」

えらい剣幕(まく)で、捲し立てるウェイン。

「ごめん、忘れてた」

「普通忘れるか!?　てか、なんでワイバーンが、屋敷の中を飛び回ってんだよ!　ありえねえだろ!」

「ん?　ウェイン君よ、俺の特技って何か覚えてるか?」

「存在感が薄い事!」

「他には？」

「ドSな訓練する事！」

「それを特技と言われるのに、納得いかないが、他には？」

「残虐な事！」

「それもイマイチ納得いかないが、他には？」

「ん？　まだあったか？」

「お前、ぴーちゃんの存在忘れてないか？」

「あ！　魔物使い！」

「それ！　いやさぁ、この間の軍事行進の時に倒した、ワイバーンいただろ？」

「ああ、あの5匹な……」

「アレ解体してた奴らが、ワイバーンの腹の中に卵を2つ見つけてな」

「ちょっと待て、俺は聞いてないぞ!?　まさか……」

「食べようと思って、内緒で持って帰ったんだよ。そしたらぴーちゃんに取られてな、そのまま温め出しちゃったんだよ」

「取られるっておまえ……」

「だって卵割ろうとしたら、凄い勢いで来てさ、あっという間に持っていったんだよ。器用に体使ってさ」

「で、孵（かえ）ったのか……」

「うん、たった10日で」

「早くないか？」

「俺もそう思う。でだ、孵化する直前にぴーちゃんに呼ばれてな。見てたら殻が割れて中から顔出してさぁ。最初に見た俺を、親だと思ったらしくて懐かれてさぁ」

「頭痛くなってきた……」

「餌やったら、どんどんデカくなってよ。今じゃあの通りさ。まだまだデカくなるんだろうけどさ。仕留めたワイバーンよりはまだ小さいし。ちなみに墨色の鱗で黒い瞳の方が、プーで、灰色の鱗で青い瞳の方がぺーね」

「うん、理由は分かったし、個体の見分け方はどうでもいい！　それでだな、皆が正気に戻ってきて騒ぎ出したわけだが、この状況どうするつもりだ？」

「えっと、どうしよう？」

「知るか馬鹿野郎！　自分で考えろっ！」

その後慌てて、玄関ホールで混乱している人々を、

「あのワイバーンは私の使役獣です！　襲ってきません！　安全です！」

と叫びながら歩いて回り、一部貴族から、かなり怒られたパトリック。

『先に説明しとけ！』

　ごもっともなお怒りである。

　その後会場に移動し、スネークス辺境伯産の酒や料理を振る舞い、チェス大会も開かれ、ワイバーン以外は好評であった。

　新たな料理である〈カラアゲ〉が、特に好評だった。衣をつけた揚げ物はこの世界に無かったのだ。というか、大量の油を使った料理という存在が無かったのだ。

　菜種油は存在するものの、主に貴族の使用するランプに使われ、値段もそこそこ高くて、料理に使っていなかった。

　料理にはラードなどをフライパンで溶かして、炒め物に利用する程度だったのだ。

　その後、揚げ物料理は、スネークス領名物として、広く認知されていく事になる。

　とある貴族が帰りの馬車の中で、

「そりゃ死神と言われるわけだな、あの蛇だけでも恐ろしいのに、ワイバーン２匹も増えたとか、逆らう気さえ起きんわ。ワイバーンを使役するなど、大陸初ではないかな。まあ、蛇の魔物を使役しているのもそうだがな」

　と言うと、その妻である女性が、

「魔物使いって、珍しいのでしょ？　冒険者には何人か居るみたいですけどね。普通は熊や狼などの魔物を、使役する事が多いみたいですけど。それに逆らう気がおありでしたの？」

　と、聞き返す。

「いや、そんな気は毛頭無いがな、娘の勤め先になった事もあるし、スネークス辺境伯領へ向かう商人達が、我が領の宿に泊まってくれるおかげで、税収は増えたし町に潤いが出てきておる」

「魔物も減ってますしね」

「というか、ほとんど居ないな。スネークス領兵が始末していってくれるから街道は安全だし、うちの領兵の欠員も出ないし、良い事だらけだ」

「西の街道は、護衛要らずって言われてますものね。一応は付けてるみたいですけど」

「若い冒険者が死なずに済むのは良い事だ」

　などと話しながら帰っていく。


　翌日、デコースがスネークス家の屋敷を訪ねてきた。

「お館様、デコース・カナーン様がお見えです。なんでも内密な話があると」

　執事のエルフ、アストライアがパトリックに告げる。

「ん？　約束してたっけ？」

「いえ」

「まあいいや、デコース兄ならいつでも来ていいし、通して」

「はい」

とアストライアが退室し、デコースを連れて来た。

「急にすまないパット」

申し訳なさそうなデコースに、

「いやいいよ、で？　どうしたの急に」

「いやな、聞いて驚くなよ？」

「うん」

「俺は魔法使いになった！」

「は？」

「いやだから、俺、魔法使いになったんだ」

「今日は耳の調子が悪いのかなぁ？　魔法使いになったって聞こえたんだけど」

と言いながら、耳に小指を突っ込むパトリック。

「だから、そう言ったんだって！」

「デコース兄、良い医者を紹介しようか？　疲れてるんだよ。せっかく良い女性と知り合ったのだから、早く治さないと！」

「いやいや、ほんとなんだって！」

「デコース兄、人族は魔法を使えないよ？　魔法が使えるのは、エルフとドワーフとダークエルフだけだよ？　カナーン家にその血が入った事ないでしょ？」

「そうなんだが、使えたんだよ！」

「はぁ……そこまで言うなら、ちょっとぴーちゃんの遊び場に行って見せて貰おうかな」

「ああ、いいぞ」

と言って席を立つと、新設したぴーちゃん達用の大ホールに、２人で移動する。

今はぴーちゃん達３匹とも玄関ホールに居るので、大ホールは空いている。

「じゃあ、あの藁の塊に魔法を放ってみて」

パトリックが言うと、デコースが頷いて、

「では……我が掌より射出せよ！　ファイアーボール！」

と言って右手を前に突き出した。すると開いた掌から、地球で言う、ソフトボールくらいの大きさの、火の玉が飛び出した。


チュドォォオン！！！！


藁に火が付き燃え出した。

「な？」

と、言ってパトリックの方に、顔を向けたデコース。

「マジで出た……」

パトリックは信じられないモノを見て、顔を強張らせる。

「だから言ったろう！」

「ちょっと経緯を詳しく！」

「その前に、火を消さなくて良いのか？」

「あ！　忘れてた！」

パトリックが慌てて、ぴーちゃん達用の飲み水を藁にかける。

火が消えたのを確認してから、デコースが語り出す。

「説明するとだな、先日、俺の誕生日のお祝いに、クラリス嬢が来てくれてだな」

「惚気はいいから！」

「いや、これは大事な話だ。でだな、ドワーフは子供の誕生日には、必ずやる儀式があると教えてくれたのだ」

「必ずやる儀式？」

「クラリス嬢はミックスのドワーフだろ？　母上殿が毎年、儀式の言葉を誕生日に言うようにと、言われて育ったらしくてな。その儀式の言葉を言って、確かめるらしいのだ」

「確かめるとは？」

「魔法が使えるかどうかを」

「ま、まさか……」

「ああ、クラリス嬢が帰った後に、シャワーを浴びながらふざけて言ってみたんだ。教えて貰った言葉を」

デコースがニヤリと笑った。

「なんて言ったの？」

と、問いかけるパトリックに、デコースは、右手を顔の前に移動し、人差し指を立てる。

「我が人差し指に小さき炎よ灯れ」と言うと、
ポッと、デコースの人差し指に蠟燭(ろうそく)の灯(あかり)のような小さな火が灯(とも)る。

「な！　でだ！　調子乗って、子供の頃に読んだ本を真似て言ってみたんだ。我が掌より射出せよ！　ファイアーボール！　って掌突き出してよ。そしたら小さなファイアーボールが出たんだよ！　シャワーですぐに消えたんだけど、びっくりしてだな」

「そりゃそうだ！　この事は誰が知ってる？」

「まだ俺とお前だけだ。まずはお前に相談しようと思って来たからな！」

「とりあえず、ウチのエルフとドワーフの魔法使いを集めて、検証してみるか!!」

珍しく、興奮したパトリックがそこに居た。

パトリックは、アストライアを呼び、屋敷内で魔法が使える者をホールに集めさせた。

もちろんその場には、しっかりとソーナリスも来ている。

現在、王都のスネークス家で働く者はかなり多い。

エルフは、アストライアの紹介で来た者達が数人、ドワーフは厩務員や御者、屋敷の保全要員として雇った者がかなりいる。というか、酒目当てで押しかけてくる。

その中で魔法が使える者は僅か3人。

「アストライアは確か風魔法使えたよな？」

パトリックがアストライアに尋ねると、

「はい、自分が放った矢のスピードを上げたり、方向を少し操る程度ですが」

「エルフはどれくらいの割合で、魔法が使えるんだ？」

「そうですね、だいたい2割から3割ほどでしょうか。風魔法が使える者、水魔法が使える者、光魔法が使える者など、家系により違いますが」

「なるほど。では、ドワーフは？」

「だいたい同じです。火魔法が使える家系や土魔法の家系とありますな。ちなみに私は土魔法で、屋敷の壁の修繕をしとりますが」

「私は火魔法を使って鍛治をしとりますな」

「3人、ちょっと見せてくれるか？」

「では！」

と、アストライアが矢をすごいスピードで放ち、途中で軌道を曲げるという技を見せた。ドワーフ達も火魔法のファイアーボールを放つ者と、土魔法のアースニードルという、地面に針が出る魔法を展開させた。

「ふむ、やはりエルフやドワーフは、魔法名だけで発動する訳だ」

「はい、覚えるまでは前文が必要ですが、覚えてしまえば、必要ありません」

「じゃあ、デコース兄、やってみて」

「「「「え?」」」」

4人の声が揃う。

「お館様、人族は魔法を使えませんが?」

アストライアがそう言うが、

「うむ、〝今までは〟そう言われてきたな」

「ま、まさか?」

「ああ、さっき見せて貰った、デコース兄、ファイアーボールを」

そう言ったパトリックにデコースは頷いて、掌を突き出して叫ぶ。

「我が掌より射出せよ!　ファイアーボール!」


チュドーン!!!!

「魔法だよな?」

と、皆の顔を見てパトリックが言うと、

「ここここ、これは一大事ですぞお館様!」

アストライアが、眼を見開いてパトリックに言った。ドワーフ達も口を開いて、燃える藁を見つめている。

「うん、そう思ったから、皆に見て貰ったんだよ! 間違いなく魔法だよな?」

と、パトリックが、先ほどファイルボールを放ったドワーフを見て言うと、

「大きさはドワーフが使うファイアーボールよりも小さかったですが、間違いなくファイアーボールです!!」

と、先程ファイアーボールを放ったドワーフが言う。

「こりゃ大変な事になりますぞ! 人族の魔法使いなど、この国、いいえ、この大陸初ではないかと!」

もう1人のドワーフも興奮して言った。

「だよな。俺も聞いた事ないし、見るまで信じられなかったからな」

「それはそうでしょう! 今見たのにまだ信じられませんから! でも一体なぜ? デコース殿はドワーフの血が入っているのでしょうか?」

アストライアはまだ興奮しながら、パトリックに聞く。

「いや、カナーン家には人族の血しか無いはずだ」

「デコース殿！　一体いつから使えるようになったので？」

アストライアがデコースに聞く。

「いや、いつからと言われても、ふざけてやったら出たので、いつからと言われたら2日前かな」

「つまり2日前に、初めて試した訳ですな。するともっと以前から、使えた可能性もある訳ですか。これは魔法学者達は慌てるぞ。太古より人族は、魔力はあっても操れないと言われてきたから、前提からひっくり返るわけだ。ジジイどもの、慌てふためく様子が想像出来てワクワクしてきた！」

「アストライア……本性が剝き出しになってきてるぞ。いつもの冷静さはどうした？」

「はっ！　お館様、申し訳ございません。魔法学者どもに、私の風魔法は血筋の割に貧弱だと、罵られた事がございまして、奴らが大嫌いでして……」

「まあ、良いけどさ。とにかくデコース兄には、何発撃てるのかや、威力はどうかを検証して貰う。3人はアドバイスなどを頼む。そして明日、陛下に報告に行く事にする。デコース兄もいいね？明日の昼ごろ迎えに行くから。他の者は陛下より発表あるまで、他言無用！　良いな？」

「「「はい！」」」

その後、色々試した結果、デコースのファイアーボールは、前文を唱えなければ発動しなかったし、魔力をどう溜めても、ドワーフのファイアーボールには及ばないが、近い威力にどうにかと言った程度であった。回数もドワーフの８割程度で魔力が切れてしまった。他の属性に関しては、全く発動しなかった。

「まあ、人族でこれだけ出来れば充分かな？」

「ですな。というかミックスドワーフの魔法使いよりは使えてます」

「ならばかなり良い結果なのかもな」

と、その場は解散となったのだが、

その日の夜、パトリックとソーナリスの寝室で、夫婦２人の裸での共同作業が終わった後、腕枕されたソーナリスがパトリックに小声で、

「ねぇ、パット。デコース殿って２日前が誕生日だったのよね？」

「ああ、２日前に30歳になった」

「私、デコース殿が魔法が使えるようになった理由が、１つだけ思い当たるんだけど」

「ソナもか？　って俺にそっちの知識を、教えてくれたのはソナだからなぁ。俺もあの噂が理由かなぁとは思ってる。この世界って成人も早いし、結婚も早い。安い歓楽街も多い。多分、条件を満たせる人族が、今まで居なかったんだろうなぁ。てかあの都市伝説、本当だったんだな」

「「30歳まで童貞なら魔法使いになれる」」

２人の声が完璧に揃った。

なお、デコースの名誉のために、その事は国に報告しないと、２人で心に決めたのだった。

翌日、昼過ぎにパトリックはソナと一緒に馬車に乗り込み、まずは王都カナーン子爵家に向かう。

「やぁ、パット。と、ソーナリス夫人」

出て来たデコースが、にこやかに言うのだが、

「挨拶とかいいから早く行くよ。乗って乗って！」

と、パトリックに急かされる。

「ああ、分かった」

と、デコースがスネークス家の馬車に乗る。

「で、この後の予定は？」

デコースがパトリックに聞く。

「朝一番にウチの使いが王城に、〈緊急の報告あり、王家派貴族を集められるだけ集めるべし〉と報告してあるから、王都に居る貴族の大半は揃うと思う。そこでデコース兄に魔法を使って貰う。理由は分からないけど、なんか使えたんだよね、テヘペロって事にして、人族でも魔法が使える者が居る事実を公表し、他にも居ないか探して貰う。まあ、戦力に数える事になると思うけどさ」

「テヘペロが、何かよく分からんのだが、まあ人族で魔法が使えたらそうなるよなぁ。エルフやドワーフは、魔法を戦争に使いたがらないからなぁ」

「彼らの信仰する神に、背く行為なんだってさ。防衛と狩り以外では、使わないらしいよ」

「食べるためならいいのか。神の怒りには、触れたく無いもんなぁ」

と、会話しながら進む馬車は、王城に到着するのだった。

「急な要請に応えて頂き、ありがとうございます陛下」

パトリックが王を前に、膝をつき挨拶をする。

「お父様、お久しぶり！」

と、軽い挨拶をするソーナリス。

「うむ、久しぶりって、嫁いでまだ3日だろうが。ソナは軽い感じで来おってからに。ワシのあの時の涙を返せ！　で、パトリックよ、王家派を集めろとは何があった？　そこに控えるデコース・カナーンと関係がある事か？」

「はい、陛下。人族にとって重要な発見がありまして、急ぎ報告をと思いまして。実は……」

パトリックが語り出す。

「なんと！　真か⁉　デコース・カナーン！」

説明を聞いて驚いた王が、デコースに向かって声を上げる。

「はい、陛下。とりあえずこの場では大きなモノは無理ですので、これを。我が人差し指に小さき炎よ灯れ」

デコースはそう言って、指先に小さな火を灯す。

「おおおおおっっっ！！！　本当だ!!　人族が！　人族が魔法を!!　素晴らしい!!」

驚く王に、パトリックはさらに言葉を繋ぐ。

「陛下、人族は魔法は使えないと、長く試す事すらしなくなりましたが、使える者が他にも、僅かにでも居る可能性が出てきました。国中で探してみる価値があるかと」

「うむ！　人族ならばこの力を国防に使える。大発見だ！」

興奮気味に王が叫んだ。


その日の午後、王城の中庭には多くの貴族が集まっているし、軍の重鎮も来ている。

視線の中心に居るのは、パトリックの横に立つデコース・カナーン。

先程、王とパトリックより、集まった貴族に説明は終わっている。

今は的となる板が、用意されている最中である。

「準備が終わりました、陛下！」

用意を終えた兵士が、王に敬礼しながら報告する。

「ご苦労！　ではデコース・カナーンよ、皆に見せてやってくれ」

「はっ！　陛下、それでは放ちます！　我が掌より射出せよ！　ファイアーボール！」

突き出したデコースの掌より放たれた、火炎の塊が一直線に飛び、的に命中する。


チュッドーーンッ！！！！

音と同時に板が割れて燃え盛る。

『「おおおおおおっっ!!　本当だったあああ！」』

集まった貴族達が叫んだ。

「人族にも魔法がっ！」

「これは戦が変わるぞ！」

「娘の嫁ぎ先が魔法使いぃぃぃい！　凄いぃぃぃ！」

「正式な婚約はまだでしょうに」

「うちの娘は、既に嫁ぐ気だから問題無い！　なんなら明日にでも、正式な婚約をさせる！」

途中、少々暴走気味のサイモン大将と、パトリックの会話が混じる。

「いや、どれくらいの数を見つけられるかで変わってくるぞ！」

「とりあえず領地をくまなく探さねば！」

皆が騒然とする中、

「皆の者、静まれ！」

王の言葉に、その場が静かになると、

「今、皆に見て貰った通り、人族にも魔法を使える者が居る事が証明された。カナーン家には、人族の血しか流れていないのは確かだ！　威力や数は、ドワーフの魔法使いよりは低いようだが、充分な殺傷能力がある。後は皆が思う通り、国中を調査して貰う。他に使える者がいたなら、大きな戦力である。そして、現時点で人族で唯一、魔法が使える事が分かっているデコース・カナーンには、王宮近衛騎士団を除して貰い、新たに〈王宮魔術士〉の任に就いて貰う事とし、デコース・カナーンが正式にカナーン家を継承した時点で、カナーン家を伯爵に叙する事を宣言する！」

この日、メンタル王国に、いや大陸に新たな歴史が刻まれたのである！

第十一章　辺境伯領

王都のバケモノ屋敷と呼ばれる屋敷から、巨大な馬車が続いて出発する。

バケモノ屋敷などと言われる屋敷は、王国広しといえども、スネークス邸だけだろう。

黒い大きな馬が4頭で引く黒い大きな馬車と、こちらも同じく黒い大きな馬が2頭で引く黒い大きな馬車。

そして、それに続く多くの馬車に、緑の軍服を着て馬に跨る兵士達。胸には蛇の刺繍がある。毒蛇隊と呼ばれるスネークス領軍の、精鋭兵士達だ。

向かうは王都からは西にあるスネークス辺境伯領。


ワイリーンとヴァンペリートは先に自領に戻って、パトリックを迎える予定だ。

いつもパトリックは少人数で行っているが、今回は異例な事がいくつか。

まず、妻であるソーナリスを連れている事。

辺境伯領の使用人達とは、初顔合わせとなる予定だ。

次に、巨大な馬車が2台ある事。1台は言わずと知れたぴーちゃん用の馬車である。ではもう1台は？

「プー、ぺー、人が少なくなったら外に出してやるから、暫く我慢してろよ？」

馬車の扉を開けて、パトリックが言うと、

「ギャウ！」「ギャー！」

中から鳴き声がする。

「よしよし、良い子だ」

「会話が成立してるのが、未だに信じられませんな」

ミルコが横から言うと、

「なんだよミルコ、ぴーちゃんとも成立してんだから、するに決まってるだろ」

と、返したパトリック。

「まあ、そうなのですが、ワイバーンに知能があるとは思って無かったので」

「走竜だって、ある程度理解するんだから、知能くらいあるだろう。一緒だよ」

「そりゃそうですけど」

「細かい事を気にしてたらハゲるぞ？」

「うちは、両祖父と父親もハゲてましたから、いずれハゲます！」

「いや、そんな自信満々で言われても……」

パトリックが呟く。

「聞いた？　ハゲるらしいけどいいの？」

「構いません！　ハゲたら頭をナデナデスリスリしますから！」

「まばらに残ってたら？」

「剃ります！」

「それはそれでどうかと思うけど」

ソナとお付きのアメリアの出発前の会話である。

さて、一行は順調に西へと進む。途中の貴族領で1泊した時は、熱烈な歓迎を受け、そこの娘の猛アタックを、パトリックがひたすら撃退するという珍事があったりした。かわすではなく、撃退である。

そして1つ目の目的地であるワイリーン男爵領に到着する。

ワイリーンは、元カーリー男爵の館をそのまま使用しているのだが、そこに今日は1泊する予定だ。

ワイリーンが館の前で出迎えてくれたのだが、その隣に見慣れぬ女性が1人。

すらっとした体形のつり目の緑の瞳、黄色で少しウェーブのかかった長髪。そして頭の上にネコ耳がある。

「辺境伯閣下、ようこそおいでくださいました」

と深々と頭を下げられたのだが、

「ワイリーン、こちらの女性は？」

と、パトリックが訪ねると、

「彼女のカトリーヌ・レイストです。お館様に正式にご挨拶させてから、婚約しようと思いまして、今日、ここに呼びました。南のレイスト男爵家の二女です。お館様、何卒お許しを」

そう言って、ワイリーンが頭を下げた。

「ふむ、レイスト男爵家といえば、奥方は豹人族だったな。付き合って長いのか？」

「はい、男爵になった時の宴で知り合いまして。お館様に報告をと思っておりましたが、タイミングが合いませんで」

「ああ、あの時の宴からか。レイスト男爵は知っているのか？」

「はい、許可は頂いております」

「それなら私が反対する事もない。よろしい許可する」

「ありがとうございます」

「うむ、おめでとう。しっかり領地運営しなくてはな！」

そう言いながら、館に入ってワイリーンと話し込む。

「で、領地の状況はどうだ？」

と、ワイリーンに尋ねると、

「今のところ順調なのでしょうか？　私にはイマイチ分かりませんが、部下達の話ですと、ソバの方は問題無いとの事です。鶏の方ですが、作業している者達からは、臭い、怖い、と苦情がきているようです。まあ、糞の臭いは仕方ないとして、怖いの方ですが、何せ鶏はデカイですから農民達だけでは危険なので、領兵に手伝わせておりますが、ここの領兵の力量では限界でしょうか」

　とワイリーが答える。

「糞は畑に撒（ま）け、肥料になるから。兵はお前が鍛えりゃ良いじゃねーか。たかが鶏程度だ、蹴り飛ばせばいい！　鍛え方は知ってるだろう？　俺と同じようにすれば良いだけだ」

「鶏を蹴り飛ばす?!　出来るかな？　それにお館様と同じ事をしたら、領兵が逃げ出します！」

「いや、逃げないだろう？　お前達だって逃げて無いんだから」

「お館様？　我らは逃げる所が無いだけですよ？　領兵なんて、別の領に逃げるとか、実家の農業手伝うとか手段はありますよ？」

「実家とか、お前達にだってあるじゃないか」

「我らは家から独立しての、国軍入隊です。それはお館様も同じでしょう？　領兵は実家から通う者がほとんどです」

「んん？　でもスネークス領兵は逃げて無い気がするが？」

「それはお館様から、逃げられる気がしないからでは？」

「そうなのか？　まあいい、明日俺と一緒に、養鶏場と領兵の訓練を見てまわろう」

「承知いたしました」

　翌日、ワイリーンとパトリックは朝から養鶏場に向かったのだが、

「ワイリーン……アレ……何？」

　と、パトリックが少し驚いて声を出した。

「これはお館様にしては異な事を。鶏でしょう？」

　人の腰ほどの高さがある鳥が、飼育員を追いかけ回し、それを領兵が長い木の棒で、叩いて追い払う光景が見られた。

　パトリックは、この世界の鶏をちゃんと知らなかった。

　いつも丸焼きなどで食べているのが、この世界の鶏だと思い込んでいた。実は産まれたてのヒヨコだった事を、この時知ったわけだ。貴族は基本的に、肉の柔らかいヒヨコを食べていて、大きく育った姿を見る機会が無かったのだろう。

「あ、ああ、そうだな。鶏だ、うんうん、鶏だったな……」

　と、誤魔化すパトリック。

「はい。奴らホント凶暴でして、餌を撒いても餌より人間の方を突きに寄っていくし、飛べないだけで脚は速いし、脚の爪で引っ掻くしほとほと困っているようなのです」

「逃げ出したりは？」

「周りの囲いの板を割る程の力は無いので、逃げるまでは無いですが、脚を突かれ生傷が絶えないようです」

「となると、人間を舐めてるだけか。ふむふむなるほど。ではビビらせれば良いわけだ。よし！　ビビらせようか」

養鶏場の横に、黒い馬車が到着した。

「プー、ペー、食べちゃダメだぞ」

パトリックが馬車の中に向かって言うと、

「ギャー！」「ギュギュッ？」

と、鳴き声が返ってくる。

「うんうん、空から襲う感じでいいよ。それを飼育員が、あ！　この人達の事ね。で、守りに来て追い払うって段取りだから、槍持って人が出てきたら、慌てて逃げるような芝居してね」

「「ギャッ！」」

「飼育員もいいね？　君達が実は強くて鶏を守っていると思わせる作戦なんだからね」

パトリックが飼育員に声をかける。

「ハハハイッィ!!」

顔色が少し青い飼育員が、直立不動で返事をした。

「そんなにビビらなくても、君達に怪我させたりしないから！」

「お館様、ワイバーンを見たら普通こうなりますよ？」

「ちゃんと言う事聞くんだけどなぁ」

と、頭をかきながらパトリックが呟いた。

その後、上空から急降下するワイバーンに、恐怖で泣き叫び逃げ惑い、小屋の中で震える鶏達。

ワイリーン男爵領産の鶏の鶏冠(とさか)は、この後青く変化し、動き回らずに小屋の中で、隠れるように生活するようになったため、身に脂が乗り、筋肉が落ちたため柔らかくなった。

ワイリーン男爵領産の青鶏の誕生の瞬間である。

その後、飼育員からも、飼育しやすくなったと好評であった。

なお、養鶏場の上空を飛ぶ2匹のワイバーンを見て、逃げ惑う領民と、それを必死になだめる領兵という光景も見られ、ワイリーン男爵領でも、スネークス辺境伯は死神であると、語り継がれる事になる。

「さて。次は領兵だな」

一仕事終えたと、爽やかな笑顔のパトリック。

パトリックに爽やかという言葉は、実に似合わない。

が、ワイバーン効果であろうか、既に領兵は完全にビビっており、

「逃げたらこいつらに襲わせるからな？」

と、パトリックが横に居るワイバーンを見ながら、言わなくてもいい事をトドメとばかりに言ったため、兵達は顔面蒼白。何故プーとペーを横に連れてきたのか、理解に苦しむ。

ワイリーンとパトリックの、厳しい訓練により倒れる者続出、見かねたパトリックの護衛の若いスネークス領兵が、

「閣下、我らが王都に向かう時に、この領に寄って訓練するというのはどうでしょう？　いきなりこの訓練は流石に無理かと」

と、助け舟を出した事で、ワイリーン男爵領兵から多大な感謝を受ける事になった。

「うむ、それもそうか。よし！　お前、名前は？」

「はっ！　トニングと申します！」

「ではトニング！　君をスネークス教導隊隊長に任命する。我が領兵の訓練を他領に教えると言うのが主な任務となる！　ワイリーン男爵領や、ヴァンペリート男爵領、それと、アボット辺境伯領で、それぞれの領兵の訓練にあたる事！　復唱しろ！」

「はい閣下！　私は教導隊隊長として、ワイリーン男爵領、ヴァンペリート男爵領、アボット辺境伯領で、領兵の訓練を致します！」

「よし！　隊員は後で選出させてお前の下につけるからそのつもりで！　あ、アボット辺境伯領には最初は俺も行くから、後日連絡する！」

「りょ、了解いたしました！」

慌てて敬礼したトニング。

「じゃあ、訓練はそういう事でいいなワイリーン」

「はい、お館様。いやぁ、助かりますよ。トニング殿よろしくな！」

ニコニコと笑いながら去る２人の背中を見ながら、

「おれ、余計な事言っちゃったなぁ……」

金髪の髪の毛が力なく揺れる。

「トニングは、気が利きすぎるからなぁ」

同僚が可哀想な捨て猫を見るように、トニングを見ながら言い放つと、

「だっていきなり俺らと同じ訓練だぜ？　無理だろ。かわいそう過ぎる」

「いや、俺らだっていきなりやらされたじゃん。ぶっ倒れたけどさ。閣下の訓練受けて立ってる方がオカシイんだよ！」

「そうだったなぁ。あの時は死ぬかと思ったなあ」

トニングは遠くを見て力なく言った。

緑の瞳に光がないのは気のせいであろうか？

翌日、パトリック一行は、隣のヴァンペリート男爵領に入った。

のだが、こちらも出迎えたヴァンペリートの横に1人の爆乳女性が。

「ヴァンペリート、お前、ワイリーンと相談済みだな？」

呆れた表情で言うパトリックに、

「あ、バレましたか？　お館様、彼女のローラ・デューケットです。東のデューケット男爵家の三女です」

と、ヴァンペリートが紹介すると、

「初めまして、ローラ・デューケットと申します。スネークス辺境伯閣下に会えて光栄です」

と、金髪のロングヘアの頭を下げた。

「ん？　デューケット男爵家と言えば確か……」

パトリックが何かを思い出そうとする。

「はい、お館様には馬のデューケットと言った方が分かりやすいかと」

「ああ！　思い出した！　いつもウチに良い馬を用立ててくれてる家だ！　よし！　許可許可！」

そう言って、即、許可したパトリック。


さて、旧エージェー領だが、以前も書いた通り岩山の多い地域である。

ヴァンペリート男爵邸に入り、早速報告を聞く。

「山羊や羊の方はどうだ？」

「お館様、羊の方は順調らしいですが、問題は山羊らしいです。気性は荒いし柵を飛び越えて逃げるし、毎日飼育員や領兵が走り回って捜しては、連れ戻しているようですが、確保するのも一苦労らしく、酷い時は岩山の崖に居たりして、とても確保出来ないようです」

「ふむ、芋の方は？」

「そちらは順調のようです、ただ、作付面積が小さいので量はイマイチですが」

「なるほど。とりあえず逃げる山羊をなんとかしないとな。明日にでも見に行くか」

「では、今日はこの後は何を？」

「領兵の力量を見る事にする。ワイリーンのところの兵士が、思っていたより情けなかったのでな、ヴァンペリートのところはどうなのか気になる」

と、パトリックが言ったら、ヴァンペリートの顔が見る見る青くなる。

「お館様？　もしや国軍と同じレベルを要求したりしませんよね？」

「何を言ってる、同じ兵士だ。ウチのスネークス領兵も国軍と変わらないだろ？　安心しろ。ちゃんと鍛えてやるから！」

「ダダダダメです！　兵が逃げます！」

「お前もワイリーンと同じ事言うのな、大丈夫、新しくウチの領兵を教導部隊として、ワイリーンのところに派遣する事にしたから、お前のところにも派遣する。俺がやるより多少マシだろ？」

「まさかエルビス派遣したら、領軍が動けないだろうが。大丈夫、若い兵士だから、自分が出来る事しか教えないだろ。基礎訓練が主だな」

「基礎訓練でもキツイんですがね」

「お前、自分が8軍でやってきた事だろうに」

「8軍に配属された時は、死ぬかと思いましたけど？」

「死んでないだろうが！」

「そりゃそうですけど」

「ガタガタ言わずにさっさと行くぞ、ほら！」

「了解です……」

「あ、トニングも連れて行って、訓練内容を一緒に決めてしまうか！」

「トニング、お前どう訓練するつもりだ？」
「はい閣下、とりあえず基礎訓練は、スネークス領軍と同じでいくつもりですから、早朝からラン

ニングで、10分の昼休憩の後、ちょうどよく逃げる相手が居るみたいですので、それを追い詰める訓練が良いかと思っております」

　と言ったトニングにヴァンペリートが、

「逃げる相手とは？」

　と、聞くと、

「もちろん山羊です！　岩山をよじ登ったりすれば、脚だけでなく腕の訓練にもなりますし、山羊を担いで歩けば、それも訓練になりますし」

「おお！　お前頭良いな。逃げる山羊問題を訓練にしてしまうのか！　よし、岩山1つを訓練所兼山羊放牧場とし、その周りは柵で囲ってしまおう！　ちょっと金かかりそうだが高さを調整すれば山羊も逃げられないだろう」

　と、良い事を思いついたとばかりに、パトリックが言うと、

「高い柵を作るだけで、山羊問題は解決するのでは？」

　ヴァンペリートが言うが、

「それじゃ訓練にならんだろ。兵士を鍛える必要もあるんだから！」

「怪我人が多く出そうなのですが……」

「ポーション使え」

「はい……」

パトリックもヴァンペリートも知らなかった。トニングは若手の中では最上位の実力者だった事を。パトリックの護衛に選ばれるのに相応しい実力者だったのだ。

その日、ヴァンペリート男爵領兵は、パトリックとトニングから厳しい訓練を課せられ、死屍（しし）累々（るいるい）の様相を呈した。

ヴァンペリート男爵領軍では、スネークスの名と共にトニングの名も、恐怖の対象という珍しい地域になった日であった。

翌日、ヴァンペリート領を出て、スネークス領に入る。

広大な湖のほとりで昼食休憩を取る事にした一行は、食事の準備に入る。

が、パトリックとソーナリスは別の事に夢中である。

「もはや何と言って良いのか、分かりませんなぁ」

と、ボヤいたのはミルコ。

「もう、あの人達はそういう人達だと割り切った方が、精神衛生上良いと思います」

と答えたのは、ミルコの隣に寄り添うように立つアメリア。

2人の視線の先、いや、この場に居る皆の視線の先には、ワイバーンの背に、革製の鞍のようなものを取り付け、その背に乗って空の散歩をする変人夫婦、もとい、スネークス辺境伯夫婦。

湖の上だから落ちても大丈夫だろうと、実験を兼ねた空の散歩は、変人2人にはとても楽しいも

のだったのだが、スネークス領とはいえ、ワイバーンが2匹も空を飛んでいれば、近隣の農家や漁師は大混乱。

慌ててミルコが部下達に、

「アレはお館様夫妻だと言って回って来い！　それでだいたい納得するはずだ！　馬で走り回ってこい！」

と、慌てて命令し、兵士達が馬で走り回るハメになった。その命令で、いかに普段からパトリックの行動が、オカシイかが分かるというものだ。領民にまで浸透しているのだから。

その頃、ぴーちゃんはというと、湖を泳ぎ回り（一部の蛇は普通に泳ぎますし、潜ります）普段食べる事が少ない、魚や魔物を貪っていた。

魔物がほぼいないスネークス領だが、唯一の例外が水棲の魔物である。人は水の中では驚くほど弱い。

湖には湖特有の魔物が存在する。

ウナギのバケモノのような魔物や、5メートルを超えるナマズの魔物、言わば魚系魔物。

それに、水大蜥蜴（みずおおとかげ）のような水陸どちらでも動ける魔物や、オオサンショウウオのような大型両生類系、身の丈2メートルを超えるカエルのバケモノなども。

漁師とは命懸けの仕事なのである。

その漁師達が一番警戒する魔物は［水竜］と呼ばれる魔物である。

大きな口にビッシリ生えた鋭い歯に、頑丈な鎧のような体、体の大きさの割に小さな四肢に、体より長いであろう尻尾。

噛みつく力は竜種の中では一番強いと言われている。

「デカいワニだな」

パトリックが言うと、

「うん、デカいワニね」

とソーナリスが言う。

「わにというのが何か分かりませんが、鎧のような鱗がボロボロですな、この水竜」

とミルコが言うと、

「ぴーちゃんに締め付けられたんだろ」

と、パトリックが推察する。そう、ぴーちゃんが咥(くわ)えて引きずってきた魔物だ。全長10メートルを超えるナイルワニのような水竜。

「水竜も、ぴーちゃん様が相手では歯が立ちませんでしたか」

ミルコが呆れた声で言う。

「いくらデカくても、自分の体に噛みつけないだろうから、体に巻き付かれたら、なす術がないんだろうな」

「このボロボロの革では使い道が無いですかな？」

「肉は食えるだろ。白身で淡白で美味いはずだ」

「それ、ワニの話よね？」

と、ソーナリスが突っ込む。

「ぴーちゃん、毒使った？」

パトリックがぴーちゃんに話しかけると、ぴーちゃんは頭を横に振る。

「よし！　食えるぞ！」

こうして水竜バーベキュー会が開かれ、領民にも水竜の肉が振る舞われたため、ワイバーンの混乱はまるで無かったかのように扱われた。流石スネークス領民。

ちなみに領民の横でプーとペーも水竜の肉を食べている。もう慣れたようだ。

さらに言うと、湖の漁獲高が減った本当の原因は、魚の取り過ぎではなく、水棲魔物の増加である。原因の除去を食欲で解決したぴーちゃん。

皆が出発の準備に取り掛かった頃、パトリックはぴーちゃんに呼ばれて、湖のほとりにある場所に連れていかれた。

土が盛り上がった場所を、尻尾で器用に指差し（尻尾差し？）ている。

「ここを掘れって？」

パトリックがぴーちゃんに尋ねると、頭を縦に振るぴーちゃん。

パトリックは言われるがまま、土を掘る。

するとでるわ出るわ、直径30センチ程の卵が大量に。

「なんか嫌な予感がするんだけど？　ぴーちゃん？」

そう言われた、ぴーちゃんの口元が微かに笑っているように見えるのは、気のせいであろうか。

「持って帰るんだよね？」

激しく頭を縦に振るぴーちゃんに、パトリックは諦めて、部下に卵が上下が逆にならないように言い聞かせて回収させ、ぴーちゃん用の馬車に積み込むように命令するのだった（爬虫類の卵は途中で上下を逆にすると死んでしまう種類もいます。海亀が有名です。何故そんな知識があるのだパトリック）。

準備が終わりパトリック一行は、街道を順調に進む。

街道掃除は完璧なので、盗賊はおろかゴブリン1匹すら出ないのだが、何故かスネークスの屋敷に近づくにつれ、徐々に警備する兵士の数が多くなる。領兵が合流してきているのだ。

数は多くないが、未だにパトリックの命を狙う者がいる事実。

平民に落とされた、元貴族からは相当の怨みをかっている。

恨む相手を、その領地で殺してやろうと企む者も出てこようというものだ。

アインを筆頭に闇蛇隊達が情報収集をし、見つけ次第対処しているのだが、この世に絶対という事はない。

気持ちを外に漏らさず、虎視眈々と狙う者もいるのだから。

やがて、パトリック一行の周りを警備するスネークス領の兵士は、１００人を超えて厳重な警備でスネークス邸にむかう。

スネークス領のスネークス邸、それは広大な土地にあり、その見た目はまさに砦といった雰囲気だ。

以前の旧リグスビー邸は、スネークス領の酒造組合の事務所となっており、ここにメンタル王国全土から、酒の買い付けに商人がやって来る。

新たに旧リグスビー領の西側、もう少しで旧ウエスティン領と言う場所に、広大な農耕に向かない荒地があったため、その場所に建築されたのだ。

上から見ると、三角形を２つ重ねたような六芒星とでもいうような形の堀が掘られ、河から水を引いてきた。

その中に同じ形の砦が建築され、さらにその中心に王都のスネークス邸と同じ形の建物が建っている。

大きさは王都の屋敷の倍ほどはあるが。


この堀や砦の工事では、仕事にあぶれていた者達が大量に雇われ、領内において、ほぼ貧困層と呼ばれる民は存在しなくなった。また、スネークス領では仕事に困る事はない。

農業に至っては人手が足りないくらいなのだ。

新たに川から水を引いてきた事により、荒地は荒地ではなくなり、スネークス家の直轄農地として、様々な作物が植えられている。

旧ウエスティン領は、旧リグスビー領と同じく麦の産地であり、スネークス家が麦を大量に買い付けるおかげで、新たに麦畑を開墾した農民の収穫量は右肩上がりで、裕福な者が増えた。

麦の収穫増加に伴い、ウイスキーの生産も増え続けている。

酒職人は人手が足りなくて、嬉しい悲鳴というよりガチの悲鳴を上げている。人の募集をしているが、技術を身につけるよりは簡単な工事の仕事を選ぶ者が多く、まだまだ人が足りない。

砦が完成したのに工事があるのかと、疑問が湧くかと思うのだが、西の砦の改修工事や、北の砦の移転工事に派遣され、工事現場は多い。

スネークス領に行けば仕事にありつけると、王国中に噂が広まっているし、王都のスラムから人が消えた事実が何よりの証拠だろう。なお、王都の汚物処理は、今は犯罪奴隷の仕事になっている。

王都のスラムから来た者の受け皿として、パトリックはスネークス家営団地という共同集合住宅も作り、格安の家賃で貸し出している。

安い家賃で住み、仕事をしてお金を貯め、家を得るのを目標に定住するものが増え続けている。

なお、家にお金を置いておくというのが無用心であるのと、強盗や空き巣などの犯罪抑止のために、スネークス領では金を預かる仕事が出てきた。銀行の原型である高利貸しから、預かって貸すという新たな業態の誕生である。もちろんパトリックが言い出したのだが。

今王国で一番賑やかな領地がスネークス領である。


一行が堀に差し掛かる。大きな回転式の橋がかかっており、橋には警護する兵士がいる。

パトリックは、

「ご苦労！」

と声をかけて通る。

声をかけられた兵士は、直立不動で敬礼をして一行を見送る。

2つの橋を通過すると石造りの城壁とでも呼ぶべき塀（と、パトリックが言い張る）にたどり着き、門番達が敬礼して扉を開ける。

城壁の上で見張りをしている兵達も敬礼している。

門を潜ると、ようやく屋敷が見えた。

領地の屋敷の執事のサンティノを筆頭に、使用人が勢揃いして、屋敷の前で待っていた。

「お帰りなさいませ、お館様。そして初めましてソーナリス奥様。スネークス本邸執事のサンティノと申します。以後お見知り置きを」

そう言って優雅に頭を下げたのだった。


スネークス辺境伯邸で働く者は多い。

屋敷の維持管理から、塀（と言い張る砦の防壁）の見張り、門番や回転橋の見張り兵に敷地内の警備兵。

軍人だけでなく、文官も多い。

そしてその中には、手足の無い元軍人も多く働いている。腕に欠損がある者であっても、走る事が出来れば、伝令として屋敷を動き回るし、足が無くても、読み書きが出来れば文官として働く事も出来る。

パトリックの決裁が必要なもの以外は、サンティノの指示の下で文官が処理していく。

パトリックの案内で、ソーナリスが屋敷内を移動していく。

使用人や文官達は、ソーナリスの顔を目に焼き付ける。

奥方に失礼な事などしたら、自分の運命の火が消えるのだから。決して見間違えてはならない。

一通り回ってから、ソーナリスの事をミルコとアメリアに任せ、執務室に向かうパトリック。

執務室の椅子に座ったパトリックはサンティノに、

「決裁の必要な書類を。それと何か報告などはあるか？」

と聞いた。領地に戻った時に、必ずサンティノに言う言葉だ。

「お館様、決裁の書類はこちらに。それと、西方面軍から、次の視察はいつになるのかと、問い合わせがありました」

「工事の進捗状況の報告か？　それとも何か不備でも出たのか？」

「いや、そう言うわけでも無さそうなのですが、少し前から頻繁に聞きにくるのです。いつ来るのかと」

「なんでそんなに知りたいのだろうな？　ん？　まてよ？　この間視察に行った時に何かあったような？」

「視察から帰られた時に、お館様から預かった鍵と関係ありますかな？」

「あ！　思い出した！　そりゃ聞きに来るわ！　まあいい、明日行くと言っておけ」

「では、先触れを走らせます」

「ああ、頼む。それと俺のペットの餌の用意を頼む」

「あのバイパーとワイバーンの事ですな。馬車の中を見て驚きました」

「こっちに連れて来る事がなかったからな」

「どれほどの肉が必要でしょうか？」

「来る途中に散々食って来たから、鶏1羽ずつでいい」

「承知しました」

そう言っていると、メイド長のリーナが紅茶セットを持ってやって来る。

と聞くので、

「パトリック様、奥様と一緒にお飲みになりますか？」

「ああ、そうだな。今はどこにいる？」

「ボア殿とお付きの侍女と一緒に、塀の上におられるはずです」

「んー、では降りてきたらまた飲む事にして、今は１人で飲む事にする」

「はい、ではすぐにお入れしますね」

「ああ頼む」

リーナの右手のポットからお湯が注がれ、茶葉が芳醇な香りを振りまく。

パトリックの前に置かれたカップを右手で持ち上げ、口元に近づけて香りを楽しんでから、口に含む。

「やはり紅茶は、リーナが入れたものが一番しっくりくるな！　幼い頃からの馴染みの味ってやつだな！」

と、リーナを見ながらパトリックが言うと、

「ありがとうございます。パトリック様の母上様直伝ですからね」

「母上直伝か……あ、そうだ、王都に戻る時にソナを連れて、母上の墓に寄って帰る事にするか」

「きっと天国で喜ばれますよ。パトリック様のお嫁さんを見る事が出来るんですから」

微笑んだリーナの目に、光るものがあった。

〰〰〰〰〰〰〰〰〰〰

ソーナリスは、砦の防壁の上からの景色を楽しんでいた。スネークス直営農場。ここでも体が不自由な者が多く働いている。腕一本でクワを振り耕す者や、杖をつきながら収穫している者も見られる。

景色を見ながらソーナリスは、この旅を振り返っていた。

今までは、王都でしか暮らしていないので、部屋から見る光景は人工物か山くらいだったが、ここまでの旅で、この世界の自然の景色を楽しんできた。

パトリックと2人で、ワイバーンの背中から見た景色は最高だった。

大きな湖を上から眺めていたら、巨大なウナギとぴーちゃんの争う光景は、心の奥底にある戦闘本能をくすぐられたものだった。

まあ、結果はぴーちゃんの圧勝だったのだが。

大きなウナギを丸飲みする早さには、かなり驚かされたりもした。

今、目の前に広がるのは豊かな畑の緑と空の青、遠くに見える河は、陽の光を反射して銀色に輝き、その奥の山は山頂が白い。

前世では自然の多い国で暮らしていたし、雪も多かったが、育ったのは都会だったし、日本に渡ってからも都会でしか暮らしていない。この世界では王都で雪など見た事すらない。

雪と言えば、コスプレの撮影で京都に行った時に見た、雪の積もった金閣寺は綺麗だったなぁ。

などと、前世と今世の違いを噛みしめつつ、

「今度こそパットと、楽しく末長く生き抜いてやる！」

何故か握りこぶしを作って、空に突き出し宣言するソーナリス。

それを背後から見ていた2人は、

「あの2人って、変わり者同士だから惹かれたんでしょうかね？　というか今度こそってどういう意味でしょうね？」

「まあ、普通の王女なら、握りこぶしで空に誓いとかしませんし、ソーナリス様の言う事をいちいち気にしていたら、気を病みますわよ？」

などと言っていると、ソーナリスが振り返り、

「もう王女じゃなくて、辺境伯夫人よ！　だいたい私達が変わり者同士なら、貴方達は真面目同士だから仲が良いのかしら？」

と、ニヤニヤしながら聞いた。

ミルコは途端に額に汗をかき、アメリアの顔は見る見る赤くなるが、ソーナリスには配慮などという優しさは無い。

「昨日、夕食の後で2人を1時間くらい見なかったけど、どこで何をしていたのやら！」

と、わざと声を大きくし、肩をすくめて言い放った。

慌てふためく2人に、

「パットには内緒にしておいてあげるから、ミルコ・フォン・ボア男爵殿、ちゃんと報告はご自分

でなさいね！」

と言いながら、城壁の階段を降りていくソーナリスを、アメリアが慌てて追いかけ、ミルコは、その場で膝を突き、

「もうバレてた……」

と、小さな声で呟いた。


〜〜〜〜〜〜〜〜〜〜〜〜〜〜〜〜〜〜〜〜〜〜〜〜〜〜〜〜〜〜〜〜〜〜〜〜


西の砦は改修工事の真っ最中である。

先の内乱により、砦の改修点が浮き彫りになったからだ。

火事への備え。

これは井戸の手押しポンプでは、火事を消す事が出来ないと明白になった（誰かさんが火を着け回ったため）ので、川から水を引き込み、砦の内部に貯水池を作った。

かなりの大事業であったが。

水の引き込み口から侵入されないように、城壁の下部分は掘った堀に大きな石が積まれ、石の隙間を水が通るので、人が侵入出来ないようにしてある。

これにより、砦のトイレ事情も改善された。汲み取り式から水洗になったのだ。

出したモノは排水路から元の川に流れる。

貯水池で魚の養殖も始められ、その魚は籠城の際の食糧にもなる。

そして、誰かさんに焼かれてしまった場所の補修工事。

これは木製ではまた火事になるかもしれないと、石造りに変更された箇所が多い。食糧庫などは
そのおかげでネズミの被害が減った。

そんな皆の中を、１人の兵士が走り行き、

「伝令！　スネークス辺境伯家より先触れ！　明日、スネークス中将が視察に来られるとの事です」

と、敬礼して報告した。

「ご苦労！　下がってよし」

「は！」

西方面軍の新たな将であるパウター少将は、少し太めの体をソファに沈め、青い瞳を副官に向け、

「スネークス中将のお出ましだ。兵にも伝えておけ。あの方に変に絡んで問題になってみろ、二度目は流石にワシの首が危なくなる」

と言った。

「はい、何せあの死神中将ですからな。前回視察に来た時に中将の顔を知らなくて、ただの貴族のボンボンだと思って絡んだ兵は、あの通りですからなぁ」

と、砦の高見台の上に目をやる。

「あいつには気の毒だが、我らに責任の追及が来なくて助かったな」

金髪の頭をかきながら、パウター少将が言うと副官が、

「助かりましたが、いい加減可哀想で」

と返す。

「確かにな……」


〰〰〰〰〰〰〰〰〰〰〰〰〰〰〰〰〰〰〰〰

砦の高見台には、1人の男が常駐している。

いや、常駐させられているのだ。

足を鍵付きの鉄の輪で高見台に固定され、下りる事が出来ない。

食事や水は他の兵に持って来て貰うし、排泄物も持って下りて貰う。寝るのも椅子に座ったままだ。もう2ヶ月この場所にいる。

「次に俺が来るまで、お前はここで見張りだ！」

そう言って、薄ら笑いを浮かべた男の顔を思い出しては、自分の行動を後悔する。

まさかあんな若造が中将とは、しかもあの死神とは！

スラムの若きボスとして君臨していた自分が、王都のスラム消滅のため、仕方なく仕事を求めて西に流れて来た。

体に自信があったため、西方面軍の兵士募集に応募したまでは良かった。

訓練を卒なくこなせて、自分はここでも強いと錯覚してしまった。

砦の中の上役にさえ気をつけていれば、ここでも自分の好きなように出来る、そう思ってしまった。

だが、そうではなかった。

視察に来た若造を揶揄(からか)ってやろうと、イチャモンを付けたら、逆にこてんぱんにされた。しかも素手の若造に。

騒ぎを聞きつけて、やってきた上役が顔面蒼白で、

「スネークス閣下！　何とぞお許しを！」

と、土下座した時に初めてその若造が、王都でも噂を聞いていた死神だと知った。

「ほんと、ついてないぜ……」

そう呟いたら返事があった。

「おい、どうやら明日来るらしいぜ！　やっと下りられるぜ？」

と、食事を持ってきてくれた同僚が言う。

「ほんとか!?」

「ああ、さっき閣下の部下の方が、先触れで来たってよ。パウター少将から全兵士に通達があった。問題起こすなってよ。お前の件を知ってるから、起こす訳無いがな」

「やっと、やっと地面に下りられる」

男はそう呟いて涙を流した。

〰〰〰〰〰〰〰〰〰〰〰〰

スネークス本邸よりパトリック一行が出発する。

目的地は西の砦。

中央には目立つ赤い馬車と、大きな黒い馬車が2台。

前後には護衛のスネークス領軍。

街道を進む一行に、商人の馬車が道を空ける。王都と違うのは、人々がこの馬車を見ても逃げない点であろうか。

王都ならば、蜘蛛の子を散らすように逃げていくが、スネークス領では手を振る子供や、頭を下げる大人や年寄りなども居る。

スネークス本邸から西の砦までは、旧ウエスティン領を抜けた先にあるので、広大な麦畑を延々と見るハメになる。

　赤い馬車に乗るのは、パトリックとソーナリスに、ミルコと侍女のアメリア。

「退屈！」

　数時間ほど馬車に揺られたところで、ソーナリスがわがままを言い出す。

「馬車の旅とは退屈なものですよ？」

　アメリアが諭すが、

「だって本邸に着くまでは景色の変化があったのに、ここはずーっと麦畑！　飽きた！　ねえ、パット。何か退屈しのぎになるものなーい？」

　と、パトリックに話を振る。

「退屈しのぎかぁ、旅の退屈しのぎと言えば、トランプだが、トランプって持ってきてあったっけ？」

　パトリックがミルコに聞くと、

「いえ、今回は持ってきていません」

　と返ってきた。

「無いってさ」

　と、パトリックがソーナリスに言うと、何故かニヤリと笑ったソーナリスが、

「じゃあ、いい機会だから、ミルコさんからパットにお話がありまーす！　ミルコさんどうぞ！」

　と、ウインクをして、ミルコに無茶振りをした。

そう言われたミルコが、途端に額から汗を流しだす。

「ん？　ミルコから？　何かあったのかミルコ？」

パトリックが、ミルコを見つめる。

ミルコの隣に座っている、アメリアの顔は真っ赤だ。

「おおお館様、そそそのですね、わ私はですね」

ミルコ、噛み噛みである。

「ちょっと深呼吸でもして、落ち着けミルコ！」

パトリックが呆れて言うと、
スウゥゥー、ハアァァァッ。

と、ミルコが深呼吸して、

「私、スネークス辺境伯が騎士ミルコ・フォン・ボアは、ここに居るアメリア殿と、お付き合いをしております事を、お館様にご報告申し上げます！　何卒お許しを願います！」

馬車の中なので、腰掛けたまま頭を下げているミルコを見つめてパトリックは、

「主君の妻の侍女との交際だ。生半可な覚悟では許可出来んぞ？　仮にも王女の侍女だった女性だ。出身は中級貴族以上の家のはずだ、そうだろソナ？」

と、ソーナリスに聞くと、

「ええ、子爵家の四女よ」

と返ってきた。

「子爵家の四女ならば、教育はしっかりしているだろうし、学もミルコよりあるかもしれん。そして、結婚するならば、子爵家にも挨拶に行かねばならん。その覚悟はあるんだろうな？　たかが成り立て男爵程度と、罵られるかもしれんぞ？」

パトリックがミルコに言うと、

「はい！　覚悟は出来てます。ですが、アメリアとも話し合いましたし、２人で許可を貰えるまで頑張ろうと決めました」

ずっと頭を下げたままのミルコ。

パトリックは視線をアメリアに向ける。

「君も同じ考えで良いのかな？」

と、アメリアに問いかけると、

「はい。私から告白したのです。その時点で覚悟は決まってます」

と、真っ直ぐパトリックを見つめて、言い切ったアメリア。

「よし、ならば何も言う事はない。私は許可するし、子爵家の方にも働きかけよう」

「「ありがとうございます！」」

ミルコとアメリアの声が揃った。

が！

パトリックは今、深く後悔している。

何故先程、ミルコとアメリアの交際を許可してしまったのか。

数分前の自分をぶん殴りたいと思っていた。何故一日考えると言わなかったのか！

何故なら、目の前で繰り広げられる、ミルコとアメリアのイチャ付き具合が、想像の遥か先をいっていたからだ。

別に嬉しくて、イチャイチャするのはまだ我慢しよう。ただ、自分達の主人の前で、主人夫婦よりも騒がしいのは、部下として、侍女として如何なものか？

パトリックの額に浮き出ている血管が、ピクピク動いているのが、隣に居るソーナリスにはよく見えた事だろう。

そして、人には我慢の限界というものがある。

「なんか腹立ってきた……」

小さく呟いたパトリックの言葉を聞き取って、顔色を変えたソーナリス。

彼女は知っている。

パトリックが、この言葉を呟いた後にした行動を。

それはソーナリスが、テレーサだった時の話だが。

武器の密輸の仕事をしていた仁に、密輸船へ荷物を運ぶ者達がダラダラと仕事をし、あろうことか日本人だからといって、仁をからかい出したのだ。面白がってからかいだす愚か者達に、イライラした仁。

仁は基本的に我慢強い性格だった。が、我慢し過ぎると爆発するのだ。

荷物を運び終えた者達が泊まる部屋に、労いの酒だと言って樽酒を差し入れし、その酒に睡眠薬を盛り、寝たところを捕らえて、簀巻きにして港に運んで、船にロープで結んだのだ。

皆が目を覚まして騒ぎだすが、簀巻状態で立ち上がる事すら困難、いや、目を覚ましただけ幸運だった。そのまま永遠に目を覚まさない者達もいたのだから。ようやく上半身を起こした者達の目に映るは、自身と船を繋ぐロープ。

そしてその者達を見下す仁が居る。

「お前達、死にたくなければ有り金全部出せ。出す者はロープを切って助けてやるが、出さない者はこのまま繋いで出航だ。どうなるかは分かるよな？」

冷めた目をした仁に、ある程度の実力者は悟った。

（あ、あの目は逆らったらアカンやつや）と。

悟った者はすぐに、有り金全部払うと言って命乞いした。

だが、パトリックの本気を、ただの脅しだと思ったチンピラは、早くロープを解けとイキがる。

金を即払うと約束し、ロープを切って貰った者は安堵の表情だ。

払わなかったチンピラの命は、出航した船によって海に引きずり落とされ、海の藻屑と消えたのだった。

それを見て笑う仁の姿を、金を払うと言った者達は、一生忘れないだろう。

「イポーニツ・チェルノボーグ」（日本人の死神）と、その後恐れて、仁に歯向かう事は無くなった。

ソーナリスの、ミルコとアメリアを見る目が、哀れな捨て猫を見るような悲しげな目に変わった。

「よし、ミルコ、俺からお前達に前祝いとして、人生初の景色をプレゼントしてやろう。ついでに砦までひとっ飛びだ。あ、プーとペーの背中には、俺とソナしか乗れないから、お前達は縄で木の棒にでも縛り付けて、プーやペーの足に握らせよう。ソナ良かったな。良い暇潰しが出来たぞ！」

と、ミルコやアメリアに反論する暇さえ与えずに一気に言い放ち、決定してしまう。

と同時に、逃げる暇もなく捕縛され簀巻にされた２人。

哀れミルコとアメリア、２人の絶叫が西の砦にパトリックの到着を知らせるサイレンになった。

なお、ワイバーン２匹の飛来による混乱で、西の砦周辺は阿鼻叫喚。砦に逃げ込もうとする領民が押し寄せてきたりした。

なお、見張りの任務についていた、とある男はワイバーン２匹を発見した時、危険を知らせる鐘を必死に叩き続けていた。

一応、任務は忘れていなかったらしい。

数時間後、西の砦はやっと混乱が収まった。

騒ぎの原因である、スネークス中将の使役するワイバーン2匹を見たパウター少将は、

「ワイバーンを使役とか、もう何を言っていいのかすら分からん」

と、呆れ気味で言う。

「ですな、アレが野生のワイバーンだったら、大被害でしょう。混乱して転倒し、怪我をした者もおりますし、中将も周りの事を考えて行動してほしいものです」

と、副官が答えると、

「お前、それスネークス中将に言えるか？」

「無理に決まってるでしょう!!　怖い事言わないで下さいよ少将！」

「だよなぁ……足に摑まれて、連れて来られた2人に同情するな」

「中将の騎士と、奥方の侍女だとか。とんでもない主人を持つと苦労しますな」

「お前、それも閣下に聞かれたら奴の二の舞になるぞ？　あと奥方は陛下の三女だった方だ。どちらにも頭が上がらんから気をつけろ」

「口は災いの元ですな。気をつけます」

「とりあえず、周辺地域には伝えておけ、毎回視察で騒ぎになっては堪らん」

「承知しました。ですが、野生と見分ける目印とかが欲しいですな、野生のワイバーンが来ないと言う確証はありませんし」

「それくらいなら何とか言えるか、ワシから進言しておく」

「お願いします、で、とうのスネークス中将は今どちらに？」

「高見台だ」

「ああ、やっと降りられるんですね」

「ヤツの長い任務もようやく終わりか、休暇をやらんとな」


〜〜〜〜〜〜〜〜〜〜〜〜〜〜〜


「よう！　久しぶりだな。えっと名前なんだっけ？」

パトリックが、足を高見台に固定された、とある男に尋ねると、

「クスナッツであります閣下」

と、とある男こと、クスナッツが答えた。

「うむ、ではクスナッツよ、充分反省したかな？　一応お前の素性は調査させて貰った。王都のスラムのボスだったらしいな。スラムを無くした張本人の俺に、かなりの恨みでもあったのかもしれんが、俺を殺してもスラムは復活しないぞ？」

「閣下を殺すなど滅相もございません。閣下の御顔を知らず、単に貴族出身の若者をからかおうとしただけで、他意はございません！　心からお詫びを」

　クスナッツが繋がれたまま、器用に土下座して詫びる。

「そうか、ならば鍵を渡してやるが、1つ選択肢をやろう。このままこの砦で働くか、我が屋敷の見張り兵として、スネークス本家で働くか選ばせてやろう」

「え!?」

　突然の勧誘に、驚愕の顔をするクスナッツ。

「俺がワイバーンに乗って来た時、必死で鐘を鳴らしてたらしいな。野生のワイバーンなら、その音でワイバーンの興味を集め、自分が食われるかもしれんのに。その任務に対する姿勢を買っての話だ。俺が帰るまでに決めろ。ちなみに給料はここより高いぞ。では俺は視察に戻る。とりあえず一晩、ゆっくりベッドで寝て考えろ」

　そう言い放ち、鍵をクスナッツに投げると、パトリックはその場を去る。

　クスナッツは、投げられた鍵を掴み取り握ったまま、呆然とパトリックの背中を見つめていた。


　その頃、砦にある来客用の部屋には、ソーナリスとミルコ、アメリアがいた。

　ミルコとアメリアは、ソファにグッタリと座り込んでいて、かなり顔色が悪い。

「あのくらいで気分が悪くなるなんて、2人共だらしないわよ！」

　ソーナリスが、2人に言い放つとミルコが、

「いやいや奥様、普通の人は地面から離れると、不安になるものですよ？　見張り台などの、高い

建物の上に立つ事すら出来ない人もいるくらいですよ？　しかも、今回は空の上を飛んだんですよ？　体を縛られた上で！　あり得ない事ですよ？」

ちょっと声が大きめなミルコに、

「なんか私達が、普通じゃないみたいじゃないの！　良い景色だったでしょ？」

と答えるソーナリス。

「景色なんか、悠長に見る余裕ありませんでしたよ……」

「もったいない、アメリアは見れた？」

と、ソーナリスが話をアメリアに振ると、

「ずっと目を瞑ってましたよ！　見たらダメだと直感しましたから！」

少し怒り気味のアメリア。

「見なくて正解だよ、生きた心地しなかった」

と、ミルコが言う。

「2人ともダメねぇ、いついかなる時も周りを見ないと！　新たな発見があるかもしれないんだから！　それにあのスピードや浮遊感って、普段とは違うから楽しいのに！　まあいいわ、今回の事で懲りたら、パットの前でイチャイチャする時は気をつけなさいな」

「はい、浮かれておりました、反省しております」

とミルコが言い、続いてアメリアも、

「私も反省しますけど、アレはやり過ぎでは？」

　と、まだ不満げだ。

「アメリア、パットはあれでも手加減してるわよ？　ちゃんと死なないようにしてあったじゃない。前はもっと酷い事してたわよ。身内だから手加減して貰えたのよ？」

「アレで手加減ですか？」

　と、ミルコが聞き返す。

「パットの二つ名は？」

「死神……」

「ね？　死なないようにしてる時点で手加減よ。訓練でも死人は出てないでしょ？」

「ちなみに前って、いったい何をされたのでしょうか？」

　アメリアが聞く。

「うーん、簡単に例えると、ロープで縛った人を馬に繋いで、全力疾走で引きずって遊ぶと言えば、どうなるかなんとなく分かる？」

「はい、理解しました」

「うん、パットだって死神と呼ばれようが人だし、たまにはキレるから気をつけてね」

「身に染みて理解しました」

「うん、じゃあ置き去りにしてきた兵達が到着するまで、ゆっくりしてなさい。私はパットのところに行ってくるから。あ！　私が居ないからって、部屋で変な事しないようにね！　したらパットに告げ口するからね？」

「「しません！」」

　2人の声が揃う。

　ソーナリスが退室すると、

「する元気なんかないよなぁ？」

　ミルコが小さな声でアメリアに問いかける。

「元気無いどころか、吐き気するんだけど？　ミルコは平気？」

「吐き気は無いが、目眩はする……」

「酷い目にあったわね……」

　2人が顔を見合わせて頷き合った。

　そのころパトリックはというと、

「スネークス中将、1つお願いというかご提案があるのですが」

　パウター少将が、パトリックに遠慮気味に声をかける。

「なんだ？」

「中将の使役獣であるワイバーンなのですが、もしものために野生と見分ける、目印的なものが欲しいのです。ここは西の果てなので、東の森からワイバーンがここまで来る事は考えにくいですが、ないとは言い切れませんし、目印があると民も安心するかと」

「なるほど！　一理あるな。何か考える」

「ありがとうございます、で、砦の工事は順調ですが、何か気になる事はございましたか？」

と尋ねるパウター少将。

何故、国の砦の設備を西方面軍でもないパトリックに尋ねるのか。

そこに〝辺境伯〟という特別な爵位が関係する。

この辺境伯という爵位、その領地はある意味自治国のような扱いになる。

国境を護るため、その領地の税を国境警備費に充てる事が出来るのだ。国へ納める事なく。

そして、国境線を護るためならば、辺境伯の判断で開戦する事が許される爵位なのだ。

国の中の扱いとしては、公爵の下、侯爵と同等とされるが、実質は、自治国の支配者のような扱いであるため、非常に権限の大きな爵位である。

その領地内にある西方面軍の砦も、国境警備のためにある訳で、パトリックの支配下に置かれている訳である。

王も宰相も、帝国との開戦は近いと思っていて、パトリックに西方面軍も鍛えさせようとの思惑があっての、辺境伯任命なのだ。

「特には無さそうだ。いい感じで進んでいると思う」

「ならば良かったです」

「うむ、あとは周辺を視察して明日には引き上げる。そういえば、うちの妻や騎士達はどこ行った？」

「騎士の方達が大変お疲れのようなので、部屋で休んでおられるようですが」

「あの程度で疲れるとか、訓練が足りないかな」

「いや、精神的疲労ではないかと」

と、パウター少将はミルコ達を気遣った事を言うが、

「空の快適な旅をさせてやったのに、精神が疲れるとは軟弱だな」

「いや流石にそれは。空ですよ？」

と言ったパトリックに、パウター少将は即座に、

「絶景だぞ？　少将にも見せてあげようか？」

「遠慮します！」

と、力一杯言うのだった。

パトリックはソーナリスと2人で、プーとペーを眺めながら考える。
どう目印を付けるのかで。

「鞍だけでは分かりにくいって事よね？」

と、ソーナリスが言うと、

「遠くから見にくいのかもな」

と答えるパトリック。

「遠くからでも分かるようにするとなれば、色を付ける的な？」

「鱗に色を塗るのは可哀想だぞ？」

「だよねぇ。あ！　この際、プーとペーにも鎧作っちゃう？　革鎧みたいな感じで、鞍だけじゃなく鎧にしてカラフルにしたら、野生じゃないって分かるんじゃない？」

「お！　良いなそれ！　よし、帰りの馬車で、どんなのにするか考えるか！」

と、２人で盛り上がる。

〰〰〰〰〰〰〰〰〰〰〰〰〰〰〰〰〰〰〰〰〰〰〰〰

ようやく西の砦に、パトリックの護衛や使用人達が到着した。

荷物を下ろしたり、逆に積み込んだりと、忙しそうなスネークス家の使用人の中の１人に、クスナッツが遠慮気味に声をかける。

「少し聞きたい事があるのだが、良いだろうか？」

「ん？　忙しいから手短に頼むぞ？」

男は、手を動かしながら返事する。

「ああ、じゃあ単刀直入に聞くが、辺境伯閣下の屋敷で働いてみて、困った事とかあるかなぁ？　いや、閣下から見張り兵として働かないかと、お誘いをうけたのだが」

クスナッツがそう言うと、男は手を止めてクスナッツを見て、

「お！　じゃあ同僚になるかも知れんのだな。そうだなぁ。働くうえで困った事は特に無いが、周りの目は少し気になるかもしれんな。何せお館様は領地では尊敬と恐怖の対象だし、その使用人には、それ相応の動きや態度というものが要求されるわけだ。流石スネークス家の使用人！　って言われるように動かねばならない。その分給金は良いぞ。だがもし犯罪なんかして、お館様の名に傷でもつけようものなら、うちの憲兵（兵士を取り締まる兵の事）にしょっぴかれて、物凄い罰があるけどな」

と、説明すると、クスナッツが、

「物凄いってどんな？」

と、さらに聞く。

「死んだ方がマシと思えるようなモノらしいが、されたヤツは怯えて何も言わないんだよなぁ。それでも辞めずに、働く奴がいるくらいには、待遇も良いぞ」

「それ、やめた奴も居るって事だよな？」

「ああ、程度にもよるけど、お館様の名を出して不正に金儲けしてた奴は、罰を受けたあとで、犯罪奴隷にされたから、まあ辞めたってのとは違うわな。まあ、真っ当に働くなら良い職場だぞ。ちょっとお館様の使役獣とか特殊だけど、それだけさ！」

「ちょっとって、あのワイバーンの事だろ？　ちょっとどころではないと思うが？」

「他にもスゲーデカイ蛇がいるよ。ほらあの馬車の中に今居るんだよ。見るか？　俺、ぴーちゃん様には、けっこう気に入られてるから、扉開ける事を許されてるし、ちょうど今、餌の用意してたところだしな」

そう言って羽を毟られたデカイ鶏を左手で持ち上げ、右手の親指で馬車を指す男。

「いいのか？　ちょっと怖いが見てみたい」

よせば良いのに、見ると言ってしまったクスナッツ。

ガチャと馬車の扉を開けた男。

開けた途端に、ぴーちゃんの頭部が飛び出てきた。人の頭部よりも大きな頭である。

「ぴーちゃん様、匂いで分かりました？　はい、ご飯ですよ！」

などと言っている男の横で、ドスンと人が倒れる音がした。

「お、おい、大丈夫か？」

男が声をかけると、

「こここ、腰が抜けた……」

へたり込んだクスナッツが答える。

「まあ、その程度なら大丈夫！　漏らして無いだけ優秀だぞ！　アハハ」

大声で笑う男を見ながら、クスナッツはスネークス家に勤めて良いのか、さらに悩む事になった。


〜〜〜〜〜〜〜〜〜〜〜〜〜〜〜〜〜〜〜〜〜〜〜〜〜〜


パトリック達は、砦の周辺の調査を開始する。

主な調査は、地形の把握だ。

帝国との戦になった時、どう移動すれば良いかや、水のある場所などの把握が必要である。

地上での調査はミルコ達や部下に任せ、パトリックとソーナリスは空から全体的にチェックしていた。

もちろん、プーとペーが、どう翼を動かしているかのチェックも兼ねている。

「やはり翼まわりは、鎧は無理だな」

パトリックが言うと、

「そうね、着けられるのはお腹と、脚はスネから下ぐらいかなぁ。尻尾も方向変える時に使ってるみたいだし、首もけっこう動かしてるし、頭だけ、何かカッコいい革鎧付けてあげようかな」

と答えたソーナリス。

「重くならないようにしないとダメだぞ」

「そうね、革鎧もそれなりに重いから、布を多用した方が良いのかな？」

などと話しながら地上を見ている２人。

「ん？　なんだあそこ？」

パトリックが声を上げる。

「どうしたの？」

「なんか黄色い一帯がある」

「ほんとだ！　行ってみましょう」

「プー、黄色の方に向かって」

パトリックが声をかけると、
ギャウ！

と鳴いてプーが高度を下げ出し、ペーもそれに続く。

「綺麗～」

ソーナリスが声を上げた。

「うん、菜の花だな」

そこには一面に咲き誇る菜の花。

「菜の花って油とれるやつよね？」

「ああ、コレは良いの見つけたぞ」

「何に使うの？」

「ランプに使うのは勿論だが、火矢にも使えるし、唐揚げにも使える」

「唐揚げ？　今は何の油で揚げてるの？」

「豚のラードだよ。だから少しコッテリしてるだろ？　菜種油なら、少しサッパリした唐揚げが作れるぞ！」

「あとはレモンがあればねぇ」

「レモン見かけないよなぁ。この世界には無いのかもなぁ。ミカンはあるのになぁ」

「あれオレンジよ？　まあ、とにかくお金になるのね」

「ああ、宰相のやつ、〈金はあるだろう？　アボット辺境伯の方が新砦建設に金かかるから、そっちは自前で頼む〉とか、ふざけた事言いやがって。まあ、北の新砦建設に、ウチの領から人を派遣して仲介料をがっぽり取ってるがな」

「パットが儲け過ぎだから、警戒されてるんじゃない？」

「儲けた分は、かなり使ってるんだけどなぁ」

「王都の屋敷と、領地の屋敷？」

「西の砦の改修費用まで俺が出してるんだぞ？　おかしくないか？」

「今度王都に戻ったら、お父様に文句言っておくわ！」

ソーナリスが少し声を荒らげた時、
ギャウ？

と、プーが鳴く。

「ん？　プーどうした？」

ギャウギャウ
「あっちが気になる？」

ギャー
「いいよ、見に行ってみよう。ペー、ソナも行くよ～」

そう言い、プーが気になると言う（鳴く？）方向に向かうのだった。

２匹と２人が向かった先、そこは岩山に囲まれた天然の砦のような場所であった。

遠くから見ればただの岩山だが、上から見ると真ん中がすっぽりと窪んでいる。

そして、その中が黒い。

パトリックは目を凝らして見るが、遠いためよく見えない。

「プー、もう少し近づいてみて」

ギャウ
黒く見えるモノが、波立っているようにも見える。

僅かに動いているのだ。

(石油か!?)

と、期待したパトリックだが、さらに近づいて見ると違う事に気がつく。

「いやーー！」

ソーナリスが叫び、ペーの手綱を操り離れていく。

無数に蠢く、大きさ10センチほどの生き物であった。

そう、台所などに出没する黒いニンジャことGだ！

デュビアやローチとも言うが。

どちらかというと、デュビアであろうか。ハネが無いタイプだ。

「またデカイなぁ、てか餌どうしてんだ？　こんな岩山に餌など無いだろうに」

パトリックは疑問に思うが、よくよく見ると、こんもりと小山のようなデュビアの塊の形が、上から見ると4つの手足と、首や尻尾に見えなくもない。

「気になるな、だがあの数の中に入るのもなぁ」

ギャウギャウ
ギャウ！

「え!?　食いたいの？」

「砦で鶏あげるよ？」

ギャウギャウ、ギャギャギャウギャ！

「鶏じゃなく、アレが食べたいの!?」
ギャー
「うーん、お腹壊さないかなぁ？　まあいいか。全部食べられる？」
ギャウギャギャギャ、ギャーギャウウガ
「あ、ペーと一緒なら食べられるのね。ソナ、虫嫌いだからなぁ。いったんソナを降ろしてからかな」
そう言うと、ペーを追いかけだすプー。
ペーに追いついたパトリックは、ペーの背に乗るソーナリスに声をかける。
「ソナ！　プーとペーがアレ食べたいみたいだから、ソナは一旦、地上のミルコ達と合流してくれ」
パトリックがそう言うと、
「アレ食べるの貴方達？」
ソーナリスが目を見開いて言うと、
ギャウ
ギャー
「食うってさ」
「信じらんない！」

「鶏よりあっちが食いたいって、言うんだもん」

「鶏ばっかりあげてるんじゃない？」

「いや、ゴブリン、オークや豚もあげてるよ？」

「肉ばっかりね。そりゃ違うモノも食べたくなるか」

そう言い、２人と2匹は、ミルコ達のいる地上部隊に合流するため、引き返していくのだった。

ソーナリスをミルコ達に預け、再びプーとペーと岩山に向かうパトリック。

蠢くデュビアを見て、ヨダレを垂らす、ペー。

「そんなに食いたいのか……」

と呆れるパトリック。

岩山の窪みを見渡せる位置で、プーの背中から降りたパトリックは、

「ほら行っといで」

と言うと、たちまち2匹は蠢くデュビア目掛けて飛び下りていく。

ブチュッ
グチャッ
バキバキィッ
クッチャクッチャ

２匹が咥えて噛み砕き、咀嚼する音が周りの岩に反射して響く。

「あまり聞きたい音じゃないな。てか、けっこう離れてるのに聞こえるとか……」

嫌そうな顔をするパトリックだった。

プーとペーが粗方食べ終えた時、その場にはとある魔物の白骨死体が。

少し高い場所から見ているパトリックには、それが何か推測出来た。

「翼竜か……」

翼竜とは、ワイバーンとは別の種類の空飛ぶ竜である。

ワイバーンは飛竜とも呼ばれるが、姿は人で言うなれば腕が翼であるのに対し、翼竜は四肢とは別に背中に翼がある。

全体的なフォルムはワイバーンに似ているが、違いとしては腕がある事と、ワイバーンの皮膚が爬虫類のような鱗で、翼が蝙蝠（こうもり）のような皮膜なのに対し、翼竜の皮膚は羽毛で覆われており、翼は鳥のような羽である。

大きさはワイバーンより一回り大きくなるし、頭頂部に1本ないし2本の角が、前方に向けて生えているのが特徴で、ワイバーンよりも個体数が少なく、見る事は稀である。

「翼竜が何故こんな場所で死んでいる？　だいたいこんな所に生息してるなど、聞いた事がない。翼竜は大陸全土に出没するとは聞いていたが、目撃されていれば騒ぎになったはずだ」

などと考えているパトリック。

ここでパトリックは、プーとペーに声をかけるべきだった。

バキバキと何かを噛み砕く音が響く。

だが、頭の中で考え事をしていたせいで、プーとペーから目を離していた。

次にパトリックが、プーとペーを見た時には、

「あれ？　翼竜の骨は？」

その場にはデュビアは勿論、翼竜の骨すら無く、残っていたのは1本の円錐状の角だけ。

「もしかして食った？」

パトリックが2匹に聞くと、
ギャウ！

ギギッ！

2匹が満足げに頷いた。

「骨まで食うかな普通……」

そうパトリックが呟いた直後、プーとペーが光り出す。

「眩しっ！」

パトリックが光を手で遮るようにして、顔を背ける。

数秒、いや数十秒かもしれない。ようやく光が収まると、その場に居たのは2匹の翼竜。

1匹は漆黒の羽毛に包まれて、頭頂部から剣のような薄く鋭い角が前方に伸びている。瞳も黒い。

もう1匹は、アイスブルーの羽毛に包まれ、こちらも頭頂部から角が生えているのだが、ドリルのような螺旋状の角が1本、前方に向いていた。瞳も蒼い。

「へ？」

パトリックは眼を見開く。

ギャウ？

ギャー？

「あ、プーとペーなのね」

意思疎通が出来た事で、理解するパトリック。

頷いた2匹を見て、パトリックはさらに考え込む。

(個体進化？　そんな事あり得るのか？　一瞬で腕が生えたり、鱗から羽毛に変わったりするものなのか？　オークがオークキングに進化する条件とはなんだ？　元々キングになるべくして、生まれてくるという説が一般的だった。だが、今、プーとペーは翼竜の骨を食ったから変わったのだろう。もしかして上位の魔物を食う事が進化の条件？　今度オークに、オーガやトロールの肉を食わせてみるか？　いや、ゴブリンあたりで検証するか？)

などと悩むパトリックの肩を揺らす、プーの漆黒の右腕。

「ん？　プーどうした？」

ギャウ〜

プーの左腕には、進化した時に体が大きくなったため、切れて落ちた鞍のついた革紐。

「ああ、またソナに作って貰おうな」

プーの頭を撫でながら、パトリックが優しく言う。

「というか、鞍無しでどうやって帰ろう？」

さらに悩む事になったパトリックだった。


〜〜〜〜〜〜〜〜〜〜


「おいっ！　お館様がお戻りだぞ、降りる場所を開けておけよ」

遠くに見える2つの飛行物体を見て、ミルコが他の兵に注意を促したのだが、

「ボア殿、ちょっとおかしくありませんか？」

と、とある兵が言う。

「何がだ？」

「閣下のワイバーンにしては大きいように見えるのです。しかも頭部に角のようなモノが。閣下ならば背に乗ってるはずなのに、背に人の姿がありませんし」

と言われて、ミルコは眼を凝らして飛行物体を観察する。

「なっ!?　翼竜だ！　ワイバーンじゃない！　あのスピードでは逃げきれない！　総員、弓の用

意！　くそっ！　結婚前に死にたくねぇ！　せめてバリスタがあればっ！」

　グングン近づく翼竜に、兵達は震えながら弓を構える。

「………」

「ん？」

　微かに何か聞こえるのを、ミルコが気が付いた。

「……れだ～」

「何か言葉を言っているような？」

「俺だ～」

「お館様⁉」

　皆が弓を下ろして、翼竜をマジマジと見つめる
　漆黒の翼竜の両腕に、シッカリ握りしめられた、鞍を取り付ける革紐。

　そこから垂れ下がる鞍の上に、まるでブランコにでも乗るような感じで、腰掛けて手を振るパトリックの姿がそこにあった。

　しかもなんだか楽しそうな表情で。隣に飛ぶ青い翼竜の手には1本の角が握られている。

「いったい何故翼竜と一緒なのだ⁉　しかも何故、満面の笑みなのだ⁉　お館様の神経が、我らとは違うだろうとは思っていた！　だがここまで違うのか？　なぜ空の上であの状態で笑っていられるのだ。革紐が切れて落ちたら死は確実なのに！」

ミルコが言うと、周りの兵が深く頷いた。

騒ぎで馬車から出てきたソーナリスが、

「パットだけズルイ！　私も空中ブランコに乗りたい！」

と、言うのを聞いて、

「ああ、ここにも思考のオカシイ人が居た……」

ミルコが額に手を当てて呟く。

兵達が注目する中、ふわりと降り立つ２匹の翼竜と、満足げな笑顔のパトリック。

「いやぁ、楽しかった！」

と言うと、ソーナリスが、

「ズルイ！」

と頬を膨らませて言う。

「ん？　ソナも乗る？」

「うん！」

「よし、じゃあ今度はペーが持つか？」

ギャー
「お、お館様！　危険です！　奥様もご自重下さい！」

ミルコが慌て止める。

「なんで？」

とパトリックがミルコに言うと、

「紐が切れたらどうするのですかっ⁉」

「俺で切れないんだから、ソナでも切れないよ。ソナは軽いから」

「そういう問題ではありません！」

「じゃあどういう問題？」

と言い合っていると横から、

「私も乗りたい！」

と、ソーナリスが言い、

「いや奥様、空で吊り下げられるのですぞ？　背の上とは違うのですぞ？」

「遊園地にある、回転するブランコみたいなもんでしょ？」

と、パトリックを見てソーナリスが言う。

「ああ！　アレと似たようなもんだ。スピードがさらに速くて、回転が一定じゃないだけ」

「なら、大丈夫！」

自信たっぷりで言うソーナリス。

「いや、ゆうえんちが何か分かりませんが、ダメですって……」

ミルコが半分諦め気味で言った。

結局ソーナリスの説得に、失敗するミルコ。

その場でペーの手に握られた、革紐に繋がる鞍に腰掛け、

「ペー！　れっつらゴー！」

と、大声で叫ぶ。満面の笑みで！

ワサッ！　とペーが羽ばたくと、あたりの草木が風に揺れ兵達の髪が揺れ、パトリックのコートかと言いたくなる軍服が風にたなびく。プーも続いて飛び立つ。

空に舞い上がった、ペーとプーを見ながらミルコが、

「で、どういったわけで、プー様とペー様がワイバーンから翼竜に変わったので？　ていうか変わるものなのですか？」

と、パトリックに尋ねる。

「いや、俺にも分からないが、推測は出来るな。ソナからあの山の上に大量の虫が居た事は聞いたな？」

「はい、プー様とペー様が食べたがったと」

「うむ、でだ。虫というかデュビアだが、それをプーとペーが食べ尽くした時、その場に翼竜の白骨死体があったのだ。デュビアはその死体を食べていたようでな」

「なっ！　こんな場所に翼竜が!?」

「ああ、聞いた事はなかったが、あったのだ。で、その件で考え事してる間に、プーとペーがその

白骨死体の骨を、食べてしまってだな、その後突然光りだして、次に見たらあのとおり」

「上位の魔物を食うと、上位個体に変化する訳ですか？」

「憶測だがな。詳しくは分からん」

「これ、国に報告したら、大騒ぎですよ？」

「報告しないわけにもいかんだろう。王都に戻る時にプーとペーも連れて帰るわけだし」

「そりゃそうですけど、というか王都に入る時の事を思うと、今から頭が痛いですな」

「まあ、陛下に手紙でも送っておくさ」

「話を戻しますが、という事は上位魔物の死体をオークが何匹も一緒に食べたら、オークキングが大量に発生したりする可能性が……」

「無いとは言い切れんな、というかあるかもしれないと思って動くべきだな」

「魔物の排除により一層力をいれませんと！」

「だな！　あとは肉や骨も処分しないと、食われる恐れがあるな」

「とりあえず領内はさらなる強化を致します」

「ああ、エルビスと協力して進めてくれ」

「は！」

「とりあえずソナが満足したら砦に戻るから、屋敷に帰る準備をしてくれ。屋敷に戻ったら王都に向かうから、早馬で先に陛下に知らせるのでそのつもりで」

「了解致しました！」

その後、ソナが空中ブランコを堪能し、地上に戻ってくるまで1時間ほど要したという。

パトリックとソーナリスが、プーとペーに乗って、というか吊り下げられて砦に戻ってまた大騒ぎ。今回のパトリックの視察で、ワイバーンを、なんとか見慣れた砦の兵士達であったが、翼竜を見た事がある者など居なかったし、さらにその恐ろしさは伝え聞いている訳で、漆黒の翼竜と青い翼竜の2匹が、砦の上空を旋回しながら降りて来たものだから、阿鼻叫喚。

結局、ミルコ達が地上から砦にたどり着き、事情を説明するまで混乱は続き、その間、パトリックとソーナリスは、ずっと空でブランコに揺られ続ける事となった。

〰〰〰

「クスナッツ、気持ちは決まったか？」

パトリックの前にはクスナッツが控えている。

「はい閣下、決まりました」

「ふむ、で、答えは？」

「このクスナッツ、スラムに身を置いていた事を知っていてなお、お誘い頂いた閣下のお気持ちを有り難く頂戴し、閣下のために働く所存でございます。よろしくお願い致します」

深々と頭を下げたクスナッツに、パトリックは、

「働き次第で待遇は変わる、よく覚えておけ。明日にはここを立つ。準備しておけ」

そう言って立ち去った。

「はっ！」

そう言って、パトリックの背を見送ると、

「翼竜を従える死神辺境伯閣下か……気合い入るぜ！」

右手の拳を握り気合いを入れるクスナッツ。

密かに子供の頃より［翼竜の騎士］という物語に憧れを抱いていたクスナッツは、翼竜となったプーとペーを見て、即決していた。その選択は吉と出るか凶と出るか。

翌日一行は、西の砦を出発した。

もちろんクスナッツも同行している。

問題無くスネークス本邸に到着後、クスナッツはエルビスに預けられる。領兵として訓練されるのだが、西方面軍の訓練とは比べ物にならないそれに、クスナッツは即座に後悔した。特にゴールの見えないランニングは、クスナッツを地獄へと導き、死んだ母親が迎えに来ていたと嘆いていた。

だが、訓練を最初からやり遂げたクスナッツの評価は、スネークス領軍の中で、確実に上がった。

翌日、筋肉痛で立ち上がれなかったのはご愛嬌である。

翌日、クスナッツが立ち上がれずにベッドで筋肉の痛みに苦しんでいる中、王都に向けて早馬が走り、その後パトリック一行は王都に向け出発したのだった。

途中寄り道して、兵を待たせてパトリックとソーナリスは、２人きりで旧リグスビー領の外れにある墓地に来ていた。歴代のリグスビー家の人達が眠る場所である。ここにパトリックの父親や兄達は眠っていない。

その場所の端に小さな墓がある。

墓石にはこう書かれている。


レイナ・リグスビーと。

パトリックの母親の名である。

「母さん、久しぶり。色々あったけど、俺は元気だよ。それと妻を迎えたんだ、紹介するよ、ソーナリスだ」

「初めまして、ソーナリス・スネークスです、お義母様。不束者(ふつつか)ですが、宜しくお願いします」

２人して墓の前で膝をついて報告していた。

眼を閉じて祈る２人が、白くほんのり輝いていた事を知る者は誰も居ない。

その後、王都に向かって街道を進む。途中、ワイリーンとヴァンペリートも合流したのだが、プーとペーが、来る時はワイバーンだったのに、帰る時は翼竜になっているのを見て、口を開けて暫し呆けたのは言うまでもない。

「お館様、少し寄りたい家があるのですが」

ミルコがパトリックに話しかける。

「どこだ？」

「アメリアの実家の、コナー子爵家です」

「ん、ちょうど街道沿いにある領地だな」

「はい、王都とスネーク領の中間に位置します」

「ふむ、挨拶に行くのか？」

「はい、アメリアと２人で行ってこようかと思っているのですが」

「うーん、よし！　俺も行こう！」

「「え？」」

ミルコとアメリアの声が揃う。

「パットが行くなら私も行く！」

と、ソーナリスも会話に加わる。

「「ええ!?」」

「よし、荷物に酒もたんまり積んであるし、手土産は充分！　よし、先触れの早馬を出せ！」

「はぁ、最初は２人で行きたかったのですが……」

「2人で行ってややこしくなる前に、俺から口添えして、円満に解決してやろう」

笑顔でパトリックが言うと、

「余計ややこしくなる気が、しないでもないのですが……」

ミルコが神妙な顔で言う。

「お前ら俺の事、動く揉め事みたいに思ってないか？」

「え？」

ミルコが眼を見開いて、パトリックを見つめる。

「動く揉め事でしょう？」

ソーナリスが口を挟む。

「酷くない？」

パトリックが、ソーナリスに顔を向けて言うが、

「新たに行った先で事件が起こらない事ってあった？」

と、返すソーナリスに、

「あるよ！」

「例えば？」

「えーと、例えばそうだな……うん、無い……かな……」

「ほら……」

「まあ、うちの騎士が結婚の許可を求めに行くんだ。主が挨拶しても普通だろ？」

「それはそうだけど……」

「アメリア、両親はどんな人柄だ？」

と、話を振られるアメリア。

「えっと、普通？」

「普通が一番よく分からん例えだぞ？　俺に言わせたら俺が普通なのだから」

「「「え？」」」

3人の声が揃う。

「ん？」

と、パトリックが疑問の声を上げると、

「お館様はご自分の事を、普通と思っておいでなのですか？」

と、ミルコが問う。

「俺ぐらい普通な人は居ないだろ？　身長体重、顔から何から全部普通じゃないか！」

不服そうな顔でパトリックが言うと、

「身長体重だけ、普通の間違いでは？」

とミルコが言い、

「髪や瞳が黒い人って見た事ない……」

と、アメリアが言い、

「顔も捻くれてそうだし、性格に至っては社会不適合者でしょ？」

と、ソーナリスが追い討ちをかける。

「ソナ、酷くない？」

「だって他に当てはまる言葉が、思い浮かばないのよねぇ」

「そんな男によく嫁いだな」

「だって退屈しなさそうだもん」

「まあ、それなりに波乱万丈ではあったし、おそらくこれからもそうだろうな。かなりあちこちに怨みかってるしな」

「せいぜい長生きして、楽しませてくださいな」

「努力する」

「じゃあ行きましょうか！」

と、ソーナリスが言ったら、

「あ、やっぱり行くんですね……」

とミルコ。

「うちの両親の人柄の話は必要無いのね……」

と、アメリア。

「行くのは決定だからな！　参考に聞きはするがな」

そう言うパトリックと、静かに頷くソーナリス。


コナー子爵家、それは王都から西に向かう街道沿いにある、宿場街が主産業の領地を保有する。

軍の輸送部隊や、商人がよく利用するので、寂れた雰囲気は無いが、華やかでもない。

そんな領地だったのだが、ここ数年は好景気である。

理由はさらに西にあるスネークス辺境伯領。

そこは王都と同じくらい、いや王都よりも賑やかな領地となりつつある。そこに向かう商人が急増し、コナー子爵領の宿場街に泊まる客が増え、宿屋や土産物店の売り上げが倍増したためだ。

コナー子爵家は、質実剛健がモットーの家で、贅沢な事は嫌う。屋敷もそうとう古いのだが、丁寧に補修されているため、みすぼらしさは無い。

そんな屋敷に早馬が到着する。

門番の男が、門の前で早馬から降りた兵士に、門の中から問いかける。

「コナー子爵家に、如何様なご用事でしょうか？」

兵士は、

「スネークス辺境伯家の兵で、リスモと申します。我が閣下より、手紙を預かって来ました。コナー子爵様が御在宅なら、お取り継ぎをお願いしたく、ご不在ならば、この手紙をお預けしたいのですが、御在宅でしょうか？」

と、丁寧に述べながら、手紙が入っていると思われる封筒にある、封蠟の家紋を見せる。

それを確認した門番は、

「確認してくるが故、この場で少しお待ち下さい」

と、居るとも居ないとも言わずに、屋敷に向かう。

数分後に門番が戻ってくると、

「お会いになるそうです。ご案内するのでこちらに。おい！　このお方の馬を頼む！」

門番は門を開けながら、リスモにそう言い、屋敷の使用人に声をかけた。

「ではどうぞ」

そう言って、リスモを屋敷内に案内する。

屋敷に入ったリスモは応接室に案内され、かけて待つように言われたが、立って待っていた。

そこに当主が入室する。

「お待たせした。当主のディグ・フォン・コナーだ。スネークス辺境伯からの使者と聞いたが？」

と、声をかける。

「はっ！　お初にお目にかかります、コナー子爵閣下。スネークス辺境伯家から参りましたリスモと申します。我が主人より、手紙を複数預かって参りました。まずはこちらからどうぞ」

と、頭を下げてから、手紙を差し出す。

「うむ、娘からか。どれ」

そう言ってコナー子爵は、机の上にあるペーパーナイフを手に取り、封筒を開けると、手紙に目を通す。少し目が細くなったか。

読み終わった手紙を、机に置くのを見たリスモは、

「次はこれを」

「ふん。相手の男か」

手渡された封筒の封蠟を見て、そう言って少し顔をしかめるコナー子爵は、仕方なく読むような素振りをして読み終える。

「次は我が主人からです」

手紙を受け取り読み出すと、コナー子爵の目付きが険しくなる。

机の上に置いてあるペーパーナイフを掴み、リスモに向かって投げる。

顔目掛けて投げられたペーパーナイフを、何事も無いように避けたリスモ。

ナイフが壁に刺さる。

「お戯れを」

リスモが言うと、

「ほう。怒りもしないのか」

「殺気がありませんでしたので」

「噂に聞く、スネークス辺境伯領軍の腕を見ようと思ったのだがな。失礼した。どうぞかけてくれたまえ」

「いえ、すぐに戻りますゆえ」

「ふむ、なるほどな。アメリアと辺境伯の騎士、ボア男爵との事は承知した。到着は何時ごろかな?」

「私は、途中から先行したので、2日後には到着するかと」

そう聞いたコナー子爵は、ペンを取り手紙を書くと、封筒に入れ封蠟をしてから、

「では、スネークス辺境伯には、これをお渡し頂きたい」

「承知致しました。お預かり致します。では失礼致します」

そう言ってリスモは、頭を下げて退室していく。

入れ替わるように、コナー子爵の妻、ダニカが入室して来る。

「どういった御用向きの使者でしたの?」

そう聞いた夫人に、

「ダニカよ、アメリアが、なかなか面白い主を持つ男を、捕まえたようだ」

と、笑いながら手紙を渡す、コナー子爵だった。

2日後、コナー子爵の屋敷の前に、赤い馬車が到着する。まあ、大きな黒い馬車や、他の馬車も続いているのだが。

「ここか」

パトリックの視線の先にある古い屋敷。

「はい、私の実家のコナー邸です」

と、アメリアが言う。

「なかなか年季が入ってるな」

と答えたパトリックに、

「初代が建てたものを、そのまま使ってますので。まあ、建て増しや修繕はしてますけど」

と、アメリアが返すと、

「緊張してきた」

と言うミルコに、

「しっかりなさい！」

と、ミルコの背中を叩くアメリア。

「うむ！」

と気合いを入れたミルコ。

既に門は開かれていて、執事と思わしき男が玄関から出てくる。

「閣下、お気をつけて」

伝令役を務めた、リスモが小さく告げる。

「ああ、なかなか油断ならぬ眼をしているな」

パトリックがニヤリと笑い、

「ヴァンペリート、変な動きをすれば容赦なく切れ！」

と、パトリックは案内している男に、聞こえるように言う。

「は！」

剣の柄に手をかけて答えたヴァンペリートを先頭に歩かせ、屋敷内に入るパトリック。後ろはリスモが続く。

ワイリーンは、ソーナリスの護衛をしている。

アメリアとミルコは、ソーナリスよりも後から屋敷に入る。

執事の男は隙を作ろうとしているのか、歩く歩幅が微妙に変わるが、ヴァンペリートはそれに惑わされるほど愚かではない。

とあるドアの前で男は立ち止まり、

「こちらで主人がお待ちです。どうぞ中に」

と言いながらドアを開ける。

開けられたドアの内部より、ナイフが飛んでくるが、ヴァンペリートは片手で払い落とすと、剣を抜いて入室する。

続いて入室するパトリック達。

「お久しぶりですな、スネークス辺境伯殿」

室内のソファに座った男が、太々しい笑顔で言うと、

「なかなかのご挨拶ですなコナー子爵殿、先日は妻との結婚パーティーに来ていただきありがとう。で、あの手紙ですが、本気ですかな？」

と、パトリックが聞き返す。

「なに、煽ってきたのはスネークス辺境伯殿でしょう？」

と答えが返ってくる。

「パット？　手紙にはなんて書いたの？」

と、ソーナリスがパトリックに尋ねる。

「ん？　ああ、ミルコとアメリアの結婚を認めるよう、お・ね・が・い、しただけだ」

と、パトリックが言うと、

「ほう！　最近は脅迫の事を、お願いというのか」

と、コナー子爵がワザと驚いた表情を作る。

「脅迫って……」

と、ソーナリスが呟くと、

「ん？　認めないなら怪我するぞって、書いただけ」

と、さも当然のようにパトリックが答えた。

「ダメだこりゃ」

ソーナリスが額に手を当てて嘆く。

「それを言うならコナー子爵だって、〈返り討ちにしてくれるわ小僧〉って書いた手紙返してきたよ？」

と言われたソーナリスは、

「アメリア？　どこが普通なの？」

と、アメリアの顔を見て言う。

「え？　貴族の当主はそのようなものではなかったのですか？」

と、驚くアメリアに、

「あんた私に付いて、色んな貴族当主を見たでしょう？　何見てたのよ……」

とソーナリスが返すと、

「怒っている貴族の当主って、父親以外見てませんし、王家の方達は、例の反乱の時ぐらいしか印象にありませんから」

と、アメリアが少しだけ、申し訳なさそうに言う。

「えっと、こんな時になんですが、スネークス辺境伯が騎士、ミルコ・フォン・ボアです。コナー子爵閣下、この度、お嬢様との婚約を認めて頂きたく……」

と、空気を読まないミルコが、頭を下げながら言うと、

「ほんとうにこんな時だな……」

と、コナー子爵が呆れて言った。

「一応、話をしておこうかと」

と、申し訳なさげに言うミルコ。

「アメリア、スネークス家には、こんな変人ばかりか？」

と、コナー子爵がアメリアに問うと、

「えっと、それ私も入ってます？　お父様？」

「勿論だ」

「ならば否と」

と、きっぱり否定するアメリア。

「ふん、お前は昔から常識を知らんからな。まあいい。で、室内で話すか？　それとも外でやるか？」

コナー子爵は、パトリックの顔を見て言う。

「初代殿が建てたという屋敷を、破壊するのもなんだし、外に出ますか」

「では表から出たまえ。我らは裏口から出る。安心したまえ、女性には手を出さんよ」

とコナー子爵。

「出すと言ってもさせんがな！」

少し表情を険しくしたパトリックが、そう言って退室していく。

「ククク、なかなかいい顔するではないか。結婚パーティーの時は、猫を被っておったな。そうでなくては死神とは呼ばれんわな。おい、こちらも準備しろ！」

部屋の外に控えていた執事に、コナー子爵が笑いながら言い、足早に部屋を出たのだった。

パトリックは玄関に向かいながら、

「ワイリーンとヴァンペリートは、アメリアとソナの護衛を。手は出さないと言うが、本当かどうか分からんからな。リスモはミルコと共に無理のない程度に暴れろ」

と、指示を出す。

「お館様は？」

ワイリーンが聞くと、

「俺は1人で動く。久々に本気で打ち込んだ、練習の成果を見るのも良かろう」

ニヤリとパトリックが笑った。

正面玄関に到着すると、リスモとミルコが、

「ではっ！」

と言って扉を開けて飛び出す。

玄関前にはコナー子爵の兵が、既に待ち構えていた。

コナー子爵の兵は、良く鍛えられてはいるが、正々堂々1対1でしか攻撃してこなかった。

「なんとも甘い事で」

リスモが言うと、

「確かにな。だが、我らもその方が楽ではある」

と、ミルコが答える。

ミルコとリスモは、決して相手を殺しはしていない。

相手の剣を剣でいなし、拳や脚で相手の意識を狩る。

北部で山岳民との争いの時、山岳民の女が武器を持って向かって来た時の対応を、ここでもしているだけだ。これは8軍やスネークス領兵としては、基本的な訓練になっていて、徹底的に叩き込まれている。

だが、コナー子爵の兵にとって、屈辱であっただろう。2人とも既に何人も倒しているのに、息すら上がっていないのだから。

そして、それを見つめるコナー子爵。

「ふむ、噂通り兵の腕はかなりのモノだが、スネークス辺境伯が出てこないな。面と向かった勝負は苦手との噂もあったが、全てを部下に任せるような、臆病者には見えなかったがな……」

と呟いたのだがその時、

「ああ、俺の腕はあの2人とそう違いは無いが、得意なのはこっちだな」

と、コナー子爵の背後で、冷静なパトリックの声がした。

驚いたコナー子爵は、振り返ろうとしたが、

「動くな！　少しでも動けば首を切る！」

そう言ってコナー子爵の首に、右手で握ったククリナイフの刃を当てたパトリック。

「いったい、いつの間に……」

コナー子爵が声を絞り出すと、

「スキだらけだったぞ、背後から斬り付けても良かったのだがな」

「どうやって……玄関から出ていないだろう……卑怯な……」

「いや玄関から出たぞ？」

「嘘をつけ！　あの２人が出てくる前に、私はここに到着して見ていた！　玄関からはあの２人しか出て来ていない！」

「いや、一緒に出たんだけどなぁ。まあいいや。卑怯な行為であったとしても、自分の屋敷の庭だろう？　対処しろよ。で、どうする？」

「一緒に出ただと……」

「ああ、あの２人と同時にな。で？　どうする？」

パトリックの語気が少し強くなった。

「お前達！　剣を引け！　我らの負けだ！」

コナー子爵が、大声で叫んだのだった。

数十分後、負傷した兵士達の手当てを終えて、再び応接室に揃うパトリック達とコナー子爵達。

「では、改めてミルコから挨拶の続きを」

と、パトリックが言うと、

「え？　私からですか？　あの後で？」

「許可を得てから今後の話をしないと、ややこしいだろ？」

「はぁ、分かりました。では改めて、スネークス辺境伯が騎士、ミルコ・フォン・ボアです。コナー子爵閣下の御息女との、婚姻の許可を頂きたく参りました」

と、言って頭を下げる。

「うむ。先日の手紙を読むに、平民出身だが、それなりの学はありそうだし、腕の方は先ほど確認したし、特に問題は無さそうではある。仕える家が問題ではあるがな」

と、コナー子爵が言うと、

「ほう、まだ足りてないか？」

少し嫌味っぽく言うパトリック。

「いや、素直に負けは認めるよ、全面戦争にでもなれば、パーティーの時に居たワイバーンも出てくるのだろう？　勝てる見込みがない」

「ああ、ワイバーン〝は〟もう居ないがな」

「何？　ワイバーンが逃げたのか？　それとも逆らってきたので倒したのか？」

「いやまあ、まだ内緒だが、ワイバーンから翼竜に進化した」

「は？」

「2匹とも翼竜に進化し、俺の使役獣として表の黒い馬車の中に居るぞ」

「えっと……進化？」

「ああ！」

「ダメだ……翼竜とか災害級の魔物ではないか……」

「人対人で良かったな」

「あ、後で見せて貰っても？」

「いいぞ。話が纏まってからな」

「ああ、頼む」

「では、とりあえずミルコとアメリアの婚姻は、認めるという事で良いのかな？」

「うむ。認めよう」

「では次に、私に歯向かった件についてだが、こちらには怪我人も居ないし、部下の妻の実家に、無茶な事を言うのもどうかと思う。しかしだ、何も無しというのも、俺の気が収まらんので、指一本で許してやる」

と言ったパトリック。

「「「「指？」」」」

パトリックとソーナリス以外の声が揃った。

「利き腕は右だよな？」

パトリックがコナー子爵に聞く。

「ああ、片手剣なら右手で握るが？」

「なら、左手の小指の第2関節から先でいいや」

「えっと、話がよく分からないのだが？」

「説明してやろうか？」

パトリックが言うと、隣に居たソーナリスが、

「日本式なのね」

と言った。

「「「「ニホンシキ？」」」」

皆の口から言葉が漏れる。

そうして、パトリックとソーナリス以外が、ドン引きする内容がパトリックの口から語られたのであった。

パトリック一行はコナー子爵邸を後にした。向かうは王都。

コナー子爵邸は今、静けさを取り戻していた。

応接室のソファーに座る当主と、向かいに座る奥方のダニカの視線の先は、当主の左手の小指。

まあそこには、あるべきものが無いのだが。

「痛みはありますか?」

奥方のダニカが聞くが、

「いや、ポーションで傷は塞がっているし、痛みも無いが違和感がな。まさか自分の小指を、自分で切り落とさせられるとはなぁ。予想外だった。死神にたてつくとどうなるかという、歩く宣伝材料にされた訳だ」

自嘲気味に言うコナー子爵。

「結婚パーティーの帰りに、敵には回らないとおっしゃってたのに、なんでまた?」

「アメリアが、奴の騎士と結婚するとなれば話は別だろう。この目で直接見極めねばならんだろ」

「お相手の騎士、ミルコ・フォン・ボア男爵だけでは、ダメだったのでしょうか?」

「あのスネークスの騎士だぞ? 噂は山ほど聞くし、功績も山ほどあるが、私が実際見た訳では無いからな。もはや騎士の腕だけで乗り切れる情勢では無いのだ。もうすぐ帝国との戦もあろう。となれば、辺境伯ならば最前線で指揮を執るはず。相手のミルコ騎士は、常に隣に立って補佐をする副官との事だ。一緒に戦場に行くだろう。アメリアが未亡人になる未来は、勘弁して欲しいからな」

「貴方、あの子の事になると、少し思考が暴走するものね」

「末っ子可愛がりなのは自覚しているが、それでもな」

「まあ、指1本で済んで良かったと思いましょうか。スネークス辺境伯がお帰りになる際に見せて貰った翼竜、アレと事を構えたら、今頃この辺は荒れ野原でしょうから」

「ああ、1匹でもそうなると思うが、2匹だからなぁ。だが、翼竜を見て思ったが、アレを従えるスネークス辺境伯は、本当に人なのかな？」

「人にしか見えませんけどね」

「私の背後を簡単にとる男だぞ？」

「貴方も年老いたって事では？」

「それを言うならお前もだろ」

「貴方！　女性に年の事を言うもんじゃありません！」

「いや、自分から言い出したんじゃないか……」

〰〰〰〰〰〰〰〰〰〰

王都に到着したパトリック一行。

馬車から首を出したプーとペーを見て、騒ぎになるかと思いきや、スネークスの家紋入り馬車を見た途端に、民衆は逃げていたので、全く騒ぎにはならなかった。

屋敷に到着と同時に、屋敷内が軽いパニックにはなったが、そこはスネークスの屋敷に勤める者達。すぐに落ち着きを取り戻す。

その後、王城よりパトリックに呼び出しがくる。

「お呼びにより、参上致しました陛下」

「うむ、呼び出しの用向きは分かるな？」

「魔物の進化の話でしょうか？」

「それよ！　ワイバーンが翼竜に進化したとは確かか？　手紙にあった内容では、場合によればオークキングなどが、大量に発生する可能性も指摘しておったが」

「確証はありません。ですが、ウチのプーとペーの進化の過程を考えますと、可能性があるかと。上位の魔物を食べる、それだけなのか、それとも特定の上位の魔物なのか。もしくは進化する素質がある魔物だけなのか、検証してみないと分かりませぬが」

「ゴブリンから検証してみると、手紙にあったが？」

「ゴブリンキングくらいなら、ウチの兵でもどうにかなるので。オークキングとなると怪我人を覚悟せねばならなくなりますし」

「普通はオークキングは、死人覚悟なのだがな」

「鍛えましたからね。2軍と8軍なら死にはしないかと」

「訓練で死にかけてるらしいが？」

「それ、誰が言ってます？」

「お前、名前を言えば、そいつのところに行くだろう？」

「もちろん！」

「言うわけ無いだろう！」

「まあいいです。検証の許可は頂けるので？」

「王都の近くではやるなよ」

「承知致しました」

「ソナは元気か？」

「元気過ぎるくらいに。今日も一緒に来てますよ？　ところで陛下、少しお痩せになりました？」

「そうか、ならば良い。最近眠りが浅くてな。まあ、問題無い。誰かさんが、次から次に色々やらかすので、疲れてるだけだろう。検証の結果は報告するように」

「誰の事か分かりませんが、承知致しました」

そう言って下がるパトリック。

「分かっておるクセに、惚けよってからに……」

パトリックが去った後、王が静かに呟いた。

王の御前から下がったパトリックは、軍の訓練場に顔を出す。

「ウェイン、今戻った。何か変わった事は？」

「よう！　おかえり中将閣下よ。新兵がかなり来た。今、特訓中だが特に問題は無いかな」

「そうか、ならば良い。俺はちょっと立て込んでるので、今日は帰るから」

そう言って立ち去る、パトリックの背中を見てウェインが、

「アイツに追いつくには、俺に何が必要なのかな」

そう呟きながら、新兵達に向かって歩き出した。

訓練場を出たパトリックは馬車工房に向かい、大型馬車を1台発注する。

色はアイスブルーである。

スネークス家には、黒い大型馬車が2台あったわけだが、ワイバーンから翼竜に進化した今、1台の馬車に1匹という感じの体の大きさなのだ。

今までの黒の馬車はプー用となる。当然、馬も手配済みである。

という訳で今回、王都にぴーちゃんは戻っていない。

スネークス領の屋敷で、卵をひたすら温めているはずである。

そして、パトリックは北に向かう。目指すはアボット辺境伯領の山岳地域。

パトリックの悪名が、響き渡っている地域である。

「スネークス辺境伯、ようこそ！　助かります！」

そう言って出迎えたのは、ライアン・アボット。

「兵の訓練はどのような感じで？」

と、パトリックが聞くと、

「弓と槍の訓練が主なのですが、どうにも統率がとれなくて」

と困り顔のライアン。

「編成は？」

「既存の部隊に満遍なく山岳民を入れて、各部隊に訓練させているのですが、反抗的な者が多くて」

「山岳民をばらけさせたのか？　それじゃダメだよ。孤立して不貞腐れるでしょ？　ある程度纏めて部隊に入れて、その中で競わせないと」

「纏めてしまって、部隊の中で反抗されるとキツイのですが？」

「それは舐められてるんだよ。まあいい、手の空いてる部隊を集めて貰っていいかな。うちで鍛えるよ。そのための人員も連れてきてるから」

「分かりました。とりあえず任せます。私は砦建設の方も見なくてはいけないので」

「あと、山岳民の集落で、反抗的なところも教えておいて。シメてくるから」

「出来れば殺さない方向で、お願いしたい」

「それは向こうの出方次第かな」

「閣下が去った後に、暴れられても困るのですが」

「暴れる気力が無いようにすれば良いって事ね」

「えっと、そうなのか……な？」

勢揃いしたアボット領兵と北方面軍の前に立つパトリック。

そこかしこで、

「あいつのせいで俺の村が……」

「よく俺達の前に顔が出せるもんだ。卑怯な方法で長を殺した癖に。訓練中に事故に見せかけて……」

「あの顔見るだけで、手が震えるのだが」

「嫌だぁ〜殺される〜」

などなど、声が上がるのだが、それを無視して、訓練が開始される事になる。

訓練所では８軍や、スネークス領軍が散々やった、地獄のランニングが開始されたのだった。もちろんアボット辺境伯領軍も巻き込んで。

先頭をパトリックが、最後尾はトニングが受け持つ。

途中、意地でパトリックの背後まで、全速力で走って来た山岳民達もいたのだが、パトリックがスピードを上げると、ちょっかいをかける事すら出来ずに引き離された。

ランニングが終わると、刃を潰した槍で訓練が始まるが、ここぞとばかりにパトリックに、手合わせを願い出た山岳民達は、刃の潰れた槍でパトリックに滅多打ちにされ、地面に転がる。

「お前らその程度の腕で、よく俺をどうにか出来ると思えたな……」

呆れ果てたパトリックの言葉に、反論すら出来ず俯く山岳民。

ただ、北方面軍も同じく地面に転がっていたので、山岳民が弱いという訳ではないだろう。

2日ほどパトリックに訓練された兵士達。

その成果は、体力だけはあった山岳民に少しの自信を持たせ、山岳民をどこか格下と見下していた領軍や北方面軍に、偏見を無くさせるぐらいの効果はあった。

ただ、どちらからも、パトリックが恐れられたのは言うまでもないし、パトリックが去った後、トニングが鬼教官と呼ばれたのだが、大した問題ではないだろう。

パトリックは、ミルコや他の部下達と走竜に乗り、山岳地域を移動している。

向かうは、王都軍が去った後にゴネだした山岳民の住む集落。

いつの間にか木製の砦モドキを築り、立て籠もっている。

「食糧を貰った後で、約束など知らんという訳か。なかなか根性が捻くれてやがるな」

パトリックは、砦モドキを遠くに見ながら言う。

「お館様がそれを言いますか？」

ミルコが突っ込むと、

「俺は約束は守るぞ？　自分が言った言葉には、責任を持つからな」

「ああ、そうですね。言った言葉は実行しますね。言う約束が捻くれてるだけで」

「お前、最近やけに突っかかるな」

「そりゃ、あんな地獄のような、空の旅をさせられれば」

と、遠くを見る目をするミルコ。

「アレはお前達が悪い」

と、横目で見るパトリックに、

「やる前に注意して欲しかったです」

と、本音が漏れるミルコ。

「注意とか優しいヤツがする事であって、それを俺に求めるなよ」

と、自分は優しくないと言い切るパトリック。

「肝に銘じます」

「ああ、で、あいつらをどうするかだなぁ」

「出来れば殺すなと、ライアン殿が仰ってましたしね」

「そこだよなぁ。制圧するだけなら簡単なんだがな」

「前みたいに砦を乗り越えて、まとめ役を殺しますか？」

「それでもいいが、俺が去った後に同じ事されてもな。この集落ごと、心をポッキリ折りたいなぁ」

　と、話し合っていると、

「閣下っ！　後方でゴブリン20とそれを追うオーク5ですっ！」

　後方から声があがる。

「間が悪い、速やかに殲滅しろ！」

　ミルコが命令すると同時に、

「！　良い事思いついた！　一石二鳥だ！　お前らっ！　ゴブリンは生かしておけ！　オークだけ殺せ！」

　パトリックが、悪い笑みを漏らして叫んだ。

　兵士達は、ゴブリンには刃物を使わずに蹴りなどで痛めつけ、オークのみを斬りつけた。

　ゴブリンは、多少の傷はあるのだが生きている。

　が、オークは全滅し、今は解体されている最中だ。

　ゴブリンの周りには、兵士達が取り囲んで逃げないように見張っている。

向かってくるゴブリンは、蹴り飛ばして中央に戻す。

「解体出来ました！」

兵が報告すると、それを聞いたパトリックは、

「よし！　頭部や普段食べない要らないモノを、ゴブリンのところに投げ込め！」

と、命令した。

ドサッと、ゴブリンの目の前に、オークの頭部や内臓や骨が投げ入れられた。

1匹のゴブリンがキョロキョロしながら、人が攻めてこないのを確認した後、投げ込まれたオークの内臓を口に入れた。

1匹が食べ出すと、残りのゴブリンもそれに続く。

20匹のゴブリンは今、人の事など気にせず、一心不乱にオークの内臓を貪っている。

そして食べ終えた時、20匹のゴブリンの内、2匹がぼんやり光り出す。

「おおっ！」と、兵士達から驚く声が漏れる。

光が徐々に強くなるが、目を背けるほどでは無い。光の中のゴブリンに変化のある個体が。そして光が消えた時、明らかに大きなゴブリンが2匹、その場に現れていた。

「進化の確率は10分の1か……思ってたより多いかな。ゴブリンだからか？　それともどの魔物もそうなのか？　いやしかしプーとペーは揃って進化したな。まだまだ検証しないと分からんな」

パトリックがブツブツと呟いた。

「お館様！　アレは本当にゴブリンキングでしょうか？」

ミルコが、パトリックを見て聞いてくる。

「キングだろうな。明らかに倍ほどデカくなったしな」

「キングが２匹同時に発生ですか……」

信じられないというような表情のミルコ。

「そんな事言ってる場合ですかっ？　明らかにこちらに敵意剥き出しで、歩いてくるのですが、どうしますっ？」

部下の兵士が言うと、

「ああ、こうするのさ」

パトリックは、砦とキング２匹が一直線に見える位置に移動し、最大限に殺気を解放し、ゴブリンキングを睨み付けた。

ゴブリンキング２匹の歩みが止まる。

パトリックを見て、僅かに震えているようにも見える。

ちなみに他のゴブリンは、尿を漏らしている。

「臭えなぁ。まあ俺とやる気なら向かって来ても良いが、その震える体で戦えるのか？　ほら、あそこの砦に俺達より弱そうなヤツラがいるぞ？　アレで我慢したらどうだ？」

と、砦を指差し、ゴブリンキングを睨みつけながらパトリックが言う。

「お館様？　ゴブリンキングって人の言葉理解出来ましたっけ？」

　ミルコが突っ込むが、

「知らん！　ぴーちゃん達は俺の言葉を理解するから、可能性はあるかと思ってな」

「そんな無茶苦茶な……」

「だが、なんか効果あったっぽいぞ？」

「え？」

　ゴブリンキング２匹が、向き合って呻き合うと、他のゴブリンに向けて、何やら呻く。

「おいそこ！　集落への道を開けてみろ」

　パトリックが兵に指示をし、兵士達が道をあける。するとゴブリンキング２匹を筆頭に、他のゴブリンも砦に向けて走り出す。

「ほら、上手くいった」

「どうするのでしょう？　砦に到達するまでに弓矢で撃たれてしまいそうですけど？」

「仮にもキングだろ？　矢の数本でくたばりはしないだろうし、ゴブリン共が砦を破壊して蹂躙し出したところで、助けるフリして恩を売って懐柔しようかなぁって。ダメならその時はまた考えるさ」

　悪びれずに言うパトリック。

「流石お館様。極悪ですね」

と、呆れたミルコに、

「そう褒めるなよ」

と、少し照れたパトリック。

「一つも褒めてませんけどね」

目を細めたミルコ。

パトリックの作戦は、パトリックの予想通りに進んだ。

集落の男が数人、ゴブリンキングに殺されてしまったが、パトリック達とまともに戦っていたなら、数人では済まなかっただろう。

無論、ゴブリンキング2匹と、雑魚ゴブリンはパトリック達によって殺されている。

集落の者達は、パトリック達に感謝し、王国に協力すると誓ったのだが、世の中には知らない方が、幸せを享受出来る事もあるという事だろうか。

なお、兵士達はパトリックから「お前達言うなよ」と、キツく口止めされている。決してフリでは無い、まあ、口止めを破って言うような愚か者は、パトリックの部下には居ないだろうが。

パトリック一行は北から国境沿いを通り、西に向かう。

帝国との開戦に備えての事である。

地形の把握は重要であるし、国境沿いに住み着く人が居たりするからだ。だいたい犯罪者だったりするのだが。

西にかなり進み、針葉樹の多い山岳地域から、広葉樹などが多い深い森に景色は変わる。

小川のほとりで食事の準備をさせ、パトリックはミルコと周辺を見て回る。

「ミルコ、これを見てみろ」

パトリックが、小川の砂地を指差して言う。

「足跡ですな」

ミルコが確認して頷く。

「ああ、まだ新しい。素足で砂地を歩いているからハッキリと足跡が残っていて分かりやすい。足の形の幅を見るに人族ではない。おそらくエルフだ。歩幅からしておそらく女性か子供、人数は2人だな」

と分析するパトリック。

「捜しますか？」

と聞くミルコに、

「森でエルフを捜すとか、かなり難易度高いが、やってみるか。あそこの草が倒れているからアッチだな。行くぞ」

そう言いながら、パトリックは歩き出す。

「未だに草の上の足跡は分かりません。少しでも折れていれば、なんとか分かるんですが」

申し訳なさそうに答えて、ついて行くミルコ。

無言で歩くパトリックに、追従するミルコだったが、パトリックがピタリと歩みを止め、左手を開いて自分の後方に突き出した。

その後、指である箇所を示し、ゆっくり歩き出すパトリック。

後ろを歩いていたミルコが、それを見てピタリと歩みを止める。止まれの合図だ。

ミルコもゆっくり続いて歩く。

そこには女性1人と子供が1人居た。

ただ、パトリックの予想は半分ハズレていた。

「ダークエルフか……」

ミルコが思わず口にする。

「誰っ！」

ダークエルフの女性が、その声に反応した。

「警戒しなくていい、帝国の人間では無い。王国の者だ。帝国から逃げてきたのか？」

パトリックが姿を見せて、なるべく優しい声で問いかける。

ホッとした表情を見せた、美形のダークエルフの女性。

「危害は加えないので、この地で生活してる理由を教えて貰えないかな？　帝国から逃げてきたのかな？」

もう一度問うと、

「はい、私達は帝国のさらに西の国で、生活していたのですが、帝国との戦争に敗れて、人族以外は奴隷にされました。私達は奴隷商の馬車で、東まで運ばれて来たのですが、馬車が翼竜に遭遇して、商人や護衛の人達は殺されてしまって、他の人達もみんな散り散りに必死で逃げて、私達は森の中に身を隠して、そのままここで生活を」

「それはいつ頃の話だ？」

「1年ほど前でしょうか、日付が分からないですが、季節は一巡しましたので」

「なるほど。あの翼竜かな？　まあいいか。君達はこのまま、ここで暮らすつもりか？　来年には王国も、帝国との戦に突入すると思うのだが、この辺も危なくなるぞ？　君達さえ良ければ、ウチで働く選択肢をあげるが？」

「帝国との戦になるのですかっ？」

「ああ、王国と帝国の不可侵条約が、来年終わるからな。おそらく攻めてくるだろう」

「私達に出来る仕事はありますか？　この子も働くのですか？」

「仕事はいくらでもある。その子っていったい何歳だ？　ダークエルフの年齢がよく分からん」

「この子は50歳、人族で言うと10歳くらいでしょうか」

「ふむ、まあ、見た目と同じって事か。子供なら屋敷の掃除ぐらいならあるが、それでも良いか？」

「私は何をすれば？」

「まあ、メイドかな」

「変な事します？」

と、ダークエルフの女が、かなり大きな胸を誇張するようにしたのだが、

「しない！　そんな事したら妻に殺されるわっ！」

「あら、結婚されてるのですね」

残念と小さく聞こえたような気がする。

女性の名前は、グレース。褐色の肌に銀髪の長髪。緑色の瞳が印象的だ。

同じ髪色をした子供は、ノエルと言うらしい。

部下達のところに連れて戻ると、多少驚かれはしたが、パトリックのやる事に、文句を言う兵士はいない。食事を済ませて出発となる。

パトリックは自分の走竜に、女を乗せてみる。すんなり乗れたので、子供もと思ったが、子供を乗せるのを走竜が嫌がった。

「ん？　姉弟(きょうだい)では無いのか？」

パトリックがグレースに尋ねると、

「あ、はい。同じ集落の出身ですけど」

「仕方ない、俺が背負って行くか」

子供を背負い、歩き出すパトリックの背中で、子供が何かぶつぶつ言っている。お尻を触られたとかなんとか。パトリックは無視して進む。何が楽しくて、男の子の尻をわざわざ触らなきゃならんのかと。


パトリック達は、スネークス領に戻って来た。

「お館様〜おかえりなさいませ〜」

屋敷の見張り台の上から声が聞こえる。

見上げたパトリックの眼に映るのは、スネークス辺境伯家の兵装姿のクスナッツ。

「おう！　なかなか似合うじゃないかクスナッツ。しっかり見張れよ！」

パトリックが叫ぶと、

「勿論でございます〜！」

と敬礼しながら、クスナッツが答えた。

「サボったらまた固定するからな！」

と悪い笑みを浮かべて、パトリックが言うと即座に、

「それは勘弁してくだせぇ〜！」

クスナッツの悲壮な叫びに、手をあげて返事したパトリックは屋敷の中に入る。

屋敷に入って、執事のサンティノにダークエルフ２人を雇う事を伝えると、

「雇うのは構いませんが、その意図は？」

と聞かれ、

「ウチ、エルフやドワーフ、獣人は雇ってるけど、ダークエルフはいないだろ？」

「はい。そもそもダークエルフは、少数民族ですので」

「ウチは人種差別はしないと、アピールするのに良いじゃないか。実力主義のスネークスと、良い宣伝になる」

「まあ確かに」

「あと、あの森でほっておくと、確実に軍務の邪魔になるからな。あそこは水場もあるし、潜むのに最適だ」

「なるほど。で、仕事はメイドと掃除係でよろしいのでしょうか？」

「別になんでもいいが、やれる事を聞き取りしてから仕事を振ってくれ。その辺は任せる」

「承知致しました」

サンティノが頭を下げる。

その後、執務室に向かおうとすると、いきなり全身に巻きつく、柔らかいスベスベした鱗。

「お、ぴーちゃんただいま！　って、ちょい待ち！　どこ連れてくの!?」

巻きつかれたまま、拉致されるパトリック。

廊下に響くパトリックの声に、使用人達の顔には、苦笑いが浮かぶ。

連れて行かれた先には大量の卵。

「あ、もしかしてそろそろ？」

ぴーちゃんに尋ねると、激しく頭を縦に振るぴーちゃん。

「おい！　誰かいるか？」

パトリックが声を上げると、

「はい！　お館様。何か？」

と、パトリックの使役獣の世話係が走ってくる。

以前、クスナッツにぴーちゃんを見せた男だ。

名をガルスという、ゴリマッチョなスキンヘッドの悪人顔だ。

「ガルス！　卵から産まれそうだから、大量に肉持ってこい！　適度な大きさに切ってな！」

「了解致しました〜！」

ガルスが慌てて走り去る。

その後、コマ切れ肉を大量に持ってきたガルスを労い、卵を見つめるパトリック。

卵1つに切れ目が入ると、次々と切れ目が入りだす。割れ目では無い、切れ目だ。殻からニョキっと出てくる小さなワニ、もとい水竜の可愛いこと。

だがまあ、産まれるわ産まれるわウジャウジャと。

灰色の鱗を纏った、黒い眼をした水竜達がワラワラとパトリックの方に歩き出す。

唯一その中で、見分けがつく水竜が1匹。

ほんのり黄色いクリーム色と表現すべき鱗を纏い、紅い眼をした、1匹の水竜。

「アルビノってやつか、この子だけ見分けつくな、よし！　お前はポーちゃんだ！」

40センチくらいのワニ、もとい水竜を持ち上げて頭を撫でながら肉をあげるパトリック。

もちろん他の水竜にも餌をあげているが、ポーと名付けた水竜にだけ、餌が多めなのは気のせいだろうか？

以後、水竜達はパトリックが見分けがつくようになるまでの暫くの間、ポーの兄弟と呼ばれる事になる。

さて、今のスネークス辺境伯領の説明をしておくとしよう。

スネークス領では酒造りは、かなり重要な仕事である。

酒造りはスネークス家直営に変わっており、徹底した管理の下で運営されている。

職人が少ないのが悩みのタネだったのだが、給与面をさらに充実させたので、ようやく若い見習いが大量に入ってきている。

そして増産を狙うべく、少し前から大量の麦の確保を開始していた。

麦だけではなく他の穀物や芋、果実など酒になりそうなものは何でも買った。

流石に、王国内の食糧事情を悪くするわけにはいかないので、その辺は気をつけた。例年ならば、余剰食糧は商人が外国へ輸出していたのだが、そのほとんどをスネークス領で買い占めた。

商人としても、治安の悪い帝国へ、盗賊や魔物に襲われる危険を冒してまで、売りに行くくらいなら、多少値引きしても自国で売る方が、手間やコストを考えると助かるのだ。

スネークス領の酒の方は、新しい果実酒が出来たり、麦焼酎、蕎麦焼酎と焼酎の種類が増えたりした。

果実酒は、女性という新たな顧客獲得に繋がり、さらなる利益を生み出した。

新たな酒は、バース・ネークスの本店や支店から広められ、バースタイルだけでなく、女性が入店しやすいように、小洒落たレストラン形式の店も始めた。

これは富裕層に大変ウケが良かった。

果実のビネガーなども造り、料理に使ったり、水で薄めてお酒の飲めない人向けの飲み物にしたりと、酒以外も好評である。

蕎麦はもちろん、麺として食べる事になるのだが、カツオダシが無いので、青鶏の鶏ガラスープを使う事にした。当然ウドンもある。

スネークス派の貴族、まあ、ワイリーンとヴァンペリートの領地だが、その領地の特産品である青鶏を使った唐揚げや、山羊のチーズは酒によく合うので、需要はうなぎ登り。

また羊毛による防寒着を軍用に転用しだしたので、そちらも北方面軍に大好調である。

さらに鉄板焼き屋も始めた。ウスターソース造りに少し手間取ったが、お好み焼きや焼ウドンを広めて、それらを食べながら酒を飲むという、平民が増えた。

　このウスターソースが、西の領地で広まり、ソース文化が発展していく。

　ウスターソースは、周りの貴族領主にのみ売ると、宣言したものだから、商人達は周りの貴族領主に取り入って、ソースの入手に努め、貴族領主達は、ソース欲しさにパトリックに擦り寄る。

　甘味処も開店させ、スネークス領の餅米から団子を作り、大豆に似た豆をきな粉のように加工し、きな粉餅を売り出した。茶葉を緑のまま粉にして、抹茶を作り、抹茶団子まで作ったのは、元関西人の商魂であろう。勿論緑茶もある。

　スネークス家直営店は、西の領地を確実に侵食していった。

　西の貴族の旗色は、着実にスネークス色に染まりつつある。

　そうそう、パトリックは青鶏の玉子を使った高級マヨネーズを造り、これが大変好評で、パトリックの直営店でのみ食べられるため、類似店との差別化に一役かっている。

　他にも女性がお酌する高級店や、庶民向けのいわゆるキャバクラのような店。逆に男性が女性に接待する店なども営業して、酒の卸先の開拓にも抜かりはないパトリック。

　そして、王都にある貴族のみ入店出来る高級娼館も、既にパトリックが乗っ取りに成功している。女性全員を一旦引き抜いて、店から女性が居なくなり、オーナーが渋々店の建物をパトリックに売るという、かなり強引な手を使った乗っ取りではあったが。

　女性に良い格好をしたい男が、極秘情報を、「ここだけの話だが……」と、自慢して漏らした情報を全て集めるのだ。

全てパトリックの直営店であり、従業員はアインとモルダーの管理下で、情報収集も欠かさない。金と情報が、パトリックの下に集まるのだ。

さて、話は食糧の事に戻るが、今まで輸出されていた食糧が、輸出されなくなって困る国家がある。

お隣のザビーン帝国だ。

ザビーン帝国の国土は広いのだが、その中央部は砂漠地帯が多い。食糧自給率は低くはないが賄いきれてはいない。

国家間の仲は悪いが、商人が食糧を輸出する事は、メンタル王家、または、メンタル王国として禁止していない。というより、帝国から金をむしり取る手段として最適であるため、推奨していたくらいだ。特に長期保存の利かない果実や葉物野菜などは、腐らせるくらいなら、帝国に輸出して金に換えた方が、国に税金も入るし都合が良かったのだ。

が、現在は麦等の穀物や日持ちする芋などは勿論、果実も軒並みパトリックが買い占めているため、帝国に流れていない。

葉物野菜に関しても、パトリックがお好み焼きを広めたものだから、キャベツは品薄だし、小麦粉もパンやパスタだけだったのに、お好み焼きに使うようになっただけでなく、ウドンを作り、焼ウドンまで派生してしまってさらに需要が増える始末。

キャベツの代用品として、他の葉物野菜を使い出したので、これも帝国に流れていない。

となると帝国にとって食糧不足という、国を維持するのに、一番厄介な問題を抱えてしまう事となった。

実はグレース達が暮らしていた国が、戦禍を被ったのも、帝国の食糧不足が起因している。

グレース達が暮らしていた国は、多人種国家であった。豊かな国土で食糧自給率も高い国で、帝国にも輸出していた。

帝国は、隣のメンタル王国とは一応不可侵条約の締結中なので、食糧不足解消のために、メンタル王国とは逆の隣国を攻めたのだ。

最初は、輸入される食糧の増量を要求していたのだが、自国を飢えさせてまで輸出する訳は無く断られたため、メンタル王国よりは小さいその国ごと取り込む事にした訳だ。

これはメンタル王国が、北部山岳地方を、帝国との戦の準備のために取り込んだ事とは、理由が違うだけで、似たようなモノである。

国の都合とはそういうモノだ。

結果は帝国の辛勝といったところだ。何せ多人種国家なので、それ相応に魔法使いがいる。宗教的に侵略に魔法を使う事を嫌う、エルフやドワーフだが、国の防衛のために魔法を使うのは認められており、かなり手強い。

だが、この世界の魔法に、広範囲殲滅型の魔法は無く、1発の魔法で倒せるのは、せいぜい数人程度。それでもそれなりの数が居たので、手強い国家だったが、数に勝る帝国は多数の犠牲を出して、何とか勝った。

それにより食糧不足は多少回復したのだが、戦争により畑が荒れてしまったので、来季の収穫は減るだろう。

さらなる戦争を隣国に仕掛けようにも、その先の国はエルフの大国で、緑豊かな国であり総人口も多いため、相対的に魔法使いの数も多い。

エルフの国はかなり手強い国である。

帝国は魔法攻撃の怖さを、嫌というほど知ってしまったので、攻めるに攻められない訳だ。

となると、さらなる食糧の入手の手段は限られている。

戦争の足音は、確実に近づいてきているのだった。

書き下ろし　ぴーちゃんの徒然なる日常2

私は蛇である。名前はぴーちゃん。本当の名前も主がちゃんと付けてくれたが、長いのでぴーちゃんと呼ばれている。

主はとても優しくて大好きだから、一生護ると決めた。

「ぴーちゃん、よろしく頼むね！」

ある日、主がそう言って出かけたので、頷いておく。頷いたからには頑張らないと！

主を良く思わない奴らが、攻めてくるらしい。主に頼まれたからには、この家を護るのは私に任せなさい！

ああ、来たな主に害なす者共。私の鉄槌を喰らえ！

まあ、尻尾なんだけどさ。

なんか汚い奴らだったから、とりあえず尻尾でぶん殴ってと！

うん、面白いように吹っ飛ぶな。弱っちいなぁ。

ん？　こいつらは小綺麗だから、締め付けてやるか！　私のナイスバディで骨抜きよ！　あ、背骨折りの間違いだった。

うん、だいたい懲らしめたかな。1人偉そうでキラキラした奴がいるけど、主のしもべに任せよう。ヒョロいエルフだけど、1人くらいは倒せるだろうしさ。

また主に褒められちゃうな〜出来る女はこうあるべきよね〜。


最近主には敵が増えたようだ。大丈夫！　私が護るから！　ただ、いつも一緒ではないし、私だけでは守りきれない可能性もあるから、仲間を増やす事にした。

まずはちょうどタイミング良く来た、ワイバーンの卵2個を主の手元から強奪、もとい貰ってきた。まだ息がある卵だったので、魔力を込めて温めた。魔力込めすぎたかも……

無事に産まれたワイバーンに、お父さんのために生きるんだよと、せんの、じゃなくて教育していく。

私の事をお母さんと呼ぶのが、可愛らしい。ていう事は主と私は夫婦？　キャー！　良いじゃない！　たとえ結ばれなくても心は繋がってるわ！


今日は海水浴よ！　あ、海じゃなくて湖だった。まあ、細かい事は気にしない気にしない。

たまには泳いでダイエットしないとね。クビレは出来ないけどさ。

ああ！　お魚美味しい！　たまには魚も良いわねぇ。

何コイツ！　デカイ口しやがって偉そうに！　私に喧嘩売ってるの？　買ってやろうじゃないの！　えい！　ふん！　口ほどにもない！　よし、コイツは主にあげよう！

毒は使ってないから、食べられるわよ？

ん？　あの土の下から、微かに声がする。うん、間違いない！　コレはまた仲間を増やすチャンスよね！　主に言って持って帰ろうっと！

わ！　いっぱい卵あった！　これで仲間もいっぱい増えるわ！　主に害なす者は許さないわよ！

ぴーちゃんの悪巧みは誰にも止められない……

あとがき

初めましての方は少ないと思いますが、初めましての方は初めまして。

そして1巻を買って頂いた上に、2巻を購入して頂いた方には、お久しぶりです。

師裏剣です。

『転生したら兵士だった?!』の2巻をお買い上げ頂きありがとうございます。

皆様、コロナに負けずにお元気でしょうか?

世の中、まだまだ大変ですし、学生の方は勉強に遅れが出たり、楽しい行事が減ったりしている
でしょう。また社会人の方は、お仕事が激変している方も少なくないことでしょう。

そんな中で、私の作品を購入頂き感謝しかありません。

ほんの一時でも、現実を忘れて楽しんで貰えると嬉しいです。

1巻の発売日に、会社の休みを取って書店を梯子(はしご)して、『転生したら兵士だった?!』が並んでい

るのを、わざわざ見に行った新米作家は、どこのどいつだ～い？　私だよ！

さて、1巻のあとがきや、オビに書いてあったと思うのですが、コミカライズです。

コレ書いてる時点では、キャララフしか見ていないのですが、コミック　アース・スター様でそろそろ連載開始します。

しますよね？

私の考えた物語に、白味噌さんという、素晴らしいイラストレーター様が、キャラ原案を作ってくださり、それをこちもさんという素晴らしい絵師様が、動きをつけた漫画にしてくださります。

「小説家になろう」で『転生したら兵士だった?!』を書き始めた時には、考えられないような、夢のような現実です。

読んで下さった方に感謝しつつ、頑張った結果だと嬉しく思っております。

さて、今回もｗｅｂから大幅な改稿と加筆訂正に、書き下ろしを加え、1巻よりもページが多くなってしまいました。

楽しめましたでしょうか？

ぴーちゃんだけだったペットが、プーとペーが増え、ポーとその兄弟まで出てきて、少し、いやかなり賑やかになりました。

餌代が大変そうですが、パトリックはお金持ちなので大丈夫でしょう。

私は5匹の蛇の餌代に、小遣いが消えていってますが……

さて2巻では、とある都市伝説を取り入れてみました。デコースの魔法使いの話です。

コレはTwitterで、私が思いついたのを呟いたら、フォロワー様が面白そうって言ってくれたので、調子に乗って書いたのですが、想定していたよりも、物語の世界観に重要な役割を果たしてくれました。

この世界のエルフやドワーフ全てが、魔法を使えるわけではないという事実と、人族は使えなかったという設定を、今更ながら説明出来ました。

今後もデコース君には頑張って貰いましょう。

では、3巻でお会い出来ることを切に願って。いやマジで！　3巻出せますように！

令和2年8月

師裏剣

転生したらドラゴンの卵だった
～最強以外目指さねぇ～

猫子 Necoco

ILLUSTRATION NAJI柳田

異世界転生してみたら“卵”だったけど、
〖最強〗目指して頑張りますっ!

目が覚めると、そこは見知らぬ森だった。どうやらここは俺の知らないファンタジー世界らしい。

周囲を見渡せば、おっかない異形の魔獣だらけ。

自分の姿を見れば、そこにはでっかい卵がひとつ……って、オイ! 俺、卵に転生したっていうのかよっ!?


魔獣を狩ってはレベルを上げ、レベルを上げては進化して。

人外転生した主人公（イルシア）の楽しい冒険は今日も続く――!

コミカライズ
好評連載中!
2億7000万PV超の
大人気人外転生ファンタジー!
1
2
3
4
5
6
7
8
9
10
11
12
最新刊!

あらすじ

従魔の黒竜が旅立ち、第一騎士団に復帰したフィーアは、
シリル団長とともに彼の領地であるサザランドへ向かう。
そこはかつて、大聖女の護衛騎士だったカノープスの領地であり、
一度だけ訪れたことのある懐かしい場所。
再びの訪問を喜ぶフィーアだったが、
10年前の事件により、シリル団長と領民の間には埋めがたい溝ができていた。
そんな一触即発状態のサザランドで、
うっかり大聖女と同じ反応をしてしまったフィーアは、
「大聖女の生まれ変わり、かもしれない者」として振る舞うことに…！
フィーア、身バレの大ピンチ！？

転生した大聖女は、聖女であることを

十夜 Illustration chibi

反逆のソウルイーター
～弱者は不要といわれて
剣聖（父）に追放
されました～

転生した大聖女は、
聖女であることをひた隠す

冒険者になりたいと
都に出て行った娘が
Sランクになってた

即死チートが
最強すぎて、
異世界のやつらがまるで
相手にならないんですが。

人狼への転生、
魔王の副官

アース・スター ノベル
EARTH STAR NOVEL

転生したら兵士だった?!
～赤い死神と呼ばれた男～　2

発行 ―――― 2020年9月15日　初版第1刷発行

著者 ―――― 師裏剣

イラストレーター ―――― 白味噌

装丁デザイン ―――― 舘山一大

発行者 ―――― 幕内和博

編集 ―――― 古里 学

発行所 ―――― 株式会社 アース・スター エンターテイメント
〒141-0021　東京都品川区上大崎 3-1-1
目黒セントラルスクエア　8F
TEL：03-5795-2871
FAX：03-5795-2872
https://www.es-novel.jp/

印刷・製本 ―――― 中央精版印刷株式会社

ISBN 978-4-8030-1454-9